陆游集

名家精注精评本

蒋凡　白振奎　编选

凤凰出版社

图书在版编目（CIP）数据

陆游集 / 蒋凡，白振奎编选. -- 南京 : 凤凰出版社，2014.10（2024.10重印）
（名家精注精评本）
ISBN 978-7-5506-1690-5

Ⅰ. ①陆… Ⅱ. ①蒋… ②白… Ⅲ. ①陆游（1125～1210）—文学欣赏 Ⅳ. ①I206.2

中国版本图书馆CIP数据核字(2014)第160678号

书　　名	陆游集
编　　选	蒋　凡　白振奎
责任编辑	卞　岐　张永堃
封面设计	徐　慧
责任监制	程明娇
出版发行	凤凰出版社(原江苏古籍出版社) 发行部电话025-83223462
出版社地址	江苏省南京市中央路165号，邮编:210009
照　　排	南京凯建文化发展有限公司
印　　刷	唐山楠萍印务有限公司 河北省唐山市芦台经济开发区场部
开　　本	787毫米×1092毫米　1/32
印　　张	8.25
字　　数	171千字
版　　次	2014年10月第1版
印　　次	2024年10月第5次印刷
标准书号	ISBN 978-7-5506-1690-5
定　　价	89.00元

(本书凡印装错误可向承印厂调换，电话:022-69381996)

目　录

词 选

文 选

前　言

陆游是个受时代陶熔而又同时努力陶熔时代的人物，虽然最后理想破灭，在人生舞台上引吭高歌的，只是一曲悲壮的“国殇曲”，但是他精神不朽，通过自己的文学创作，发出了声声战斗呐喊，擂响了心灵战鼓，永远激励着千秋万代的中华儿女奋勇向前。

陆游(1125—1210)，字务观，号放翁，浙江山阴(今绍兴)人，南宋四大诗家(尤袤、杨万里、范成大、陆游)之一。他出身于一个由“贫居苦学”而仕进的世宦家庭。祖父陆佃是王安石的学生，当过尚书右丞；父亲陆宰，官朝请大夫，直秘阁。陆游诞生的第二年，金兵攻陷宋朝首都汴京(今河南开封)，他随父逃归故乡山阴。他后来曾这样回忆道：“绍兴初，某甫成童，亲见当时士大夫，相与言及国事，或裂眦嚼齿，或流涕痛哭，人人自期以杀身翊戴王室。虽丑裔方张，视之蔑如也。”(《跋傅给事帖》)这些对少年陆游的思想产生非常深刻的影响，使他从小就立下了“上马击狂胡，下马草军书”(《观大散关图有感》)的雄心壮志。陆游从小表现出了对文学的热爱，十三四岁的时候，“偶见藤床上有渊明诗，因取读之，欣然会心。日且暮，家人呼食，读诗方乐，卒不就食”(《跋渊明集》)。青年时代，他曾师从江西派诗人曾几学诗，得到不少启发，同时又从前代大诗人屈原、陶渊明、李白、杜甫、岑参等人的诗作中汲取滋养。中年入蜀以后，前线火热的军营生活提供了新的天地，使他能够直面人生，突破江西诗派的局限而发现诗歌的三昧，诗风发生了很大变化。

大约二十岁时，陆游与表妹唐琬结婚，夫妻感情甚笃，可是母亲却不喜欢这位儿媳。在封建礼教的压迫摧残下，终于棒打鸳鸯，夫妻离散。这件事使得陆游在精神上受到很大的打击，曾在十年后的一次偶然相遇中写下了《钗头凤》词以寄深情，此后多次赋诗怀念，直至老年还写了有名的爱情诗《沈园》。

绍兴二十三年(1153)，陆游二十九岁时到临安参加进士考试，名列第一，然而在第二年的复试中，却因他名列于权相秦桧的孙子秦埙之前，又喜论恢复，被黜落第。直到秦桧死后，他才得到起用，出任福州宁德县主簿，不久调回朝廷，历任敕令所删定官、大理寺司直、枢密院编修官。孝宗即位后，主战派占了上风，张浚以右丞相兼枢密使主持北伐，他对陆游十分赏识。但很快北伐失利，隆兴和议签订，张浚被解除职务。不久前刚刚调为隆兴府通判的陆游也被扣上"鼓唱是非，力说张浚用兵"(《宋史》本传)的罪名，罢黜归乡，一住就是五年，直到四十六岁时出任夔州通判。入蜀壮游，陆游开阔了眼界，了解了民风民情，他一路上饱览了雄丽的山川景色，凭吊了屈原、李白、杜甫等诗人的遗迹，把经历见闻写入《入蜀记》六卷。乾道八年(1172)二月，应四川宣抚使王炎之请，入幕襄理军务。陆游到了南郑前线，感到非常兴奋，从此生活与创作都出现了一片新天地。铁马秋风、豪雄飞纵的军旅生活，使他的怀抱不禁为之一开。他身穿戎装，置身金戈铁马间，写出了许多热情奔放的爱国诗篇。但不久王炎调回临安，陆游也被调至成都担任安抚司参议官的闲职，并先后到蜀州、嘉州、荣州代理地方官职务。在失望之余，他把时光多半消磨在歌儿舞女、酒宴应酬之中，藉此忘却痛苦。淳熙二年(1175)，范成大任成都府路安抚使兼四川制置使，请陆游担任参议官。他们本是文字之交，旧友异地相逢，常在一起饮酒酬唱，甚为欢快。因不拘礼法，被同僚讥为颓放，索性自号“放翁”。陆游在川陕九年，祖国的山川形势、风土民情丰富了他的生活体验。特别是在南郑前线，他接触到许多边防战士和“忍死望恢复”的“遗民”，这使他的精神一振，境界大开，并将富有生活实感的爱国激情倾注于诗词文章中。这是他创作上收获最多的时期。陆游对这一创作阶段很珍视，觉得“诗家三昧忽见前”，于是将全部诗作题名为《剑南诗稿》。淳熙五年(1178)，五十四岁的陆游奉诏回朝，担任提举常平茶盐公事，但不久就被弹劾，罢职回乡。此后近三十年间，虽几度出任公职，但为时不长，大部分时间过着比较清寒的乡野生活。他一方面与乡民亲切交往，从而对农村生活有了较深的理解；一方面优游山水，赋诗作词，在大自然山水中寄托自己的情怀，排遣自己的愁思。但是，他期望抗金北伐的热情始终不曾减退，常常在梦里都想着打到了北方，收复了失地；平时则看到一幅画、几朵花，喝上几杯酒，听了一声雁叫，都会激起他的满腔心事。正因为这种心情，他才在嘉泰二年(1202)以七十八岁高龄又一次复出，并为主战的权臣韩侂胄写了一些颂扬文字。但直到去世，他也没有盼到北伐的胜利。嘉定二年十二月二十九日(按阳历算已入 1210 年)，八十五岁的陆游一病不起，在临终前，他留下了一首《示儿》诗：“死去元知万事空，但悲不见九州同。王师北定中原日，家祭无忘告乃翁。”

陆游一生创作甚富，据欧小牧先生《陆游年谱》考辨，计有：《剑南诗稿》85卷，《渭南文集》50卷(其中包括词2卷，《入蜀记》6卷)，《放翁逸稿》2卷，续添1卷，《南唐书》18卷，《老学庵笔记》10卷，续笔记2卷，《高宗圣政草》1卷，《陆氏续集验方》2卷，《感知录》1卷，《清尊录》1卷，《绪训》1卷。其他尚有《放翁家训》、《斋居纪事》及《家世旧闻》等。

陆游的文学成就首先表现在诗歌方面。作为一位伟大的诗人，他对于时代的要求和人民的愿望，有着深刻的理解，收复国土是人民群众最普遍最迫切的愿望，这正是陆诗最重大的主题和题材。陆游留下的大量诗篇中，最有代表性的就是反映这一种思想情感的作品。这类作品由两个方面组成：一方面是他渴望万里从戎、以身报国的宏伟理想，另一方面则是他壮志难酬、无路请缨的悲愤心情。无论是早年的“战死士所有，耻复守妻孥”(《夜读兵书》)，或是中年的“逆胡未灭心未平，孤剑床头铿有声”(《三月十七日夜醉中作》)，抑或是晚年的“一闻战鼓意气生，犹能为国平燕赵”(《老马行》)，都始终纠结着上述两方面的情绪。而且，这两者相互激荡：愈是悲愤，他对理想愈是执着；对理想愈是执着，他的悲愤就愈是强烈。悲愤、忠烈的感情一直在他心灵中激荡，使他夜不能寐，食不甘味，时常以记梦的形式表达心结。其记梦之作是潜意识的结晶积淀，是最真诚的感情和思想的形象体现。“收复”是贯穿陆游一生的理想，也是他观察和评价一切的价值标准。从这一标准出发，他激烈地抨击那些苟且偷安之辈和朝廷的妥协求和政策。在《关山月》中，他以“遗民忍死望恢复，几处今宵垂泪痕”追问沉醉于歌舞的将领们的良心与责任；《夜读范至能揽辔录言中原父老见使者多挥涕感其事作绝句》则把北方父老的殷切期待和南宋统治阶层对主战人士的压制加以尖锐的对照;对朝廷的用人政策表示了极大的愤慨:“公卿有党排宗泽,帷幄无人用岳飞。遗老不应知此恨,亦逢汉节解沾衣。”

当然,生活是丰富复杂的,文学家也是人,他的生活同样有自己的方方面面。因而,陆游还有不少诗歌,以细腻冲淡的笔法、闲适恬和的情调,写自然景物和日常生活,它们构成了另一种旋律。这一类并不意味着陆游忘却了耻辱,而常常是他在报国无门的情况下一种无奈的寄托。特别是他后期的二三十年,大部分时间闲居在乡野,一条无法跨越的鸿沟横隔在现实与理想之间,他只能在山水田园中寻求一时的解脱。像《游山西村》:“莫笑农家腊酒浑,丰年留客足鸡豚。山重水复疑无路,柳暗花明又一村。箫鼓追随春社近,衣冠简朴古风存。从今若许闲乘月,拄杖无时夜叩门。”热情的农夫农妇,与官场的肮脏,无形中形成了鲜明的对照。诗人还在许多诗篇中,以盎然的兴趣,描绘出山水景物与日常生活中的美,像《临安春雨初霁》中“小楼一夜听春雨,深巷明朝卖杏花”,在给人以美的享受时,透露出了生活的一缕春的阳光。

除诗歌以外,陆游的词和散文也有较高成就。

陆游对于词的态度,有些自相矛盾:在正统的观念上,他不大看得起这种向来风格内容不够严肃的文体,认为是从“郑卫之音”而来,是“其变愈薄”的产物。但宣言并不代表全部的真实,在其内心深处,实际上对词体文学又表现了相当的兴趣,“渔歌菱唱,犹不能止”(《长短句序》),留下的作品也有一百四十余首。

如《钗头凤》:

红酥手，黄縢酒，满城春色宫墙柳。东风恶，欢情薄，一怀愁绪，几年离索。错、错、错。　春如旧，人空瘦，泪痕红浥鲛绡透。桃花落，闲池阁，山盟虽在，锦书难托。莫、莫、莫。

这首词据传是为唐琬而作的。词中饱含作者对爱情的真挚体验，把对被阻隔的有情人的心理，写得哀婉感人。这在宋代婉约词中，自树风标。陆游另外有许多抒写他的抗金报国之志的词，更是激情洋溢，如《诉衷情》：

当年万里觅封侯，匹马戍梁州。关河梦断何处，尘暗旧貂裘。　胡未灭，鬓先秋，泪空流。此生谁料，心在天山，身老沧州。

和同类题材的诗一样，一种报国无门的悲愤溢于言表，使人深受感动。还有一首《卜算子·咏梅》，是以梅的形象自喻，表现清高孤傲、不肯与俗世合流的情怀，也给人以鲜明的印象。在宋代豪放词中，另树一帜，而与辛弃疾并称“辛陆”。其词风多样，于此可见一斑。

陆游以诗人著称于世，其词与文的创作相对为诗名所掩。平心而论，陆游的散文创作成就极高，不仅兼擅众体，而且常是构思奇巧，文笔精纯。吴宽《新刊渭南集序》评价陆游的文：“以六经、《左氏》、《庄》、《骚》、班、马、韩、曾为师匠，而天资工力，自得尤深。然则其言岂剽略割缀之所成哉？宜其沛然为一家言，而莫之御也。集中如表、启、状、札、记、序、铭、赞、碑志、题跋以及道释词疏、长短曲调皆具。大率宋多弥文，而四六之习滋甚，偶俪萎弱，士恒病之。若斯集之浑成，读之新妙可爱，而又何有于厌倦哉！”确实，陆游的散文，形制多样，题材丰富，结构精巧。其中记铭序跋之类，或叙述生活经历，或抒发思想感情，或论文说诗，最能体现陆游散文的成就。同时也如在诗中一样，不时表现着爱国主义的情怀，如《铜壶阁记》等。《澹斋居士集序》，则表现了陆游对文学的卓越见解。陆游还有一些别具风格的散文如《烟艇记》、《书巢记》等，写乡居生活之状，淡雅隽永，颇似富有情味的小品文。他的《入蜀记》是一部日记体的记游文，文字颇简练。尤其过三峡的一部分，多有对自然风光、名胜古迹和历史人物的描述，这是有关自然地理的形象刻画，同时又深深烙刻了作者的历史评价和人文关怀，读来饶有趣味。至于他的《老学庵笔记》，则是随笔式的散文，笔墨虽简而内容甚丰，所记多系轶闻故实，颇有史料价值，而且其强烈爱憎及激情在平实客观的记叙中时时自然闪现，愈增其艺术魅力。

总之，陆游是一位创作丰富、具有多方面才能的作家。特别是在诗歌创作上，成就尤其突出。人们公认他高于当时与他并称的尤袤、范成大、杨万里。清代人赵翼还认为他胜过苏轼：“宋诗以苏、陆为两大家，后人震于东坡之名，往往谓苏胜于陆，而不知陆实胜苏也。”（《瓯北诗话》）此评虽然值得商榷，但从总体来看，特别是从反映时代的深度和广度来看，陆游不愧是宋代杰出的诗人。当时人就对陆游推崇备至，如朱熹称“放翁老笔尤健，在今当推为第一流”（《答巩仲至》）。杨万里更称美道：“君诗如精金，入手知价重。”(《和陆务观见贺归馆之韵》)后来刘克庄《题放翁像》中,更把陆诗置于与《诗经》相提并论的程度:“三百篇寂寂久,九千首句句新。譬宗门中初祖,自过江后一人。”清代《四库全书总目》评曰:“宋诗二家,曰苏轼,曰陆游。诗至唐而极其盛,至宋而极其变。”由这部大型丛书的地位决定,这个评价带有盖棺论定的性质。

陆游还具有史才,《宋史》本传载:“嘉泰二年,以孝宗、光宗两朝实录及三朝史未就,诏游权同修国史、实录院同修撰。”陆游还撰《南唐书》十八卷,以推尊偏安江南的南唐来寄托和暗示南宋仍为正统的观点。此外,陆游还是一个很有成就的书法家,赵翼《瓯北诗话》曰:“放翁不以书名,而草书横绝一时……是放翁于草书,功几于出神入化。惜今不传,且无有能知其善书者,盖为诗名所掩也。”陆游的书法艺术,前人评价很多,最精当者莫如明人文彭《题放翁帖》之言:“放翁以诗名天下……为中兴大家。尝读其《剑南集》,思见其人而不可得。今得观此二帖,恍然如侍左右,何其幸哉!然放翁在当时,不以书名,而遒丽若此,真所谓人品既高,下笔自然不同者也。”将人、诗、书三位一体地加以研究,不失为有得之言。陆游还精通医道,善于养生。《剑南诗稿》中,直接以“养生”为题者甚多,至于涉及到养生内容的更是不胜枚举。陆游虽中年早衰,但由于保养得法,到了七老八十之时,仍然耳聪目明、腿脚灵便、牙齿坚固,使其晚年生活质量胜于常人,并享八十五岁高寿。难能可贵的是,他以儒者仁爱的情怀,经常赠药给贫苦的乡民,解除他们的病痛,赢得了他们发自内心的尊敬。

陆游本人,一生扮演了多重角色,诗人、学者、志士,儿子、恋人、父亲、朋友，各种身份纠结在一起，复杂的情感相互交缠，使其成为一个性格富有张力的矛盾的综合体。就思想方面而言，他的身上交织着爱国报君与求取个人功名的矛盾，一往无前的入世精神与悄然思退的归隐情怀的矛盾，报国立功的丈夫和沉醉书斋的书生的矛盾，养气修身的儒者与衰颓放纵的酒徒的矛盾；就诗歌艺术来看，又交织着创作勤奋、精力旺盛与题材繁复、句法稠叠的矛盾，气吞沧海与凝练含蕴的矛盾……落实到选篇上，也是矛盾难解，不做筛选则九千首诗读者难以卒读，若精选则可能有遗珠之憾。所以我们的选本既充分重视陆游创作的"主旋律"，又极其注意反映其艺术的丰富多样性：除了爱国主义等重大题材外，还精选了涉及爱情、书法、饮酒、饮茶、养生、民俗、重商、教子等方面的内容，以求尽可能立体而圆融地表现伟大诗人的全貌，这也算是我们对这位"亘古男儿"特殊的缅怀和纪念吧。

诗　选

夜读兵书

孤灯耿霜夕，[①] 穷山读兵书。[②]
平生万里心，[③] 执戈王前驱。[④]
战死士所有，[⑤] 耻复守妻孥。[⑥]
成功亦邂逅，[⑦] 逆料政自疏。[⑧]
陂泽号饥鸿，[⑨] 岁月欺贫儒。[⑩]
叹息镜中面，　安得长肤腴？[⑪]

【注释】

①耿：照亮。　②穷山：人迹罕至的深山。　③万里心：立功万里边塞的抱负。　④执戈王前驱：拿起武器，为保家卫国而冲锋在前。戈：古代兵器。前驱：冲锋在前的先遣部队。这里是用《诗经·卫风·伯兮》的“伯也执殳，为王前驱”之意。　⑤“战死”句：“战死士”，明刊《须溪精选陆放翁诗集》作“战士死”。　⑥守：与……厮守。妻孥：妻室儿女。　⑦邂逅：不期而遇。全句意思是说建立功业并非可以事先预料，而是靠运气的。　⑧“逆料”句：意谓功名本没有把握，如果一定要预料如何，就未免迂阔而不实际了。逆料：预料。政：同“正”。疏：疏阔、迂阔。　⑨陂泽：洼地积水处。鸿：大雁。　⑩贫儒：作者自谓。　⑪肤腴：肌肤丰满

润泽，喻青春常在。

【品评】

诗约作于绍兴二十六年(1156)，时陆游三十二岁。

此前诗人应试落第，按照“三十而立”的古训，可谓功业无成；若依今“三十而富”的成功标准，则不免为世人轻视乃至耻笑，“贫儒”之说并非矫情。但诗人于低沉苦闷的叹息中，仍郁勃着不平之气，寒夜苦读正是等待一飞冲天的时机。“平生万里心，执戈王前躯。战死士所有，耻复守妻孥”四句，是其一生英雄本色的写照。陆游一生历经徽、钦、高、孝、光、宁六朝，有居庙堂之高的恩荣礼遇，也有处江湖之远的放浪萧骚，更有一番楼船夜雪、匹马梁州的军事生涯，家事国事天下事相互纠葛于一生。但他始终没有动摇、放弃自己的崇高信仰，其诗作里自始至终地唱响着悲怆激昂的雪耻爱国的时代强音，如黄钟大吕般震荡着千秋万世！

陆游出身书香世家，一生嗜书成痴。《抄书》诗自道“书生习气重，见书喜欲狂”；《读书示子遹》诗云“我性若爱书，未始去几案”；《老病追感壮岁读书之乐作短歌》云“少年志力强，文史富三冬。但喜寒夜永，那知睡味浓”；《冬夜读书》云“挑灯夜读书，油涸意未已”。《剑南诗稿》中描写这类读书境况不胜枚举，都从一个个侧面为本诗作了注脚。“孤灯耿霜夕，穷山读兵书”，寥寥十字，纯朴如白描、扣人心弦。此中的滋味，古今的读书人自能体会，不禁触发与作者的惺惺相惜之情。更为难能可贵的是，陆游深夜读的是兵书。人微言轻的文弱书生，能突破圣贤书“子曰诗云”的局囿，为“靡靡诗界”吹进一股刚劲的风，其诗中经常出现金戈铁马、宝剑鸣匣意象，自不足怪！

孤灯、霜夕、穷山等意象颇能契合古今寒士的读书境况，故能感人至深。“陂泽号饥鸿，岁月欺贫儒”两句，运用对偶手法，人鸟关涉，使“贫儒”形象因“饥鸿”的映衬而更加厚实、启人深思。

喜小儿辈到行在[①]

阿纲学书蚓满幅，[②] 阿绘学语莺啭木。[③]
截竹作马走不休， 小车驾羊声陆续。
书窗涴壁谁忍嗔，[④] 啼呼也复可怜人。
却思胡马饮江水，[⑤] 敢道春风无战尘。
传闻贼弃两京走，[⑥] 列城争为朝廷守。[⑦]
从今父子见太平， 花前饮水勿饮酒。[⑧]

【注释】

①行在：天子所在的地方。这里指南宋都城临安。绍兴三十年春天，陆游到临安。绍兴三十二年，家属随至京都。 ②学书蚓满幅：晋《王羲之传》载：“子云近世擅名江表，然仅得成书，无丈夫之气，行行如萦春蚓，字字若绾秋蛇。”此处指小儿初写字时之歪歪扭扭，没有笔力，如蚯蚓满纸。无独有偶，今日之中小学生戏称写字没经过正规训练，密麻满篇，难以辨识者为“蚯蚓体”，恰合陆诗“蚓满幅”之意。 ③学语莺啭木：黄庭坚《嘲小德》云：“学语啭春鸟。”这里指小儿讲话就好像黄莺在树上婉转地啼呼。 ④书窗涴

壁：指在窗上墙上乱涂乱画。涴（wò）：弄脏，泥沾在器物上。嗔：生气，发怒。　⑤胡马饮江水：《宋书·臧质传》："质答（拓跋焘）书曰：'……尔谓何以不闻童谣言邪？虏马饮江水，佛狸死卯年。'……是时虏中童谣曰：'轺车北来如穿雉，不意虏马饮江水。虏主北归石济死，虏欲渡江天不徙。'"胡马：金兵；江：长江。　⑥"传闻"句：指绍兴三十一年十二月，金兵仓皇北退，武巨收复两京事。两京：指宋代的开封府和河南府。　⑦列城：诸城。这句是指金兵北退时，各地义军纷纷乘机反攻。　⑧"花前"句：黄庭坚《以小团龙及半挺赠无咎并诗用前韵为戏》诗云："幸君饮此勿饮酒。"

【品评】

绍兴三十一年（1161）十二月，武巨收复了西京（洛阳），极大地鼓舞了陆游。他以为国家中兴在望，就于第二年把家眷接到临安。此诗为绍兴三十二年春儿子们到达临安时所作。

钱锺书先生《谈艺录》谓放翁诗有二痴事，其一是"好誉儿"，并认为"儿实庸材"、"令人生倦矣"，言下之意颇为不屑，未免缺乏同情之理解。陆游示子诗中对儿辈告诫劝勉，寄寓了对子弟人格、学养等各方面的期待，表达了不堕家风的期望，乃真情挚性之作，非无原则溺爱或浮泛誉儿者。且其诗传神写照，见出极强的艺术功力，人物性情、声吻、神采跃然纸上，决非粗制滥造之作。

阿纲，大概是陆游第四子，名子坦，绍兴二十六年生，是年应是七岁；阿绘，可能是陆游的第五子或女儿，生于绍兴三十一年或三十二年，此时正在咿呀学语。阿纲砍下青竹当马骑不停地奔跑，又学着驾羊车不断吆喝，令人想起李白《长干行》中“郎骑竹马来”的诗句，可见男童天性活泼好动，古今如此。诗人是一位慈爱的通晓儿童心理学的教育大师，顺应儿童天性，任其个性自由舒展。而孩子一旦迷上写字，连窗上墙上都会留下他天真童趣的杰作。“讵忍嗔”三字，见出其宽松的教子方法。小孩子啼笑不定，阴晴瞬变，在父母的眼里，却是世间至美的音乐。“啼呼也复可怜人”，洋溢着父爱，满眼深情，令人生羡。接下来诗笔一转，由家庭写到国家形势，喜悦的气氛，转瞬间为对国事的忧虑代替。不过，又接着交待了好消息，从武巨的收复西京，憧憬父子可以过太平日子，情绪更为兴奋。

诗写父子家庭的天伦之乐，但视角却并未局限于一己悲喜，而是将小家庭的欢乐与国家的命运紧密联系在一起，诗意超越了小我而升华到大我。全诗围绕“喜”字着笔，诗句中未出现一个“喜”字，但喜悦之情贯穿在字里行间，纯用白描功夫。

游山西村①

莫笑农家腊酒浑，② 丰年留客足鸡豚。③
山重水复疑无路， 柳暗花明又一村。
箫鼓追随春社近，④ 衣冠简朴古风存。
从今若许闲乘月，⑤ 拄杖无时夜扣门。

【注释】

①山西村:在今浙江绍兴的鉴湖附近。 ②腊酒:腊月中所酿造之酒。 ③足鸡豚:指菜肴丰盛。足,充足。豚,小猪。 ④春社:古代以立春以后的第五个“戊”日为春社日,是农民祭祀土地和五谷神的日子。 ⑤闲乘月:空闲夜趁月明外出。

【品评】

诗为乾道三年(1167)在乡间闲居时所作,是年诗人四十三岁。

陆游于宋孝宗乾道二年因积极支持隆兴年间抗战派将领张浚北伐,遭到当权派的排挤,自隆兴通判任罢官,回到故乡山阴镜湖附近居住。诗中描绘了当地风俗和乡间的景色、节日的热闹场面及农民待客的真挚感情,极富生活气息。

首联以农家待客之淳朴风俗开篇,腊酒鸡豚本为常见之物,但乡间待客则视为上品;腊酒虽浑,人情却厚,真挚的情谊不可以酒宴档次的高低衡量,陆游以久经官场的士大夫眼光,发现了民间的闪光点。故诗人以否定词“莫笑”起笔。颔联“山重水复疑无路,柳暗花明又一村”两句,运用双关手法,具有高度概括意义:既生动地展现了山村中不断转换变化的旖旎风光,表达了由于领略不同特色的风光而不断涌现的欢快心情;同时,又富有哲理意味,给人以绝处逢生之启示意义,同时也暗含了诗人官场失意后以乡居生活的闲适惬意来对抗官场攻讦纷争的心境。“山重水复”句由于具有高度警策的概括性和耐人寻味的哲理意味,获得了其独立存在的地位,千百年来为人传诵不歇。尾联则表达了终老此乡的愿望。清方东树《昭昧詹言》评曰:“以游村情事作起,徐言境地之幽,风俗之美,愿为频来之约。”可谓切中肯綮。

观村童戏溪上

雨余溪水掠堤平,① 闲看村童戏晚晴。②
竹马踉跄冲淖去,③ 纸鸢跋扈挟风鸣。④
三冬暂就儒生学,⑤ 千耦还从父老耕。⑥
识字粗堪供赋役,⑦ 不须辛苦慕公卿。⑧

【注释】

①雨余:雨后。掠:拂过,漫过。 ②晚晴:放晴的傍晚夕阳。③踉跄:跌跌撞撞,走路不稳的样子。冲淖:冲到泥沼里去。④纸鸢:风筝。跋扈:形容风筝横冲直撞的样子。 ⑤三冬:冬季的三个月。古代农村只在冬季三个月中让儿童入学读书。儒生:这里指塾师。 ⑥千耦:指农忙景象。耦:两个人各执一耜,并肩而耕。《诗·周颂·噫嘻》:“亦服尔耕,十千维耦。” ⑦粗堪:勉强能够。供:应付。赋役:租税劳役。 ⑧不须:不必要。

【品评】

此诗乾道三年(1167)春作于山阴,写闲居时的生活。诗中生动地勾勒出村童们在刚放晴的傍晚种种嬉戏的情态,同时也写出了农村生活的情趣和农民朴实、知足的思想。

首联“雨余溪水掠堤平，闲看村童戏晚晴”，写足诗题中童戏和静观的含蕴。颔联“竹马踉跄冲淖去，纸鸢跋扈挟风鸣”则详写童戏的内容。这两句写出了村童游戏的原汁原味，若没有对乡居生活的沉潜体验，很难写出这样极富生活气息的语句。颈联则宕开一笔，由近及远，由实转虚，将时空的观照视角拉伸予以远观，读者眼前出现了另外一幅画面：村童农忙时节跟随父兄力田耦耕，在春种秋收中，体会稼穑的艰辛、人生的至理；冬闲时则入塾学习，粗通文墨。这样的生活方式不正是刚刚经历宦场炎凉的诗人所欣羡的吗？尾联则在写景叙事的基础上水到渠成地表达人生感悟：鼹鼠饮河唯求满腹，鹪鹩巢林不过一枝，得一温饱即为羲皇上人，何必沉浮宦海而辛辛苦苦地打拼搏斗呢？

这首诗是陆游免官闲居后的人生体验，是其厌恶官场倾轧、追求澄明心境的写照。不过，诗题中一“观”字，却无意识中流露了真实心态，“观”在这里乃静观、旁观之意，并非完全融入其中与村民浑然一体。士大夫的特殊身份决定了陆游可以用唯美的眼光透视田园生活，却不一定真能躬行。

霜　风

十月霜风吼屋边，[①] 布裘未办一铢绵。[②]
岂惟饥索邻僧米，[③] 真是寒无坐客毡。[④]
身老啸歌悲永夜，[⑤] 家贫撑拄过凶年。[⑥]
丈夫经此宁非福， 破涕灯前一粲然。[⑦]

【注释】

①霜风：秋风。 ②铢：古时重量单位，二十四铢为一两，十六两为一斤。 ③岂惟：难道只是。索：求。 ④“真是”句：唐郑虔为广文馆博士，杜甫赠诗云：“才名四十年，坐客寒无毡。”（《戏简郑广文虔兼呈苏司业源明》）这里是变化杜诗而用之。坐客毡：给客人坐的毡垫。 ⑤永夜：长夜。 ⑥撑拄：勉强支持。凶年：灾年。这一年两浙有水灾，故称凶年。 ⑦粲然：形容笑的样子。

【品评】

本诗作于宋孝宗乾道三年(1167)十月，诗人罢官居乡。

乾道二年(1166)，陆游在隆兴通判任上罢官。当时，两浙遭受水灾，各地饥民暴动，诗人也不能幸免天灾波及的艰难。诗前六句描绘了他当时缺衣少食的贫困生活。首联“十月霜风吼屋边”一句既是交待季节、环境，又为渲染诗人悲苦心境做铺垫。“布裘未办一铢绵”刻画了当时的物质窘况。颔联“岂惟饥索邻僧米，真是寒无坐客毡”，更将这困窘的描摹推向极点。不仅要向寺院借米，而且连待客的坐垫也没有。“岂惟”、“真是”虚词实用、语意递进。然而，“太阳照样升起”（海明威语），日子总要过下去！故颈联写“身老啸歌悲永夜，家贫撑拄过凶年”，歌也歌过了，悲也悲过了，总归要渡过难关啊！诗人曾有“山重水复疑无路，柳暗花明又一村”之警句，给世人以启迪，这次他有化解苦难的生活智慧吗？尾联“丈夫经此宁非福，破涕灯前一粲然”，已然交出了答卷。化解之道非偷非抢，不干谒、不折腰，乃是换位思考，从精神层面入手——就权当是“天将降大任于斯人”的考验吧。总之，诗人融儒、释、道等哲学思想之“七彩”出而为生命智慧之“一白”，从而达致了人生的又一次“柳暗花明”。无独有偶，陆诗中另有一首可与本诗相印证。诗曰：“籴米归迟午未炊，家人窃闵乃翁饥。不知弄笔东窗下，正和渊明《乞食》诗。”（《贫甚戏作绝句》）

立志恢复中原是陆游的抱负，象征了他事业的高度，化解人生苦难则标志着其心灵修养的“深度”；只不过“高度”显而易见，为众人瞩目，“深度”则为“高度”的光环掩盖，不为人注意罢了。

黄　州[1]

局促常悲类楚囚，[2] 迁流还叹学齐优。[3]
江声不尽英雄恨，天意无私草木秋。[4]
万里羁愁添白发，[5] 一帆寒日过黄州。
君看赤壁终陈迹，[6] 生子何须似仲谋。[7]

【注释】

①黄州：故治在今湖北黄冈。　②局促：拘束，不自由。楚囚：春秋时楚人钟仪在作战中被晋人俘虏，称为“楚囚”。见《左传·成公九年》。后比喻处境窘困的人。　③齐优：《史记·乐书》载：孔子在鲁做官时，齐国送优人（乐工）给鲁国，孔子认为有了优人，政治就没有清明之望，辞官而去。陆游借用此事，说自己从山阴到夔州，和齐优自齐至鲁相同。　④秋：名词动用，指秋天草木凋零。　⑤羁愁：旅客在他乡的愁绪。　⑥赤壁：三国时周

瑜和诸葛亮大破曹操的地方,其地在今湖北武昌西。苏轼作《赤壁赋》以黄州赤鼻矶为赤壁,陆游依其说。 ⑦“生子”句:曹操看到孙权的能干,感慨地说“生子当如孙仲谋”。陆游反用其典,意思说即使有孙仲谋这种才能又有何用?故用不着似仲谋。何须:何必,用不着。

【品评】

诗作于乾道六年(1170)去夔州的途中,是年诗人四十六岁。

乾道三年言官论陆游“交结台谏,鼓唱是非,力说张浚用兵”,罢官,闲居三山。此次西行万里,官职依旧通判。国事身世之愁叠加纠缠在一起,首联不免发出“局促常悲类楚囚,迁流还叹学齐优”之叹。局促,指志士胸中郁闷,如战争中的俘虏,命运任人掌控;迁流,指颠沛流离,到处不受人欢迎,故以齐优自比。颔联“江声不尽英雄恨,天意无私草木秋”,情感复杂,表面说诗人的遗憾有如江水东流,碌碌无为又是一年。仔细品味,这两句似又别有深意,另有关涉。苏轼《前赤壁赋》中有苏轼对历史及人生的深刻思考:魏武挥鞭,横槊赋诗,何其壮哉!赤壁一役,却樯橹灰飞烟灭,怎能不留下“英雄恨”?苏轼的思考,对陆游有所启示。更进一层,陆游指出,吴主孙权奋发有为,但造化弄人,最终虎踞龙蟠的石头城也没能抵挡住司马氏的铁蹄,吴国最终为西晋所灭,从而“金陵王气黯然收”,孙权若地下有知,也会发出无奈的感叹吧!这样,与历史上效慕孙仲谋的心理不同,陆游对建功立业的价值观进行了消解。颈联“万里羁愁添白发,一帆寒日过黄州”,将诗题写足写尽,“万里羁愁”更是诗眼,从家乡到黄州,并没有万里,这里只是夸张虚写，就像杜甫《登高》诗中“万里悲秋长作客，百年多病独登台”式的情感抒发，不如此则不足以写其心情之黯淡。但话说回来，若从出仕那时算起，多年来奔波流离，东折西荡，加起来又何止万里！尾联“君看赤壁终陈迹，生子何须似仲谋”，则是在颔联基础上水到渠成的情感宣泄。这是一句牢骚话，以反说正，反中有正，读者不难透过纸面体会其欲哭无泪的英雄恨和报国无门的激愤情！

晚晴闻角有感

暑雨初收白帝城，① 小荷新竹夕阳明。
十年尘土青衫色，② 万里江山画角声。③
零落亲朋劳远梦， 凄凉乡社负归耕。④
议郎博士多新奏，⑤ 谁致当时鲁二生？⑥

【注释】

①初收：刚停。白帝城：在重庆奉节东白帝山。 ②青衫：古代低级官吏穿的衣服。 ③这句话的意思是：全国都是号角声，意谓不太平。画角：古代军中的一种乐器，长五尺，形如竹筒，本细末大，上有彩绘，故名。 ④乡社：古代乡村里春社、秋社的节日，都是祭祀土神的日子，分别在立春、立秋后的第五个戊日举行。负归耕：陆游在夔州为官，不能回去耕种。负，辜负。 ⑤议郎、博士：都是秦汉官名，议郎掌顾问应对，博士掌儒家经典传授。

⑥致：招来。鲁二生：鲁地的两个儒生。据《史记·叔孙通列传》载：汉高祖刘邦称帝后，儒生叔孙通为之定朝仪，征召鲁国儒生三十余人来参加这一工作，有二儒生不应召，他们认为天下初定，死者未葬，伤者未起，还不是定朝仪的时候，指责叔孙通这样做完全是为了自己的地位而奉迎天子。

【品评】

诗写于乾道七年（1171）夔州通判任内，是年诗人四十七岁。

首联写景。暑雨初收，小荷新竹沐浴在夕照里，晶莹明净，何等清新。颈联“十年尘土青衫色，万里江山画角声”，写景兼及抒情。一阵角声入耳，诗人心情陡变，正所谓“四面云山收眼底，万家忧乐到心头”，正是古诗中的“以乐景写哀情”的手法。画角为军中乐器，发声哀厉高亢。万里江山传来的画角声提醒诗人，这正是国难当头、烽火不息的时刻；也使诗人认识到十年奔波，一无所获。陆游于绍兴二十八年（1158）初官福州宁德县主簿以来，已有十三年。虽说比不上杜甫“骑驴十三载，旅食京华春”的悲辛，可也是风尘仆仆、事业毫无起色。颈联有尺幅万里之妙。诗人笔锋一转，由眼前的白帝城，将画面转换到万里之外的故乡山阴。诗人对亲人含有无限的抱愧之情；同时在乡情与宦情的对比中，微妙地传达出“归去”之意。尾联运用汉高祖时二儒生不应召之典，借此讽刺南宋朝官中没有一个像鲁二生那样有骨气的人。正如清郑燮在《范县署中寄舍弟墨第五书》中所描述的：“南宋时，君父幽囚，栖身杭越，其辱与危亦至矣……在朝诸大臣，皆流连诗酒，沉溺湖山，不顾国之大计，是尚得为有人乎？”

衮衮诸公，惟求自保；庙堂之上，充斥着和议之声，怎能不使诗人思潮翻涌？

本诗种种情感思想交叠在一起，富于张力。由个人坎坷生涯，想到江山战乱频仍；由自己的飘零，想到家乡亲朋的亲情；由国土的沦丧，想到当时朝廷中缺少有气节的人物；在结构脉络上，由厌倦漂泊而生归去之意，但其内心深处“尘缘未了”，难以放弃对国家的责任，而转生忧虑牵挂，真个是“才下眉头，却上心头”！

山南行①

我行山南已三日，② 如绳大路东西出。
平川沃野望不尽，③ 麦陇青青桑郁郁。
地近函秦气俗豪，④ 秋千蹴鞠分朋曹。⑤
苜蓿连云马蹄健，⑥ 杨柳夹道车声高。
古来历历兴亡处，⑦ 举目山川尚如故。
将军坛上冷云低，⑧ 丞相祠前春日暮。⑨
国家四纪失中原，⑩ 师出江淮未易吞。⑪
会看金鼓从天下，⑫ 却用关中作本根。⑬

【注释】

①山南：终南山之南。 ②“我行”句：陆游自广元北上，过大巴山，途经大安、金牛，望见南郑，时已三日。 ③平川：平原。

④函秦:指渭水平原。秦都咸阳,函即函谷关,皆在渭水流域,时已沦陷。南郑接近前线,将士有杀敌报国之心,故曰“气俗豪”。⑤蹴鞠:古代军中的运动,与现代之足球运动类似。分朋曹:集体游戏中的分组。 ⑥苜蓿:豆科植物,俗名草头,可食,常作马料。连云:形容连绵不断,望不到边。 ⑦历历:分明的样子。 ⑧将军坛:即拜将台,在陕西南郑城南,相传为汉高祖拜韩信为大将时筑。 ⑨丞相祠:蜀丞相诸葛亮祠,在陕西勉县北。 ⑩四纪:古代以十二年为一纪。南宋建炎元年(1127)中原被金占领,至此时(1172)中原沦陷将近四纪。 ⑪师出江淮:当时收复沦陷地区的策略。乾道元年辛弃疾上《美芹十论》,主张出兵江淮,先行收复山东。他说:“不得山东,则河北不可取;不取河北,则中原不可复。”这句是说,从江淮出兵,不容易吞灭敌人。 ⑫会看:将看到。从天下:从天上落下,指声震天下。 ⑬陆游向四川宣抚使王炎建议,主张“经略中原,必自长安始”。这句说,要恢复中原,必须用关中作根据地。关中:指陕西。

【品评】

乾道八年(1172),陆游任四川宣抚使主管干办公事兼检法官。当时他行经山南,看到汉中一带无际的平原沃野、社会风俗和历史古迹,想到破碎的山河,从而抒发了自己复兴国家的情思。

“我行山南已三日,如绳大路东西出”,点明诗题,同时为后面诗句作铺垫。将大路比作“绳”,想象奇特,又符合透视原理:大路虽宽,但从远望去,不过纤细如绳。“如绳”、“大路”二词结合于一处,看似矛盾,实合物理。同时,正因为“大路东西出”,才有了下面的“平川沃野望不尽，麦陇青青桑郁郁”。原野一望无际，桑麦繁茂滋润，这两句是写汉中一带的地大物博。“地近函秦气俗豪，秋千蹴鞠分朋曹”两句写社会风俗人情，汉中一带民气豪壮，有尚武精神。“苜蓿连云马蹄健，杨柳夹道车声高”，则是将物产与民俗合写。

从“古来历历兴亡处，举目山川尚如故”开始，诗句转入议论。“兴亡处”指历史遗迹众多，这两句指出关中是战略要地。“将军坛上冷云低，丞相祠前春日暮”则是对“兴亡处”加以印证。将军坛，为汉高祖时拜韩信的将台，丞相祠即诸葛亮庙，这两个历史人物都因风云际会而立功不朽。两处历史古迹承载了深厚的历史文化内涵，同时也寄托了诗人陆游“一战立功勋”的英雄理想。“冷云低”、“春日暮”，景象凝重，大气磅礴，似为读者带来了车辚辚、马萧萧的历史烽烟。“国家四纪失中原，师出江淮未易吞”，则明确提出了自己的战略思考，与《宋史·陆游传》中之“经略中原，必自长安始，取长安必自陇右始。当积粟练兵，有衅则攻，无则守”的建议是一致的。陆游认为，收复中原，必先收取关中。这和辛弃疾收复必先收得山东的主张，并不相同。

游锦屏山谒少陵祠堂[①]

城中飞阁连危亭，[②] 处处轩窗临锦屏。[③]
涉江亲到锦屏上，[④] 却望城郭如丹青。[⑤]
虚堂奉祠子杜子，[⑥] 眉宇高寒照江水。[⑦]

古来磨灭知几人，　此老至今元不死。[8]

山川寂寞客子迷，[9] 草木摇落壮士悲。[10]

文章垂世自一事，[11] 忠义凛凛令人思。[12]

夜归沙头雨如注，[13] 北风吹船横半渡。

亦知此老愤未平，　万窍争号泄悲怒。[14]

【注释】

①锦屏山：在四川省阆中市外，嘉陵江南岸，上有杜甫祠堂。谒：进见，拜见。少陵：杜甫号“少陵野老”。　②飞阁：高阁。危亭：高耸之亭。　③轩窗：廊屋的窗。临锦屏：面对锦屏山。④涉江：渡江。　⑤丹青：图画。　⑥虚堂：空堂。子杜子：尊称杜甫曰“杜子”，再加上“子”字于前曰“子杜子”，表示特别尊敬。⑦眉宇：指祠中杜甫塑像的容颜、风貌。高寒：高古清峻貌。江水：指嘉陵江水。　⑧此老：指杜甫。元：同“原”。　⑨客子：指杜甫。　⑩摇落：指凋零、草木变衰。壮士：指杜甫。杜甫《恨别》：“洛城一别四千里，胡骑长驱五六年。草木变衰行剑外，兵戈阻绝老江边。”　⑪垂世：流传人间。　⑫凛凛：可敬畏之状。⑬沙头：陆游住宿处。　⑭“万窍”句：这句话是说，万谷齐号像是为杜甫在发泄悲愤。用《庄子·齐物论》：“夫大块噫气，其名为风，是唯无作，作则万窍怒号。”窍：空穴。号：呼号。

【品评】

乾道八年（1172）陆游在南郑，因公到了阆中。位于嘉陵江南岸的锦屏山，山势险峻，秀绝寰区，其中有杜甫祠堂。诗人在游山时进谒了杜甫祠堂而赋此诗。

开头四句点题，状城郭之景色优美，有如丹青。“虚堂”四句对应题目中“谒少陵祠堂”。“眉宇高寒照江水”，映衬了杜甫高峻的人格，同时将古今人物磨灭殆尽与杜子的“至今元不死”作对比，写出了对杜甫的景仰之情。“山川”四句，诗人情感发生一定的变化。“客子迷”、“壮士悲”，写出了杜甫迷惘与悲苦的心理感受，同时这也是陆游自己的感受。杜诗以“诗史”传世，杜甫被后人称为“诗圣”。在陆游看来，杜甫的立言不朽固值得推崇，而其忧国忧民欲“致君尧舜上，再使风俗淳”的人格理想更应该大书特书。吕留良、吴之振《剑南诗抄小序》论曰：“山谷云：‘天下几人学杜甫，谁得其皮与其骨?’若放翁者，不宁皮骨，盖得其心矣。所谓爱君忧国之诚，见乎辞者，每饭不忘。”精辟地指出了杜甫对陆游的人格影响。最后四句，语意更趋激烈。由前面的“迷”、“悲”，到此处则变化为“愤”、“怒”。诗的开头四句与最后四句风景迥异，情绪性质也发生巨变，前面更多的是赞赏，到后来通过心灵沟通，几乎是把老杜与自己化为一体。

剑门道中遇微雨[①]

衣上征尘杂酒痕，[②] 远游无处不消魂。[③]
此身合是诗人未?[④] 细雨骑驴入剑门。[⑤]

【注释】

①剑门：剑门关，在今四川剑阁东北。 ②“衣上”句：衣上带着旅途中的尘土和酒渍。 ③消魂：令人心神陶醉。 ④“此身”句：这句说，我这一生也许应该算是个诗人了吧！合是：应该是。未：表疑问的词。 ⑤细雨骑驴：用唐代诗人郑綮的故事。有人问相国郑綮近来有无新作，郑綮答道：诗思在灞桥风雪中驴背上，此处何以得之？（见《唐诗纪事》引《古今诗话》）

【品评】

乾道八年(1172)十月，主战派王炎被召回临安，陆游也被改任成都府安抚司参议官。十一月，他自兴元启程赴成都。此诗是他途经剑门关时所作。南郑是西北国防前线，地理位置十分重要，陆游把它看作是恢复中原的根据地。现在，王炎被召还，诗人自己也从国防重地调到后方，抗战势力受到压制。

“衣上征尘杂酒痕”，寥寥七字，为我们展示了一幅千钟使气、醉后疏狂的英雄画像。陆游一生以酒为伴，即使在军中，亦不离此君。在酒力的驱使下，英雄诗人的才气得以淋漓尽致地张扬。他曾自道“百岁光阴半归酒，一生事业略存诗”(《衰疾》)，其诗与酒的关系何其密切！“远游无处不消魂”，祖国的山光水色如画图一般，呈现在诗人眼前，故一路走来，心神陶醉。“此身合是诗人未”，意思是说，我也许应该算是个诗人吧！“未”，用的是疑问语气，这一方面是表示谦虚，另一方面，更在陶醉神态的形象展现中，蕴含更深一层的人生思考，即不甘于仅是“余事作诗人”的身份。这是话中话。“细雨骑驴入剑门”，用唐代诗人郑綮故事，又结合自身处境。骑驴与骑马所传达的身份处境和人生意趣不同，敏感的读者不难体察。

唐诗人李白曾骑驴过华阳；贾岛骑驴漫步长安市，吟咏“秋风吹渭水，落叶满长安”；郑綮的诗思在灞桥风雪中驴子背上；李贺常带小奚奴骑驴觅句，皆从前诗人骑驴故事。诗人陆游因当前富有诗意的风景而联想及之，且有尚友古人的意思。整首诗表面看，好像对美景美酒有一种自得其乐之感，其实是自嘲——他不甘心仅仅作个诗人，但南宋的政治现实却是“缚将奇士作诗人”(梁启超《读陆放翁集》)，这真是无奈和可笑之至，这种情绪在诗人的另外一首诗里得到了尽情的流露：“那知一旦事大谬，骑驴剑阁霜毛新。却将覆毡草檄手，小诗点缀西州春。”(《夏夜大醉醒后有感》)诗意相仿，语气却更为激烈、直露！

陈衍《石遗室诗话》评此诗云：“剑南七绝，宋人中最占上峰，此首又其最上峰者，直摩唐贤之垒。”评价很高。该诗的妙处在于情景妙合，脱口而出，无意为诗而能浑然天成，颇有唐人风致。正因如此，“细雨骑驴”一句传诵千古。

即　事

渭水岐山不出兵，① 却携琴剑锦官城。②
醉来身外穷通小，③ 老去人间毁誉轻。④
扪虱雄豪空自许，⑤ 屠龙工巧竟何成？⑥
雅闻岷下多区芋，⑦ 聊试寒炉玉糁羹。⑧

【注释】

①渭水：即渭河，是黄河最大的支流，在陕西中部。岐山：在陕西凤翔，和渭水同在沦陷区。 ②锦官城：即成都。古代成都以织锦著名，有锦官主持其事，故称锦官城。 ③“醉来”句：指一醉以后，穷通都不足计较。穷：指怀才不遇。通：指处境顺利。 ④“老去”句：年龄渐衰，对于人间的毁谤和赞誉都不加重视。 ⑤扪虱：用王猛事。永和十年(354)东晋大将桓温北征，大战关中，王猛来见，一边扪虱，一边纵谈当时的国家大事。自许：自我称许。⑥屠龙：《庄子·列御寇》记古代朱泙漫向支离益请教屠龙的方法，费了千金的代价，但因无龙可屠，技艺无法施展。 ⑦雅闻：素常听说。岷：岷山，在四川北部。区芋：田中之芋。 ⑧“聊试”句：这句是说，还是试着将它炖成玉糁羹。玉糁：白色米粒。

【品评】

乾道八年(1172)十月，四川宣抚使王炎被朝廷召还，所有幕僚皆被遣散，陆游改任成都府安抚使参议官。从前线调回成都，做了一个闲官，陆游满腔报国的热血化冰，终日以诗酒自遣。

首联中“渭水”一句，直接点明当时的政治形势，即有志之士才能无法施展，于是才有了“却携琴剑锦官城”的无奈之举。古今失意之士化解生活苦难各有应对之方，有的“不平则鸣”化而为诗文；有的寄情山水，宣泄于岩泉花草；有的放荡于声色；有的沉溺于醉乡——总之，压抑的生命活力总要有一个安置所。放翁则在诗酒生涯中燃烧其生命的激情，其一生九千三百多首诗中，写酣饮纵放的场面不计其数。颔联写出无奈之意，可见放翁之醉并非纯粹追求感官刺激，而是“聊欲醉中遗万事”(《草书歌》)。他的愁苦实在太深了，“百万愁魔降未得，故应用尔作戈矛”(《对酒》)。一醉果真能解千愁吗？人到老年，果真能看轻荣辱吗？恐怕未必。颈联两句，感叹自己平时常以扪虱纵谈的王猛自比，到头来竟如学会了屠龙技巧的朱泙漫一样，无处可以施展自己的理想和抱负。“空自许”、“竟何成”都是否定用语，但是比肯定用法更具震撼力。正如莫砺锋先生所说的：“其他诗人在抗金复国的理想日趋渺茫时往往转为低沉消极，而陆游的爱国情怀却终生不渝。”(《陆游诗中的自画像》)确实抓住了陆游其人其诗的神髓。尾联将笔触从思想的驰骋中拉回到眼前。如果说《剑门道中遇微雨》传达了“缚将奇士作诗人”的感慨，这里更加荒唐，将一个寤寐不忘中原的爱国英雄逼成一个饱食终日的美食家！造化弄人，可见一斑！

三月十七日夜醉中作

前年脍鲸东海上，[1] 白浪如山寄豪壮。
去年射虎南山秋，[2] 夜归急雪满貂裘。[3]
今年摧颓最堪笑，[4] 华发苍颜羞自照。[5]
谁知得酒尚能狂，[6] 脱帽向人时大叫。
逆胡未灭心未平，孤剑床头铿有声。
破驿梦回灯欲死，[7] 打窗风雨正三更。

【注释】

①“前年”句：绍兴三十年(1160)陆游三十六岁时，在福州泛海，有《航海》、《海中醉题》两诗。捕鲸当是虚写。脍：细切鱼肉。②射虎南山：陆游诗记在南郑射虎事者不止一处。南山：终南山。③貂裘：貂皮袍子，这两句指乾道八年冬任四川宣抚使司检法官时在南山中射虎事。 ④摧颓：摧丧颓废。 ⑤“华发”句：这句是说，头发花白，面色苍白，都不敢拿镜子自照。 ⑥狂：即下句脱帽向人大叫的狂态。 ⑦破驿：破败的驿站。灯欲死：灯将要熄灭。

【品评】

乾道九年(1173)春间，陆游代理蜀州通判，曾因事至成都，作此诗。

“前年脍鲸东海上，白浪如山寄豪壮”，诗人想起早年间在福州泛海之事。泛海、脍鲸，何其壮哉！且用开口“ang”韵，无论从诗意还是音韵上，一起笔就奠定了全诗宏大的气魄和豪迈的情感基调。“去年射虎南山秋，夜归急雪满貂裘”，想到去年在南郑射虎、风雪夜归的诗意军营生活。陆游集中有30余首诗词涉及打虎内容，还有一些有关打虎的诗句。射虎是否属实，论家各执一词，聚讼不休。其实，无论是实写还是虚构，都应该传达出这样的信息：中国文化发展到赵宋，尚文尚柔的一面更趋精熟。陆游的存在似乎是一个异数，在万千精通典章制度、熟稔诗韵词格，却手无缚鸡之力、目不能辨禾黍的文士中，诗人卓然鹤立，发出了抗金恢复中原的时代强音，又在诗中出现了不可多得的“射虎”意象，不能不说是为时代精神注入一丝生命活力，为士大夫争回了一丝尊严。

“今年摧颓最堪笑，华发苍颜羞自照”，相比之下，今年却无所作为，主帅调回，收复大业遭遇重创，诗人“有心杀贼，无力回天”，故发出今不如昔之叹。“谁知得酒尚能狂，脱帽向人时大叫”，笔意转折，诗歌情绪渐入悲慨昂扬。“逆胡未灭心未平，孤剑床头铿有声”，这两句是全诗之眼，通过夜晚宝剑鸣匣的幻觉描写，生动抒发了灭胡的壮志。“破驿梦回灯欲死，打窗风雨正三更”，客舍灯下，午夜梦回，应是一天中卸下各种面具和包装，展露真实心态的时刻，诗人仍念念不忘国家的事业，不禁令人肃然起敬。“打窗风雨正三更”，一“正”字说明诗人醉后时间意识非常敏锐，千丝万绪涌上心头！

前年、去年、今年的三处描写，纵向的对比映衬，示人以强烈的差距。诗歌总的基调是豪壮中透出悲凉，低迷中孕育着激昂，如蓄势待发的利箭，如柙中咆啸的猛虎，如等待一飞冲天的雕鹰，洋溢着书生的浪漫和英雄的豪迈，催人上进，给人以激励。

观大散关图有感[①]

上马击狂胡，[②] 下马草军书。
二十抱此志，　五十犹癯儒。[③]
大散陈仓间，[④] 山川郁盘纡。[⑤]
劲气钟义士，[⑥] 可与共壮图。[⑦]

坡陀咸阳城，[8] 秦汉之故都。[9]
王气浮夕霭，[10] 宫室生春芜。[11]
安得从王师，[12] 汛扫迎皇舆。[13]
黄河与函谷，[14] 四海通舟车。
士马发燕赵，[15] 布帛来青徐。[16]
先当营七庙，[17] 次第画九衢。[18]
偏师缚可汗，[19] 倾都观受俘。[20]
上寿大安宫，[21] 复如正观初。[22]
丈夫毕此愿，[23] 死与蝼蚁殊。[24]
志大浩无期，[25] 醉胆空满躯。[26]

【注释】

①大散关：在陕西宝鸡西南，当时宋人与金相持的阵地。②狂胡：指金人。③癯儒：瘦弱书生，这里是诗人自指。④陈仓：在今陕西宝鸡南。⑤盘纡：迂回盘曲。⑥钟：贯注。义士：指前线的将士。⑦壮图：伟大的计划，指收复失地的策略。⑧坡陀：险阻不平。咸阳：秦都，陕西省咸阳市。⑨“秦汉”句：秦都咸阳，汉都长安，故地在今陕西省西安市与咸阳市附近。⑩这句意思是说，现在故都沦于金人之手，因此王气浮于黄昏的烟雾之中。王气：王朝的气运。⑪春芜：春天的杂草。这句指旧京宫室的荒凉。⑫王师：指南宋的军队。⑬汛扫：清除。皇舆：皇帝的车驾。⑭函谷：关名，在今河南灵宝。⑮士马：军士和马，指修建京都的队伍。燕赵：战国时国名。燕，在今河北、辽宁部分地区。赵，在今山西、河北部分地区。⑯青徐：古州名。青

州，在今山东。徐州，在今江苏北部和安徽北部。 ⑰营：营造，建造。七庙：古代礼制，天子有七个礼庙。 ⑱次第：依次。九：虚数，多的意思。衢：四通八达的大道。 ⑲偏师：部分军队。可汗：古代北方少数民族对于君主的称呼，这里指金。 ⑳倾都：城中所有居民。受俘：受降。 ㉑上寿：进酒祝贺。大安宫：唐代宫名，这里借指宋代宫殿。 ㉒正观：即贞观，唐太宗年号（627—649）。 ㉓毕：完成。 ㉔“死与”句：这句是说，即使死去，也与渺小的蝼蚁之死大不相同了。 ㉕浩：广大的样子。期：限度。 ㉖“醉胆”句：意谓满身是胆，但只有终日沉醉，徒有壮志。

【品评】

本诗乾道九年(1173)作于嘉州。是年诗人四十九岁。

诗人借观看大散关作战地图，寄托自己抗战复国的志愿，并抒写不能实现这一志愿的悲慨。“上马击狂胡”四句，点出理想不能实现的社会现实。“大散陈仓间，山川郁盘纡”，这两句由远及近、由虚转实，转入“观图”主题。大散关在今陕西宝鸡西南，是当时宋金划界相持的阵地，观大散关图就与一般的查询地图不同，是诗人不同凡响的人生抱负的具体体现。接下来，诗人详写民气、历史遗迹，特别是畅想了王师北伐后，寰区大定、海县清一、舟车交驰、营造宫室的美好图景。“劲气钟义士，可与共壮图”，与《山南行》中“地近函秦气俗豪”相呼应，诗人对西北民气有一种特别的钟情与眷顾，认为西北忠义之士身上凝聚着刚毅勇敢之气，可与他共同谋划救国的壮举，这大概与其从戎南郑、对火热军营生活的体认关系密切。“坡陀咸阳城”四句，遥想秦汉旧事，指出王气所在，笔力厚重有如千钧，强化历史使命感。“安得从王师”六句，描写了一派收复河山后，海晏河清、安居乐业的繁荣景象。“先当营七庙”六句写缚贼观俘、营造王都、歌舞升平的欢乐图景，把诗人那胜利狂欢的畅想曲一下子推向了高潮，但紧接着结尾四句，则以劲健笔力，大开大阖，大起大落，陡然将笔墨拉叵到现实——观图所感不过是难以兑现的“精神会餐”而已，无情的现实将美好理想击得粉碎。

本诗诗题“观大散关图有感”，重在抒感而非写实，就全诗内容来看，落墨于诗人的感想、想像，类似于精神分析学派所说的“白日梦”。但“忠愤蟠郁，自然形见，无意于工而自工”(《唐宋诗醇》)，读者切不可以痴人说梦视之。这样的观图，在陆诗中多见，如《夜观子虡所得淮上地图》曰：“闲置空斋清夜徂，时闻水鸟暗相呼。胡尘漫漫连淮颍，泪尽灯前看地图。”观图流泪，一往情深，堪称古今无两！

夜读岑嘉州诗集[①]

汉嘉山水邦，[②] 岑公昔所寓。[③]
公诗信豪伟，[④] 笔力追李杜。[⑤]
常想从军时，[⑥] 气无玉关路。[⑦]
至今蠹简传，[⑧] 多昔横槊赋。[⑨]
零落财百篇，[⑩] 崔嵬多杰句。[⑪]
工夫刮造化，[⑫] 音节配韶頀。[⑬]

我后四百年，⑭ 清梦奉巾屦。⑮
晚途有奇事，⑯ 随牒得补处。⑰
群胡自鱼肉，⑱ 明主方北顾。⑲
诵公天山篇，⑳ 流涕思一遇。㉑

【注释】

①岑嘉州：唐诗人岑参，曾任嘉州刺史，故称。 ②汉嘉：即嘉州，治所在四川乐山。山水邦：有山有水的好地方。 ③寓：寄住。 ④信：确实。豪伟：豪放宏伟。 ⑤追李杜：追赶李白、杜甫。 ⑥从军时：指唐天宝年间岑参任安西节度书记、安西北庭判官等军职。 ⑦“气无”句：言其豪气欲吞羌胡，边塞险阻岂在话下。玉关：即玉门关，在今甘肃，当时是出塞必经之地。 ⑧蠹简：指古旧书籍。蠹，蛀虫。 ⑨横槊赋：三国时曹操曾横槊赋诗，后指在军队里所写的从军生活的诗文。槊，长矛，古兵器一种。 ⑩财百篇：陆游在《渭南文集》卷二十六《跋岑嘉州诗集》中指出，岑参是李白、杜甫之后“一人而已”，故选刻了岑参遗诗八十余首。“百篇”是举其概数。财，通“才”。 ⑪崔嵬：原指山石高而不平，这里指岑诗奇特，不同凡响。 ⑫造化：谓天地自然。刮造化，犹言巧夺天工。 ⑬韶頀：相传韶是古代舜的音乐，頀是商汤的乐名。这两句是赞美岑参诗的音律优美。 ⑭我后四百年：陆游出生在岑参死后三百五十余年。四百年是举其概数。⑮“清梦”句：言向往其人，形诸梦寐，梦见侍奉他的左右。奉巾屦：侍候起居。巾：头巾。屦：麻鞋。 ⑯晚途：晚年的生活道路。⑰牒：公文。得补处：指陆游于乾道九年(1173)以蜀州通判代理嘉

州政务之事。 ⑱自鱼肉：自相残杀。乾道八年（1172）金国内部发生变乱，完颜亮杀金熙宗后，大杀宗室大臣，其后亮被杀。⑲“明主”句：言孝宗方谋北伐。 ⑳天山篇：岑参有《天山雪歌送萧治归京》。 ㉑思一遇：希望有机会像岑参随军出征，以偿夙愿。

【品评】

对于历史上的前辈诗人岑参，陆游心里有一种特别的情愫。其《跋岑嘉州诗集》文中说：“予自少时，绝好岑嘉州诗。往在山中，每醉归，倚胡床睡，辄令儿曹诵之，至酒醒，或睡熟，乃已。尝以为太白、子美之后，一人而已。”陆游的尚友岑参，除与陆家世代爱国的优良家风熏陶有关，还与做官地之巧合、诗歌题材风格之近似关系密切。乾道九年（1173）夏，陆游受诏知嘉州事，有机会来到嘉州，岑参曾经为官的地方。他重读岑参诗集，对岑参充满钦佩景仰，写下了这首诗。

“汉嘉山水邦，岑公昔所寓”，点出与岑参昔日为官之地的巧合。“公诗信豪伟，笔力追李杜”，指出岑参作为盛唐杰出边塞诗人的风格特征。元人辛文房《唐才子传》说：岑参“累佐戎幕，往来鞍马烽尘间十余载，极征行离别之情。城障塞堡无不经行……诗调尤高，唐兴罕见此作”。正是由于二人经历、诗风的相似，陆游对岑参有一种异乎常人的钦佩感，才发而为惺惺相惜之语。“常想从军时，气无玉关路”，岑参于天宝八载（749）和十三载（754）两次出塞，写了大量表现从军生活和塞外风光的浪漫诗篇。“至今蠹简传，多昔横槊赋”，说岑参诗集所传，大多为从戎生活的题材。作者又说：“又杂取世所传公遗诗八十余篇刻之，以传知诗律者，不独备此邦故事，亦平生素意也。”此即“财百篇”得句由来。“工夫刮造化，音节配韶頀”，指出岑诗充满奇情壮采，音节用韵也刻意求奇。清翁方纲《石洲诗话》也说：“嘉州之奇峭，入唐以来所未有。又加以边塞之作，奇气益出。”可作为诗句注脚。“我后四百年，清梦奉巾屦”，表达了自己侍奉岑参的心愿。今日现代都市“新新人类”对偶像崇拜太过，此乃人性，未可深责，陆游愿意为岑参梳头、穿鞋，难道不是岑参的超级“粉丝”吗？最后说晚年以蜀州通判代理嘉州政事，希望自己能像岑参那样有随军出征的机会，一偿抗敌夙愿。

诗从一个侧面反映了陆游重事功的人生价值观和重现实生活的诗学观。岑参是盛唐边塞诗派的代表诗人，若论诗坛综合竞争力，不可能与李杜相提并论。陆游将其提到“太白、子美之后，一人而已”的高度，不能说不包含有浓重的主观好尚色彩，其背后的原因，应回到陆游的人生追求上去寻找。

金错刀行[①]

黄金错刀白玉装，[②] 夜穿窗扉出光芒。[③]
丈夫五十功未立，[④] 提刀独立顾八荒。[⑤]
京华结交尽奇士，[⑥] 意气相期共生死。[⑦]
千年史策耻无名，[⑧] 一片丹心报天子。[⑨]
尔来从军天汉滨，[⑩] 南山晓雪玉嶙峋。[⑪]
呜呼！楚虽三户能亡秦，[⑫] 岂有堂堂中国空无人！[⑬]

【注释】

①金错刀:刀身嵌有黄金纹的刀。行:歌行,古代诗歌的一种体裁。 ②白玉装:刀柄嵌有白玉。 ③窗扉:窗户。 ④丈夫:男子汉,诗人自指。五十:作者写此诗时是四十九岁,五十是举其整数。 ⑤顾八荒:环视八方荒远的地方。 ⑥京华:指京都临安。奇士:有特出才能之人。 ⑦意气:志气。相期:相投。⑧史策:即史册。这句说,由于没有在那流传千古的史书上留下自己的名字而感到耻辱。 ⑨丹心:忠心。 ⑩尔来:近来。天汉滨:汉水边。 ⑪“南山”句:这句说,南山清晨的白雪使参差矗立的山峰晶莹如玉。南山:终南山。玉嶙峋:山石重叠不平的样子。 ⑫“呜呼”句:古代楚国被秦国灭亡,楚国人民怀念故国,不肯屈服,当时民间歌谣曰“楚虽三户,亡秦必楚”。就是说楚国即使只剩下三户人家,但是最后一定能消灭敌人,恢复故国。⑬堂堂:盛大而威严的样子。

【品评】

此诗乾道九年(1173)陆游在川、陕从军时作于嘉州。是年诗人四十九岁。在这首诗里,陆游用金错刀的宝贵以及锋利的光芒来表明自己的复国决心。

“黄金错刀白玉装,夜穿窗扉出光芒”状刀之名贵,同时以刀之光芒兼写主人的不甘寂寞,冀求锋芒一试。“丈夫五十功未立,提刀独立顾八荒”,似借用《论语·子罕》“四十五十而无闻焉,斯不足畏也矣”意,眼看年光逝去,英雄迟暮,诗人心里怎能不忧心如焚呢?“京华结交尽奇士”四句,交待金错刀主人立功报国的人生目标，当然也是诗人自己的价值取向。“尔来从军天汉滨，南山晓雪玉嶙峋”，由虚转实，写自己近来从军在汉水边，足迹踏至终南山的雪地，报国机会出现了转机。最后两句“呜呼！楚虽三户能亡秦，岂有堂堂中国空无人”，语句转为急促，情绪更趋昂扬，表达了驱逐异族压迫的决心，如悲怆奏鸣曲，在高潮中戛然而止。

“岂有堂堂中国空无人”句，综观南宋朝历史，大写的士“人”并不多见。当时士大夫只知有家，不知有国，实际情况是“诸人但欲口击贼”（《前有樽酒行》）、“诸公尚守和亲策”（《感愤》），像陆游这样要从戎、要上马击贼、愿意拥马横戈的士人，寥寥无几。

诗歌共十二句，四句换韵，情随笔转，将收复失地的决心写得淋漓酣畅，气势一往无前。诗运用借物抒怀的抒情方式，题为《金错刀行》，但整首诗并未围绕金错刀来写，只不过是面对金错刀借题发挥，心物相感而生激昂，借刀来抒发不平之情和爱国之心。

胡无人[①]

须如猬毛磔，[②]面如紫石棱。[③]
丈夫出门无万里，[④]风云之会立可乘。[⑤]
追奔露宿青海月，夺城夜蹋黄河冰。[⑥]
铁衣度碛雨飒飒，[⑦]战鼓上陇雷凭凭。[⑧]
三更穷虏送降款，[⑨]天明积甲如丘陵。[⑩]
中华初识汗血马，[⑪]东夷再贡霜毛鹰。[⑫]
群阴伏，[⑬]太阳升，胡无人，宋中兴。[⑭]

丈夫报主有如此，笑人白首蓬窗灯。⑮

【注释】

①胡无人：古乐府篇名。此处用双关手法，又借此表示金必亡的意思。 ②猬：刺猬。磔（zhé）：直立之貌。 ③棱：瘦劲之貌。这两句说，须如张开着的刺猬，面容如棱角分明的紫石。这是一位想像中的英雄的风貌。化用《晋书·桓温传》中描绘桓温"眼如紫石棱，须如猬毛磔"句意。 ④丈夫：指这位想像中的英雄。无万里：不以万里为远。 ⑤风云之会：《易·系辞》："云从龙，风从虎。"是说龙得云而升天，虎长啸而起风，因此风云遇合，是难得的机会。立可乘：立即可以遇到这种机会。 ⑥"追奔"二句：是说连夜追击奔逃的敌人直到青海，踏着黄河冰块去夺城。 ⑦铁衣：铁甲。碛：沙石。飒飒：风雨之声。 ⑧陇：山名，在今陕西陇县西北，是陕甘两省交界处。凭凭：强劲的响声。 ⑨降款：降书。 ⑩甲：古代战士的护身衣，用皮革或金属做成。 ⑪汗血马：古称大宛国有天马，汗从前肩髆出，色红如血，能一日行千里。⑫霜毛鹰：白鹰。 ⑬群阴：指各方敌人。伏：伏罪。 ⑭中兴：复兴。 ⑮"丈夫报主"二句：意谓大丈夫应当报国，可笑的是那些老死寒窗灯下，无所作为的人。这里是自嘲。蓬窗：寒窗。

【品评】

诗作于乾道九年（1173）。诗中通过想像，塑造了一个消灭敌人、收复国土的英雄人物，寄托了作者的理想。"须如猬毛磔，面如紫石棱"，化用《晋书·桓温传》中"眼如紫石棱，须如猬毛磔"句意。桓氏为东晋王、谢、庾、桓四大著姓之一,历史的恩怨是非难以说清,但桓温本人在东晋后半段历史上,立下了撑拄半壁江山的丰功伟绩,并且曾经领导北伐,直抵关中,这是无法否认的。在陆游眼里桓温是一位民族英雄,与白面书生截然不同。中间十二句,写英雄杀敌立功的战斗场面和群胡降归的情况。其中对"追奔"、"夺城"战斗场面的描写,气势磅礴,使人眉宇为之一振。"铁衣"两句,风雨声、金鼓声响彻云霄;铁甲色、沙石色炫人眼目,战场的气氛被完全烘托出来。"三更"两句续写战果。"中华"两句写平边后蛮夷纳贡的远景效应。"群阴伏,太阳升,胡无人,宋中兴"四句语意双关,阴、阳既是实写物候,又是诗人心愿。结尾两句诗意相对独立,表达另一层含义。至此情绪急转直下,由热血沸腾跌至冰点,引出为国立功的可贵和老死蓬窗的可笑,实际是对自己报国无门、两鬓先斑的自嘲,悲愤之情不言自明。

梁启超《读陆放翁集》其二曰:"辜负胸中十万兵,百无聊赖以诗鸣。谁怜爱国千行泪,说到胡尘意不平。""胡尘"是放翁心中解不开的结,迈不过的坎,长篇短咏,无非寓其悲愤。这首诗情绪脉络变化,正是其内心百转千折的情感变化的象征。

花时遍游诸家园十首[1](选一)

为爱名花抵死狂,[2] 只愁风日损红芳。[3]
绿章夜奏通明殿, 乞借春阴护海棠。[4]

【注释】

①诸家园:各家的花园。　②抵死:拼命。这句是说对名花爱得发狂。　③红芳:红花。　④“绿章”两句:这两句是说夜里以绿章上奏玉帝殿,请求多借给阴天,使海棠花盛开不衰。成都海棠,负有盛名。沈立《海棠记序》:“蜀花称美者有海棠焉。……足与牡丹抗衡,称独步于西洲矣。”《益部方物略》:“蜀之海棠,诚为天下奇艳。”海棠畏烈日,忌风雨,宜于阴天,故曰“乞春阴”。绿章:古代迷信的做法,在祭告鬼神时,把文词写在青纸上叫青词,写在绿纸上叫绿章。通明殿:道教以为是最高天神玉帝的宫殿。

【品评】

此诗淳熙三年(1176)陆游五十二岁时在成都作。成都海棠擅名一时,足与牡丹抗衡,称独步于西洲。关于成都海棠花期的盛况,陆游另有诗记述:“成都二月海棠开,锦绣裹城迷巷陌。燕宫最盛号花海,霸国雄豪有遗迹。猩红鹦绿极天巧,叠萼重跗眩朝日。”(《驿舍见故屏风画海棠有感》)陆游遍游诸家园后作此诗,既表达了对名花的爱护,也寄寓了一种珍惜人才的意思。

“为爱名花抵死狂”,是说自己对名花爱得发狂,刘辰翁批曰:“狂得有理。”(《精选陆放翁诗集评说》)刘氏何出此言呢?清李渔曾说,不能为情人,则不能为诗人。又明张岱《陶庵梦忆》言:“人无癖不可与交,以其无深情也;人无痴不可与交,以其无真气也。”对任何事物的“癖”与“痴”若趋骛太过,则成玩物丧志之徒;但若时刻保持理性清醒,无癖无痴,则酷不入情了。有情总比无情好,从刘辰翁的批语来看,当是对诗人用情的肯定。“只愁风日损红芳”，是说担心烈日风雨摧残红花，由爱花转入惜花。爱而能惜，足见其不是滥用情，而能体会爱背后的责任感，对人如此，对花亦如此。“绿章夜奏通明殿”，是说要连夜向天帝上章祈愿。祈求什么呢？“乞借春阴护海棠”，即请求多借给阴天，使海棠盛开不衰。至此语句意思完整，放翁将自己那“惜春常怕花开早”的情怀心事写足、写活了。

朱梓、冷昌言《宋元明诗三百首评语》评此诗曰：“与东坡《海棠诗》，同一惜花心事，各具深情。”兹引东坡《海棠》诗以加比对：“东风渺渺泛崇光，香雾空濛月转廊。只恐夜深花睡去，故烧高烛照红妆。”爱怜之情，苏、陆诗难分轩轾。

过野人家有感①

纵辔江皋送夕晖，② 谁家井臼映荆扉。③
隔篱犬吠窥人过， 满箔蚕饥待叶归。④
世态十年看烂熟， 家山万里梦依稀。⑤
躬耕本是英雄事，⑥ 老死南阳未必非。⑦

【注释】

①野人家：乡村农家。 ②辔：马缰。纵辔，犹纵马。江皋：江边。 ③井臼：打水、舂米，指农家劳动。荆扉：柴门。 ④箔：养蚕的用具，用篾打成。叶：陆游自注：“吴人直谓桑曰叶。” ⑤依稀：仿佛。这句说，在万里以外，梦里仿佛常看到家山。 ⑥躬耕：

亲自耕种。 ⑦南阳：地名，郡治在今河南南阳。诸葛亮曾隐居南阳躬耕。

【品评】

淳熙三年(1176)春末，陆游被免除参议官职务，情绪比较低落。他乘闲出游，看农家生活时，不免怀念起自己的家乡来。

首联“纵辔江皋送夕晖，谁家井臼映荆扉”，以井臼、荆扉意象，点出过野人家之意。颔联“隔篱犬吠窥人过，满箔蚕饥待叶归”，写足祥和的农村生活场景。农家院落各司其职：有人在打水舂米，有人去野外采桑，就连狗儿也忠于职守，不放过篱笆外过路的行人而汪汪地叫。农村生活悠然而有序、淡泊而有味，令人想起马致远《天净沙・秋思》中“小桥流水人家”的韵味。“乡村四月闲人少”，农村生活的大全景中，只有诗人陆游是局外人，是闲人。他羡慕向往，想走进这座农家小院，但“欣赏”与“被欣赏”的身份差异，使他如卡夫卡笔下那个土地丈量员，想走进却永远也走不近“城堡”。颈联“世态十年看烂熟，家山万里梦依稀”，因看熟了世态而归去万里家山者，有张翰，有陶渊明，但陆游真能看透吗？尾联“躬耕本是英雄事，老死南阳未必非”，以诸葛亮之隐居南阳自比，可见其仍是痴心不改，给自己奋起隆中留有希望。

诗中，陆游想极力摆脱免官后的失落情绪，因路过野人家有感，触发了久已潜滋暗长于心底的归耕之念。但“素心虽愿老岩壑，大义未敢忘君臣”(《夏夜大醉醒后有感》)，陆游毕竟是陆游，他所受的教育及由此培养成的士大夫责任感，使他不能毅然离去，还期望有一天能像诸葛亮那样起于隆中。爱国之路，漫漫而修远，看来，诗人还要“一肩挑尽古今愁”而风雨兼程！

病起书怀二首（选一）

病骨支离纱帽宽，① 孤臣万里客江干。②
位卑未敢忘忧国，③ 事定犹须待阖棺。④
天地神灵扶庙社，⑤ 京华父老望和銮。⑥
出师一表通今古，⑦ 夜半挑灯更细看。⑧

【注释】

①支离：衰弱消瘦的样子。纱帽宽：病后消瘦，故感到纱帽宽松。 ②江干：江边。 ③位卑：地位低下。 ④阖棺：即盖棺，指人死以后。此处用《晋书·刘毅传》事。刘毅说：“大丈夫盖棺事方定。”他认为一个人的一生，要到死后才能论定。 ⑤庙社：宗庙和社稷。旧时以此代国家。 ⑥京华：京师，这里指沦陷在金人手中的北宋都城东京（汴京）。和銮：车铃。挂在车前伏手横木上的叫和，在车辕横木上的叫銮。和銮指皇帝的车驾。 ⑦出师：即《出师表》。诸葛亮在建兴五年（227）率军伐魏，临行前写了奏表上后主刘禅，表示决心。后人称为《出师表》。 ⑧挑灯：古人用油灯，灯暗时把灯芯往上挑动，灯光复明。

【品评】

淳熙二年（1175），范成大做了四川制置使，招陆游任参议官，陆游从荣州回到了成都。日常公务之余，二人经常喝酒唱和。陆游主张积极备战，待机北伐，常以诗词鼓吹，流露出对现实的不满，为偏安的小朝廷所不容，再加上范成大幕府中有人指控他恃酒颓放，当局便以此罪名，在淳熙三年春末，免除了他的参议官职务。罢官赋闲以后，他生了二十余天病，思潮起伏，而赋此诗。

首联点出了“病起之意”。按说病中对人生应有深刻感悟，但颔联“位卑未敢忘忧国，事定犹须待阖棺”，表明其“亦余心之所善兮，虽九死其犹未悔”的执着精神。“位卑未敢忘忧国”一句，是中国读书人现实人文关怀的写照，千百年来乐为人们吟咏。梁启超诗咏放翁云：“叹老嗟卑却未曾，转因贫病气崚嶒。英雄学道当如此，笑尔儒冠怨杜陵。”（《读陆放翁集》四首之三）梁氏之评，可谓精当。陆游不是一个轻易可以打倒的人，他向来坚信生前的毁誉并不可靠，诗中的“事定犹须待阖棺”及其他诗中“盖棺论定犹未已”、“书生事业期千载，得丧从来未易评”诸句，都表明了其坚不可摧的韧性战斗精神。颈联两句期待国家中兴，收复中原。尾联借诸葛亮及其《出师表》，表达了“书怀”的真正用心。

陆诗“兴会飙举，词气踔厉，使人读之，发扬矜奋，起萎兴痹”（姚范《援鹑堂笔记》），呈世人以不同凡响的崭新面目。千秋万代，只要有中国人的地方陆诗就将永远传唱不歇。

和范待制秋兴三首①（选一）

策策桐飘已半空，② 啼螿渐觉近房栊。③

一生不作牛衣泣，[④] 万事从渠马耳风。[⑤]
名姓已甘黄纸外， 光阴全付绿尊中。
门前剥啄谁相觅，[⑥] 贺我今年号放翁。[⑦]

【注释】

①范待制：范成大字致能，号石湖居士，吴郡人。他是陆游的旧友，淳熙二年（1175）六月以敷文阁待制、四川制置使来成都。 ②策策：落叶声。桐飘：桐叶下坠。 ③啼螿：啼鸣的蝉。房栊：房屋。 ④牛衣泣：牛衣，乱麻或草编成的织物，遮在牛背上，用以御寒。《汉书·王章传》载，王章欲上奏弹劾权贵，妻说："人当知足，独不念牛衣中涕泣时耶？"王章毅然地说："非女子所知也。" ⑤马耳风：李白诗："世人闻此皆掉头，有如东风射马耳。"比喻不入耳，或互不相干。 ⑥剥啄：叩门声。 ⑦号放翁：淳熙三年（1176）九月，谏官弹劾陆游，说他代理嘉州的时候"燕饮颓放"。陆游因此罢官，以后索性自号"放翁"。

【品评】

诗作于淳熙三年（1176），陆游被罢官是政治斗争中的一个波澜，综观全诗，诗人并未因此意志衰颓或看破人生，仍以一种乐观的态度与黑暗势力抗争。

首联刻画桐叶、寒虫两种秋日典型物象，渲染一派衰飒的气氛，同时也点出秋兴之题。颔联前一句运用汉代王章弹劾权贵之事典，后一句化用李白之诗典，将不畏强权的抗争精神与超越荣辱的高妙态度熔为一炉。风过马耳，却并不入马耳，运用于人则表示对外界的毁誉并不在意，穷也好、达也好，毁也罢、誉也罢，都付之一笑。“马耳”意象，陆游还在《衰病》诗中运用，诗曰“仕宦蚁窠梦，功名马耳风”，语意与此相同。颈联两句说自己已不再以青史留名为意，余下的光阴就全部与酒杯为伴了。其实这是正话反说，不可作表面化理解。被弹劾为“燕饮颓放”，我就索兴自号“放翁”。这难道不是另一种形式的抗争吗？赵翼《瓯北诗话》评放翁诗“每结处必有兴会，有意味，绝无鼓衰力竭之态，此固老寿享福之征，亦其才力雄厚，不如是则不快也”。这首诗的结句当是最为典型。

本诗语意于萧瑟中洋溢着乐观，超脱中蕴含着不平，富有张力的情感耐人咀嚼、回味。

浣花女[1]

江头女儿双髻丫，[2] 常随阿母供桑麻。[3]
当户夜织声咿哑，[4] 地炉豆秸煎土茶。[5]
长成嫁与东西家， 柴门相对不上车。
青裙竹笥何所嗟，[6] 插髻烨烨牵牛花。[7]
城中妖姝脸如霞，[8] 争嫁官人慕高华。
青骊一出天之涯， 年年伤春抱琵琶。[9]

【注释】

①浣花：即浣花溪，在今四川成都西五里。 ②双髻丫：未成

年女子把头发编成两个小辫子，再结起来。 ③供桑麻：从事采桑纺麻的劳动。 ④咿哑：这里指织机声。 ⑤豆秸：即豆的枝叶。 ⑥青裙竹笥：青布裙子和竹篾箱子，言稼妆的朴素与菲薄。何所嗟：有什么可感叹的。 ⑦烨烨：本火光貌，这里是形容牵牛花的光彩。 ⑧妖姝：时髦妖艳的女子。 ⑨“青骊”二句：这两句说女子嫁与官家，做官的并不看重爱情，其遭遇就与白居易《琵琶行》中的“商人妇”命运相似。青骊：纯黑色的马。

【品评】

该诗为淳熙四年(1177)六、七月间陆游在成都时所写。诗题一作《浣溪女》。诗中描绘了当时农村姑娘的劳动生活和婚嫁的风俗画卷，并与城市中争慕高华嫁与官人的妖艳女子的不幸结局，形成了鲜明的对比，寄寓了诗人的情感与关怀。

前四句为第一层。写出姑娘们的发式特点及日里采桑纺麻的劳动生活。晚上还要织布，为家人煮茶，虽然劳累，却也温馨。夜夜咿哑的织机声，织不尽浣花女儿对美好生活的憧憬，织不尽待字思春少女对未来夫君的期待。中间四句为第二层，写浣花女出嫁的场面。如意郎君就是邻家男孩，不用香车宝马迎娶，跨过柴门就进了夫家。青布裙子和竹篾箱子，嫁妆虽菲薄，可头插牵牛花的新妇同样光彩照人。《诗经·周南·桃夭》以“桃之夭夭，灼灼其华”状女子出嫁，成为千古咏叹的名句；此处以“烨烨牵牛花”渲染气氛，同样给人以强烈视觉刺激。这四句“情事景物悉备”(王世贞《艺苑卮言》)，见出诗人对农村民俗人情的细致观察和同情感受。后面四句为第三层，写城中女子的婚嫁情况。城中女子同样美丽,“妖姝”二字状其妆扮,少了几分纯朴,多了几分脂粉气。她们的择偶标准是攀高枝、羡慕荣华富贵。于是引出“青骊一出天之涯,年年伤春报琵琶”的悲惨命运。官人并不看重爱情,离家远游,少妇只有弹奏琵琶,在哀曲中说尽无限事。

这首诗一大特点,是将乡村女儿与城中妖姝的择偶心态及婚后命运加以对比。不言而喻,诗人情感的天平偏向于纯朴的浣花女儿,同时暗寓了诗人对桃花源似的乡居生活的向往之情。诗人观察细腻、感受独特,曲尽人情,诗意浑厚有味,杨万里称陆诗“敷腴”(杨万里《千岩摘稿序》),可谓独具只眼。诗人另有一首《村女》诗,可与此诗相补充。诗曰:“白襦女儿系青裙,东家西家世通婚。采桑饷饭无百步,至老何曾识别村。”同样可以看出陆游对农家女儿直至作为国家基础的整个农村命运的关切。

关山月①

和戎诏下十五年,② 将军不战空临边。③
朱门沉沉按歌舞,④ 厩马肥死弓断弦。⑤
戍楼刁斗催落月,⑥ 三十从军今白发。
笛里谁知壮士心? 沙头空照征人骨。
中原干戈古亦闻,⑦ 岂有逆胡传子孙。⑧
遗民忍死望恢复,⑨ 几处今宵垂泪痕!⑩

【注释】

①关山月:汉乐府《横吹曲》名,是西域军乐。 ②“和戎”句:原意为与异民族的和平相处。《左传·襄公十一年》记魏绛和戎事。宋人借此为对外屈服的别称。隆兴二年(1164),宋孝宗下诏与金人议和,到诗人写这首诗,前后已经过了十四年,说十五是举其整数。 ③空临边:白白到边疆来。 ④朱门:古代达官贵人,门户皆用朱漆。沉沉:幽深貌。按歌舞:指歌舞寻欢。按,打拍子。 ⑤“厩马”句:这句说,马棚里的战马因长期不到阵地上作战而肥死,弓也因多年不用断了弦。厩:马棚。 ⑥戍楼:警卫所在之楼。刁斗:古代军中用具,白天用以烧饭,晚上用以打更巡行。 ⑦中原:指沦陷在金人手中的淮河以北地区。干戈:古代的兵器,这里代指战争。 ⑧逆胡:指金人。 ⑨遗民:沦陷区的老百姓。忍死:忍受屈辱、不死以待。 ⑩“几处”句:这句是说,今天晚上有多少地方的人在流眼泪啊!

【品评】

淳熙四年(1177)陆游五十三岁,在成都作此诗。

诗可分三层。前四句为第一层,用守边战士的口吻,描绘了南宋自隆兴二年(1164)向金屈辱议和将近十五年来的现状,将军们但知歌舞宴饮,不修武备,战马死了,武器朽了,朝廷上下弥漫着偏安苟活的空气,对这一状况,当时诗人林升也作了辛辣的讽刺:“山外青山楼外楼,西湖歌舞几时休?暖风吹得游人醉,直把杭州作汴州。”苟活偷欢便觉天地小了,于是有了“湖中天”之讽刺!与唐人之高视阔步的昂扬精神隔若天壤。中间四句为第二层，写战士们空怀壮志，只能在边关消磨岁月，战友的白骨横在沙场，但壮士火热的爱国情怀却仍珍藏在心中。“戍楼刁斗催落月”，这句话的象外意，是刁斗不仅催落了月亮，更催白了壮士的两鬓青丝。一“催”字，将壮士焦急、愤懑的心态写活。“笛里谁知壮士心”，壮士寸心思报国，苦于没有人能够体察，只能借幽怨凄婉的笛声一诉衷肠。这位深夜吹笛的壮士，一看可知有诗人陆游的影子，或者毋宁说就是陆游的化身。最后四句为第三层，指出敌人的命运不会长久，沦陷区的人民正含着眼泪，盼望收复。“岂有”二字，用反诘语气，既是对国家中兴的自信，又语涉悲愤，对朝廷的无所作为进行嘲讽。诗句所蕴含的巨大情感力量向四方弥漫，传彻于沙场旷野、巷陌朱门，冲撞在每一个有爱国心、责任感的人士心间！

楼上醉书

丈夫不虚生世间，　本意灭虏收河山。
岂知蹭蹬不称意，[①] 八年梁益凋朱颜。[②]
三更抚枕忽大叫，　梦中夺得松亭关。[③]
中原机会嗟屡失，　明日茵席留余潸。[④]
益州官楼酒如海，[⑤] 我来解旗论日买。[⑥]
酒酣博簺为欢娱，[⑦] 信手枭卢喝成采。[⑧]
牛背烂烂电目光，　狂杀自谓元非狂？[⑨]
故都九庙臣敢忘，[⑩] 祖宗神灵在帝旁。[⑪]

【注释】

①蹭蹬:比喻失势潦倒。 ②梁:梁州,在今陕西。益:益州,在今四川。陆游于乾道五年(1169)奉命,次年入川,至此前后共八年。凋朱颜:失去了青春时期的红润容颜。 ③松亭关:在今河北迁安西北,是宋金时期重要军事要塞。 ④"明日"句:这句是说梦醒之后,才知是梦,禁不住叹息流泪,次日枕席上还有泪湿之渍。明日:即做梦之次日。茵席:座垫。这里指枕席。余潸:涕泪。 ⑤益州:指成都。官楼:指出卖官酒的酒楼,宋代实行酒专卖制度。 ⑥"我来"句:陆游独包一日,与朋友宴饮,不再接待他客,故说"论日买"。解旗:酒楼卖酒时悬酒旗,又称酒帘。 ⑦博簺:古代的一种博戏。行棋相塞,故称为博簺。 ⑧信手:随手。枭卢:古代一种博戏,以五木为子,名骰,分上黑下白,刻有枭、卢、雉、犊、塞。其中以枭为最胜,卢次之,掷时呼枭、卢,希望得采获胜。 ⑨"牛背"二句:这两句用《世语新说》"容止"篇和"雅量"篇中王戎兄弟的故事。晋王戎,目光清明,看太阳不眩。裴楷说他"眼烂烂如岩下电"。又王戎族弟王衍自谓冲默有远量,不与人计较小事。陆游用此典意在说明自己不计较别人讥笑他狂。烂烂:明亮的样子。 ⑩故都:指东京开封。九庙:皇帝祭祀九代祖宗的庙。 ⑪这句意谓:连自己的祖宗神灵也跟随着帝王,自己就更不用说了。祖宗:指陆游自己的祖宗。

【品评】

诗作于淳熙四年(1177)。从这首诗可以看出陆游成都生活的一个侧面。

前四句为第一层，写出自己的理想抱负及与现实之间的巨大反差。有宋一代，胡虏凭陵如天风海雨，宋家气概萎靡不振。“丈夫不虚生世间”，一提笔就先声夺人，气魄不凡。朱梓、冷昌言《宋元明诗三百首评语》批曰：“慷慨激昂。”谁知梁益八载，庸碌无为，如同被束缚住了手脚，施展不得。“三更”以下四句为第二层，写出现实生活中无法实现的愿望，只能在梦中以“潜意识”的形式展示出来，从而获得心灵的稍许宣泄。“明日茵席留余潸”与诗人“枕上屡挥忧国泪”（《送范舍人还朝》）句意相近。朱梓、冷昌言批曰：“题托之醉，时托之梦，实系一片忠爱之心，顿挫出之者也。”读懂了诗人的雅人深致。“益州”以下四句为第三层，写出在狂饮纵博中消磨岁月。表面上写诗人沉溺于饮酒纵博，其实是消磨岁月的无奈之举，语意沉痛！诗人不愧是拿得起放得下的硬汉子，其狂放之举表现在诗酒、娱乐等生活中的方方面面，喝就喝个痛快，玩就玩得潇洒，率性纵放、决不拖泥带水！颇有李太白“五花马，千金裘，呼儿将出换美酒”的豪迈气概。毛晋《剑南诗稿跋》中载陆游佚事曰：“孝宗一日御华文阁，问周益公曰：‘今代诗人，亦有如唐李太白者乎？’益公以放翁对，由是人竟呼为小太白。”可见将二人类比，不为无据。最后四句为第四层，写爱国意志没有因此动摇，向祖宗发出誓言，不敢忘却自己的志愿。将全诗情感推向高潮。

诗虽题为“醉书”，但因理智的驾驭，而将激情渲染得恰到好处。陆游虽自号“放翁”，其实正统观念还是较强的，所以无论表现报国的热情还是日常生活的情趣，大体上都是相当纯正而很少有出格的地方。

猎罢夜饮示独孤生三首[①]（选一）

客途孤愤只君知，　不作儿曹怨别离。
报国虽思包马革，[②]　爱身未忍货羊皮。[③]
呼鹰小猎新霜后，　弹剑长歌夜雨时。[④]
感慨却愁伤壮志，　倒瓶浊酒洗余悲。

【注释】

①独孤生：名策，字景略，河中人，工文章，善骑射。陆游和他蜀中相识而志同道合，推之为一世奇士。　②马革：东汉马援说："男儿要当死于边野，以马革裹尸还葬耳。"见《后汉书·马援传》。③羊皮：春秋时虞人百里奚为楚人所虏，秦穆公以五张黑羊皮把他赎去。见《史记·秦本纪》。这两句是说自己报国有志，但是不能为了利益委屈迁就，出卖自己，丧失做人的原则。　④弹剑：战国时齐人冯谖客于孟尝君门下，因为没有得到重视，弹剑而歌。见《战国策》。

【品评】

淳熙四年(1177)，陆游九月间到汉州(故治在今四川省广汉市)，和独孤策一同打猎，作此诗。诗中有牢骚，有悲慨，甚至有感伤，但感情基调还是振作的。这个独孤生，陆游视其为与自己同仇敌忾的知交，故把一腔心事说与他听，为他写了不少诗。

首联先写自己宦途蹭蹬，久蹶不振，心中的不平之愤只有独孤生才能领会。后语意一转，勉励自己不做小儿女哭哭啼啼之状，以其一贯的阳刚、硬朗的大丈夫形象示人。颔联用东汉马援和春秋时百里奚典故，指出自己愿意为国家驰骋疆场，即便马革裹尸也毫不吝惜；但是不能委屈迁就，为现实利益而牺牲自己的做人原则。表达了不会为了稻粱利禄放弃一贯的抗战原则而向投降派妥协。颈联点题。“呼鹰小猎”，正是诗人“上马能击贼”的英雄气概的流露；“弹剑长歌”化用战国时冯谖客于孟尝君而歌“食无鱼”、“出无车”之典，诗人希望能遇到像孟尝君那样赏识自己的明主，实现报国的初衷。尾联语意又趋低沉，想起壮志难酬，未免心中感慨，如鲠在喉，只好一番痛饮，暂时浇尽满腹的伤悲，照应了起句“客途悲愤”之意。

元方回论曰：“放翁善为悲壮，然无一语不天成……盖皆胸中贮万卷书，今古流动，是惟无出，出则自然。”（《跋遂初尤先生尚书诗》）这首诗较为典型地体现了陆诗“善为悲壮”的特点，诗人引马援、百里奚、冯谖等人所熟知的典故入诗，巧妙地抒发了报国、守节、求遇等理想情怀，使事巧、属对工，却又不落纤巧而无语不新，“直从胸臆流出，如闻抚髀之叹”（《唐宋诗醇》），见出其蔚然大家的艺术功力。

秋晚登城北门[1]

幅巾藜杖北城头，[2] 卷地西风满眼愁。

一点烽传散关信，[3] 两行雁带杜陵秋。[4]
山河兴废供搔首，[5] 身世安危入倚楼。[6]
横槊赋诗非复昔，[7] 梦魂犹绕古梁州。[8]

【注释】

①城北门：成都北门。 ②幅巾：束头的丝巾。不著冠，以全幅缣丝裹头。藜杖：用藜茎做的手杖。 ③"一点"句：这句是说，一点烽火传来了大散关的消息。 ④杜陵：本称杜县，在长安的南面，因汉宣帝在此筑陵墓，所以叫杜陵。 ⑤兴废：偏义复词，重点在废。搔首：抓头皮。 ⑥安危：偏义复词，重在危。这两句念及山河分裂，国家和人民饱受敌人摧残，禁不住连续搔头愤懑；而自己在倚楼之时，也不断念到个人所遭遇的艰难。 ⑦横槊赋诗：出自苏轼《前赤壁赋》："旌旗蔽空，酾酒临江，横槊赋诗，固一世之雄也，而今安在哉！"陆游借指自己在四川宣抚使幕府任职时赋诗的生活。非复昔：已不能再像以前了。 ⑧梁州：在今陕西汉中一带，这里指南郑。

【品评】

诗淳熙四年(1177)作于成都，此时陆游离开南郑已经五年，但还不断怀念军中的生活。

首联写时值秋天，西风卷地，诗人幅巾藜杖，独上城头，心境可想而知。"满眼愁"三字用法奇特，"愁"本为无形不可触之主观感受，并非现实生活中实有之物，但因诗人将内心愁情外化于所见之景，就使愁情有了着落，有了承载。那么，诗人的愁从何来呢？颔联似向读者透露出“愁”的线索。诗人登城远望，寓目似见大散关头传来的硝烟烽火和从北边中原飞来的两行秋雁。杜陵秋雁，烽火散关，一可见，一不可见；一为现实之物，一为想像之景，但之所以成为诗人眼中关注之象，是因为它们一从古都来，一从前线来，二者均寓含了诗人对于国家前途的无比关切。李易安词“雁过也，正伤心，却是旧时相识”，是睹雁思人，陆游则是睹雁忧国，其所忧怀之本义则一致。颈联直接抒情，“山河兴废”、“身世安危”都是他“愁”的内容，可以说是“一肩挑尽古今愁”。尾联借用曹操“酾酒临江、横槊赋诗”的故事，告诉世人，当年金戈铁马的岁月已不复再得，只能在梦中回到前线了！诗歌以悲壮之语作结，语虽沉痛却不失铿锵之力！

前人评此诗“神似少陵”(《唐宋诗醇》)，大概是着眼于陆游诗寤寐不忘中原与少陵“致君尧舜上”之间的精神契合吧。清方东树评曰“先叙题面，三四切地写景，后半入己情，缠绵蕴藉”(《昭昧詹言》)，准确而到位。

醉中出西门偶书[1]

古寺闲房闭寂寥，　几年耽酒负公朝。[2]
青山是处可埋骨，[3]　白发向人羞折腰。[4]
末路自悲终老蜀，　少年常愿从征辽。
醉来挟箭西郊去，　极目寒芜雉兔骄。[5]

【注释】

①西门:成都西门。 ②耽:沉溺,爱好。负公朝:贻误公家的事业。 ③“青山”句:用苏轼《御史狱中遗子由》诗“是处青山可埋骨”句意。 ④折腰:用陶潜“不为五斗米折腰”事。 ⑤寒芜:衰草。

【品评】

诗作于淳熙四年(1177),时作者免官闲居成都。

首联交待免官之由及目前的生活状况。古寺闲房为僧人居所,晨钟暮鼓、诵经礼佛,是僧人“寂寥”生活的全部内容。我们很难将这种平静近于寂灭的生活状态与具有豪迈不羁的个性、跃动着爱国热情的诗人陆游绾合在一起。欧小牧《陆游年谱》载“先生(陆游)解职后,今明两年,遂多与道、释、剑客游”,“以诗句考之,先生是年似多居僧舍”。“几年耽酒负公朝”是补写,交待自己因不拘礼法、燕饮颓放而为人讥弹,因自号“放翁”。颔联用苏东坡、陶渊明典故,表达道德人格的卓然自立、决不屈服之意。东坡因“乌台诗案”被囚于御史府,而作《御史狱中遗子由》诗,中曰:“是处青山可埋骨,他年夜雨独伤神。”陶渊明做彭泽令,因不堪忍受官场恶习,而叹曰:“吾岂能为五斗米,而向乡里小儿折腰!”遂挂冠而去,终生不复入仕。苏东坡在经历“乌台诗案”人生炼狱之后,精神并未消沉,而是日趋成熟,文学和思想都走向辉煌;陶渊明也因辞官止泊成就了“田园诗人”。陆游与他们当时的处境、心境都极其相似,有效慕、尚友之意。青山、白发,色彩鲜明,呈现了强烈的视觉感官刺激,且与陆游当时处境切合无间。颈联写穷途末路，将终老异乡，并追忆少年时志愿。颈联与颔联的情感意结回环往复，相互发明，形成极富思想张力的意象群。尾联语意有所上扬，西郊射猎，豪气犹存。诗作于淳熙四年，时作者已五十三岁，已过“知天命”之年。但细心的读者不难发现，放翁集中，“叹老嗟卑却未曾，转因贫病气崚嶒”（梁启超《读陆放翁集》其三），毫无求田问舍、招财纳货这些上不得台面的想法，不能不使后世的读者油然而生钦敬之心！

游诸葛武侯书台①

沔阳道中草离离，② 卧龙往矣空遗祠。③
当时典午称猾贼，④ 气丧不敢当王师。⑤
定军山前寒食路，⑥ 至今人祠丞相墓。
松风想像梁甫吟，⑦ 尚忆幡然答三顾。⑧
出师一表千载无， 远比管乐盖有余。⑨
世上俗儒宁办此， 高台当日读何书？⑩

【注释】

①诸葛武侯书台：诸葛亮为蜀丞相，死后谥为忠武侯。相传诸葛亮相蜀时，曾在成都北筑读书台，以集诸儒，兼接待四方贤士。 ②沔阳道中：今陕西沔阳北有丞相祠，陆游《山南行》诗“丞相祠前春日暮”，指此。离离：草长貌。 ③卧龙：即诸葛亮。三国时徐庶曾向刘备推荐诸葛亮，说：“诸葛孔明者，卧龙也。”

④典午：本“司马”二字的隐语，指司马懿。 ⑤“气丧”句：诸葛亮与魏将司马懿在陕西武功一带相持。司马懿采取防御战术，诸葛亮几次挑战，他都不应，故陆游说他是“气丧不敢当王师”。⑥定军山：在今陕西勉县。《三国志·诸葛亮传》：“亮遗命葬汉中定军山，因山为坟冢。”寒食：旧时节日名。在冬至后一百零五日，禁火三日，故名寒食。按寒食节在清明节前一二日，旧时在清明节有扫墓的习惯，故下文说：“至今人祠丞相墓。” ⑦“松风”句：松风有声，想像诸葛亮当日所诵的《梁甫吟》。梁甫吟：古歌曲名，一作梁父吟。诸葛亮未遇刘备以前，家居隆中，躬耕陇亩，好为《梁甫吟》。 ⑧三顾：即“三顾茅庐”的故事，诸葛亮《出师表》中有“先帝不以臣卑鄙，猥自枉屈，三顾臣于草庐之中，谘臣以当世之事”之句。 ⑨“远比”句：管、乐即管仲、乐毅，分别为春秋时期的政治家和战国时燕国大将，诸葛亮未仕时，曾以管仲、乐毅自比。陆游认为诸葛亮的成就超过二人。 ⑩“高台”句：这句是说不知诸葛亮当年在这里读了些什么书，才具有管仲、乐毅那样的经世之略。高台：指读书台。

【品评】

淳熙五年(1178)陆游五十四岁，在成都作此诗。

前四句是第一层，概括诸葛亮一生的名声事业。“沔阳”二句渲染一种衰飒凄迷的气氛。先从陕西沔阳道中的丞相祠着笔，作者的思绪穿越时空的隧道回到渺远的三国时代，置身于战火硝烟弥漫的古战场。“当时”两句，写诸葛亮与司马懿较智斗勇的战争场面。接下去四句为第二层，写诸葛亮死后葬定军山，至今人们在寒食节前祭奠这位政治家。“松风”二句追忆诸葛亮出仕前的一生。最后四句为第三层，高度评价诸葛亮的事业。“出师一表千载无”，与诗人另一首中“出师一表真名世”(《书愤》)语意相近，以《出师表》借代其一生功绩。

《易》曰“云从龙，风从虎”，只有风云际会才能酝酿至大至刚的境界；杰出人物之所以成功，也是天时、地利、人和及自身努力的四维作用力所致。诸葛亮生逢汉末中原板荡、献帝播迁之后，最重要的是，有明主刘备赏识，三顾草庐，为其提供了指点江山的政治大舞台。除此之外，陆游还从诸葛亮身上发现了契合之处，诸葛亮一生坚持北伐、六出祁山，其艰苦卓绝的精神，自能引起诗人陆游的深深共鸣，从而发出或高昂或低徊的终生吟唱！

弋阳道中遇大雪①

我行江郊暮犹进，　大雪塞空迷远近。
壮哉组练从天来，②　人间有此堂堂阵。③
少年颇爱军中乐，④　跌宕不耐微官缚。⑤
凭鞍寓目一怅然，　思为君王扫河洛。
夜听簌簌窗纸鸣，⑥　恰似铁马相磨声。⑦
起倾斗酒歌出塞，⑧　弹压胸中十万兵。⑨

【注释】

①弋阳：今属江西。　②组练从天来：组练，原是组甲和被

练，古代士卒的甲服。组练是白色，故以组练从天而降比喻大雪塞空。 ③堂堂阵：庄严盛大的阵容。 ④“少年”句：陆游自言少时情况。 ⑤跌宕：放纵不羁。 ⑥簌簌：窗纸响动的声音。 ⑦铁马：披铁甲的战马。 ⑧出塞：汉乐府《横吹曲》名。陆游有以“出塞曲”为题的诗。 ⑨“弹压”句：陆游自言胸中好像有十万大军，只有饮酒高歌，才能把这种报国激情暂时压制下去。弹压：犹压制。

【品评】

淳熙六年(1179)冬十二月，陆游去抚州(今江西临川)任提举江南西路常平茶盐公事职。这首诗是他由衢州去抚州行经弋阳道中时写的。他从大雪想到大军，从大军想到自己年少时为国家扫平河洛的大志，又因夜晚簌簌的窗纸，想起战场上铁马冲突的战声。

前四句为第一层，描画现实之景。“我行”两句交待节令、时间、地点及雪势，照应了诗题中“遇大雪”之意。大雪塞空，天地四方皆白茫茫一片，使人身陷雪国，有迷失自我之感。现实中的一切都遁形不见，不禁使诗人意识模糊，而产生如烟似梦的潜意识幻觉。“壮哉”两句写在诗人眼里，那漫天飘雪，正是身穿组甲的大宋士兵，从天而降，布下天罗地网。中间四句为第二层，追怀少年素志。先追叙向往戎马生活，又交待自己天性纵放、不堪忍受死水般沉寂的官场生活。“凭鞍”两句写上马远眺，忧从中来，愿意为王前驱扫清中原，这正是其少年素志，也是其怆然感怀的情感动机。最后四句为诗第三层，排遣夜来悲慨。夜宿客舍，夜深听雪，那簌簌鸣响的窗纸，就像金戈铁马的撞击声，又一次触发了诗人那烙刻在心坎中、融化在骨髓里的收复心事。胸中抗金热情，如奔涌翻腾的长江大河一泻千里，难以阻挡；又如熊熊燃烧的烈火越烧越旺，难以止熄。

这首诗艺术上的主要特点是运用浪漫的想像手法，以“组练从天来”比喻塞空的大雪，以“铁马相磨声”比喻窗纸的簌簌鸣声，自是气势不凡、先声夺人，造成强烈的视听冲撞效果。此外，“弹压胸中十万兵”，语涉悲愤沉痛，它既是诗人一颗痴痴爱国心的写照，也是对投降势力的绝妙讽刺！真是“辜负胸中十万兵，百无聊赖以诗鸣。谁怜爱国千行泪，说到胡尘意不平！”（梁启超《读陆放翁集》四首之二）

五月十一日夜且半梦从大驾亲征尽复汉唐故地见城邑人物繁丽云西凉府也喜甚马上作长句未终篇而觉乃足成之①

天宝胡兵陷两京，② 北庭安西无汉营。③
五百年间置不问，④ 圣主下诏初亲征。
熊罴百万从銮驾，⑤ 故地不劳传檄下。⑥
筑城绝塞进新图，⑦ 排仗行宫宣大赦。⑧
冈峦极目汉山川， 文书初用淳熙年。
驾前六军错锦绣，⑨ 秋风鼓角声满天。

苜蓿峰前尽停障，[10] 平安火在交河上。[11]
凉州女儿满高楼，梳头已学京都样。[12]

【注释】

①且半：将近一半。大驾：皇帝的车驾。汉唐故地、西凉府：汉唐皆置凉州，汉唐故地指此。宋初以凉州为西凉府，后沦没于西夏，府治在今甘肃武威。 ②“天宝”句：天宝十四载(755)安禄山起兵，东都洛阳及京师长安两地，先后陷落。天宝：唐玄宗年号。 ③北庭、安西：唐时设北庭都护府、安西都护府。北庭、安西都护府治分别在今新疆吉木萨尔县、吐鲁番。两地都在唐贞元年间陷于吐蕃。 ④五百年：自天宝十四载(755)至淳熙七年(1180)共四百二十六年，五百年是举其整数。 ⑤熊罴：熊与罴都是猛兽，这里借喻武士。 ⑥故地：凉州原为中国的土地。 ⑦绝塞：绝远的边塞。 ⑧排仗：指排列仪仗。行宫：天子在外所居之处曰行宫。 ⑨六军：古制，天子有六军。错锦绣：行大礼时，战士著锦绣所制的军服，五色相错，故曰错锦绣。 ⑩苜蓿峰：岑参诗：“苜蓿峰前逢立春。”苜蓿峰在今甘肃及新疆之境。停障：即亭障，驻兵防戍的堡垒。 ⑪平安火：唐制，每三十里置一烽候，每日初夜举烽燧以报平安，称为平安火。交河：县名，县治在今新疆吐鲁番西，唐置安西都护府于此。 ⑫京都：指汴京，即今河南开封。

【品评】

淳熙七年(1180)陆游五十六岁，在抚州(江西临川)江南西路提举常平茶盐公事任内作此诗。诗人于五月十一日夜寐之中，梦到收复汉唐以来的失地，更于诗末想像凉州人民回归祖国怀抱以后的图景。

前四句为第一层，写国家分裂的现实。“天宝胡兵陷两京，北庭安西无汉营”，写唐玄宗天宝年间的安史之乱，以及唐德宗贞元年间，北庭、安西陷于吐蕃的历史事实。五百年以后，宋朝皇帝才下诏亲征，欲收复故地。这四句中，国家分裂是实写，下诏亲征是虚拟。“熊罴”以下八句，为第二层，写行军出征场面。想像百万勇士从帝亲征，一路所向披靡。然而，想像毕竟是想像。“淳熙”是宋孝宗赵昚年号，孝宗是南宋“中兴之君”，在位期间曾任命张浚北伐，但并没有大驾亲征之事。而且，张浚北伐也因准备不周，很快失败。除他之外，南宋的其余皇帝不是懦弱无能，就是心理病态，更不可能有亲征之事。诗人畅想军队在边塞筑城，研究作战计划，皇帝坐帐行宫，大赦天下。放眼望去，莫非王土，收复之地人心归附，使用了宋朝天子的年号。又想往皇帝的仪仗队光耀夺目，雄壮的军乐声威震天，宋军建立了碉堡，平安火代替了战时的烽火。最后四句为第三层，写边患已经平定，人民已经沐浴在圣朝的治化之下。

全诗总的风格是气魄雄壮，声势夺人，读后使人一抒玉抑悲愤之气；结句“凉州女儿满高楼，梳头已学京都样”，语气陡转舒缓，闲写凉州女儿闺中梳头情状，意思是说京都风尚已传到边地，乍看与全诗总的意脉并不相关，其实还是为总的题旨服务的。

这是陆诗中一首典型的纪梦诗，根据前人统计，《剑南诗稿》中共有梦诗九十九首。“人生安得有如许梦，此必有诗无题，遂托之于梦耳。心闲则易触发，而妙绪纷来；时暇则易琢磨，而微疵尽去。”（赵翼《瓯北诗话》）此言为是，陆游之纪梦诗梦非真梦，如同古来诗家各种名目的咏物、咏史、游仙之作一样，纪梦诗不过借梦抒怀而已，梦是其潜意识中真实心声的呐喊。

北　窗

白首微官只自囚，　青灯明灭北窗幽。
五更风雨梦千里，　半世江湖身百忧。
壮士已孤金锁甲，　倦游空揽黑貂裘。①
灞陵夜猎犹堪乐，②　敢恨将军老不侯！③

【注释】

①黑貂裘：苏秦到秦国游说，历时甚久，成功无望，所着的黑貂裘也破旧了，见《战国策》。　②“灞陵”句：汉名将李广罢官后，尝夜猎，至霸陵亭。亭长不许他通过，部下对亭长说：“这是从前的李将军。”亭长说：“现在的将军也不许夜间出行，何况是从前的！”竟不许通过。灞陵即霸陵，在今陕西西安东。　③将军老不侯：李广一生战功卓著，却未能封侯，引起后人的无限惋惜和同情。

【品评】

诗作于淳熙七年（1180）江西常平使事任内，陆游时年五十六岁。眼看年光渐老、功名无成，报国之志又成泡影，作此诗以寄托情怀。

首联交待作诗时的环境，及诗人的尴尬身份。白首而官微是触发诗人一怀愁绪的表层动因，其深层动机则是因官微而志不获聘。当然，也有一条自我解放之途，那就是“跳出三界外”，用佛、道、隐的超脱态度站在九天顶上俯看人间走马。问题是，陆游是热心人，做不到热血化冰，也就永远无法求得真正的灵魂解脱，只好在青灯明灭的“北窗”下，咀嚼“白首微官”的苦涩和尴尬了。颔联写出对国事的关切。“梦千里”、“身百忧”，诗人显然不是为个人的求田问舍作计，“千里”乃指千里之外的无限江山。“五更”，为天明前暗夜的最后一更。颈联则具体点出梦、忧的内容，即国仇君恨未报，立言立功无成。尾联劝慰自己，汉代飞将军李广尚且未能封侯，我又有什么值得遗憾的呢？就将全诗的低沉情绪导向自嘲自慰。

诗中以李广自比，表达了“老不侯”的悲慨。钱钟书《谈艺录》指出：“放翁爱国诗中功名之念，胜于君国之思，铺张排场，危事而易言之。舍临殁二十八字，无多佳什。”似乎功名之念就毫无价值。其实，评价历史人物，“同情之理解”（陈寅恪语）或者说“感情移入”（朱自清语）绝对必要，舍此最基本评价标准底线，很容易流于道学先生诛心的苛论。对于封建士人来说，功名之念与君国之思，不可能截然分为两橛，离开了功名之念的君国之思，反到容易成为“铺张排场，危事而易言之”的蹈空之论。念念不忘实现功名抱负，反而是陆游的可爱之处，相信读者对此自能会心。

小园四首

小园烟草接邻家,[①] 桑柘阴阴一径斜。[②]
卧读陶诗未终卷,[③] 又乘微雨去锄瓜。

【注释】

①烟草:如烟似的青草,形容草的茂密。 ②柘:木名,桑科,叶可喂蚕。阴阴:幽暗的样子。 ③陶诗:陶渊明诗。

历尽危机歇尽狂, 残年惟有付耕桑。
麦秋天气朝朝变,[①] 蚕月人家处处忙。[②]

【注释】

①麦秋:阴历四月麦熟,称为麦秋。《礼记·月令》曰:"孟夏,麦秋至。" ②蚕月:忙于蚕事之月,即夏历三月。《诗·豳风·七月》:"蚕月条桑,取彼斧斨。"

村南村北鹁鸪声,[①] 水刺新秧漫漫平。[②]
行遍天涯千万里, 却从邻父学春耕。

【注释】

①䴔䴖：鸟名，又名䴔鸠。　②漫漫：无边无际的样子。

少年壮气吞残虏，　晚觉丘樊乐事多。[①]
骏马宝刀俱一梦，　夕阳闲和《饭牛歌》。[②]

【注释】

①丘樊：古代八家为井，四井为邑，四邑为丘。丘樊就是藩篱。　②《饭牛歌》：齐宁戚未遇，欲见齐桓公，无以自达，作《饭牛歌》。见《淮南子》及《史记·邹阳列传》集解引。

【品评】

据《宋会要》载，淳熙八年(1181)春，"(臣僚论陆游)不自检饬，所为多越于规矩，屡遭物议，给事中赵汝愚驳其提举淮南东路常平茶盐公事新命，遂罢职闲居"。这一年陆游五十七岁。回乡后，他参加了一些田园劳动。这四首小诗，描绘了田园风光，以及自己向老农学习并参加劳动生活的心得。

第一首：陆游免官回乡后，心境相对悠闲，能在审美静观中体悟田园生活的某种乐趣。这对官场中的尔虞我诈，是一种心态解放与平衡。所以，这首诗一改大声鞺鞳的沉雄风格，出之以"燕子飞来枕上"般的静谧和闲适。"小园烟草接邻家"一句，虽不失为颇有诗美的园间一景，但无意中透露出这位主人不善治家而使荒草闲长，有如陶渊明"种豆南山下，草盛豆苗稀"所传达出的意趣。作为有着万里之志的英雄诗人，陆游在闲居乡间时，写了一些"效陶”、“和陶”诗，并视陶渊明为高标，处处予以仿效。但陆游的人生追求，决定了其不可能全身心沉潜于田园，终老家乡。

第二首：自己这前半生，苦也苦过了，狂也狂过了，该稳定稳定了，这余下的光阴只有消磨于桑间陇上而已。一“惟”字，透出其些许的无奈之意。是啊，五十七岁的老人本该含饴弄孙、颐养天年，即使自己不安现状又能怎样呢？“麦秋天气朝朝变，蚕月人家处处忙”，写麦熟四月，天气阴晴不定；蚕月里家家户户忙着采桑喂蚕，农村生活气息非常浓厚。

第三首：此诗则由听觉到视觉，非有对田园生活一番静观默察的功夫，不能传达出此中意蕴。《唐宋诗醇》评曰“闲情逸事，惟世外人知之”，有理。“却从邻父学春耕”，语气一转，“却”字看出态度的变化。是悲愤？是无奈？是自嘲？此刻的心情如同打破了五味瓶，酸甜苦辣各种滋味一齐涌上心头！

第四首：写少年壮志和晚来心愿。《饭牛歌》是求遇的象征，但陆游这一生的英雄抱负不过是南柯一梦，根本不可能实现，只好在夕阳中闲唱《饭牛歌》了。据《史记·邹阳传》“宁戚饭牛车下”集解引应劭：“桓公夜出迎客，而宁戚疾击其牛角商歌曰：‘南山矸，白石烂，生不遭尧与舜禅，短布单衣适至骭，从昏饭牛薄夜半，长夜漫漫何时旦？’”可见，陆游还是“尘缘”未了，入世的念头并未全然泯灭。

传统中国士人多以一儒一道两种面目示人。得意时，他是儒，修、齐、治、平的理想占上风；失意时，恬淡隐退的心态则处优势。陆游是个特例，道家的精神滋养对他并未发挥太大作用，即使在生命的低谷，他也还为自己保留一条“大鹏一日同风起，扶摇直上九万里”的精神栈道。这份坚韧与执著，堪称一时无两。也正是在这个意义上，我们才能深刻理解朱自清先生“过去的诗人中，也许仅有他（陆游）才配称为爱国诗人”（《爱国诗》）的论断。

这组小诗，写田园生活清新有韵致，表现了陆诗的别一面目。特别是“卧读陶诗未终卷”一句中，用一“卧”字状读陶诗之神态，可谓别具风神，这与陆游读书的内容有关。如其《读经》“晨起衣冠读典谟”，《秋夜读书》“危坐读周易，会我平生心”，正襟危坐读经，以示虔诚；“卧读陶诗”，则表示悠闲轻松。

九月三日泛舟湖中作①

儿童随笑放翁狂，② 又向湖边上野航。
鱼市人家满斜日， 菊花天气近新霜。
重重红树秋山晚， 猎猎青帘社酒香。③
邻曲莫辞同一醉，④ 十年客里过重阳。⑤

【注释】

①湖：指山阴镜湖。 ②放翁：陆游于淳熙三年（1176）自号放翁。《宋史・陆游传》：“范成大帅蜀，辟（游）为参议官。以文字交，不拘礼法，人讥其颓放，因自号放翁。” ③猎猎：风声。④邻曲：即邻舍、邻人的意思。 ⑤“十年”句：此诗下原注：“予自庚寅至辛丑，始见九日于故山。”庚寅：宋孝宗乾道六年（1170）为庚寅年。辛丑：宋孝宗淳熙八年（1181）为辛丑年。九日：即旧历

九月九日重阳节。

【品评】

诗为淳熙八年(1181)九月,陆游在山阴三山居住期间写的。陆诗中主要有两方面:“一方面是悲愤激昂,要为国家报仇雪耻,恢复丧失的疆土,解放沦陷的人民;一方面是闲适细腻,咀嚼出日常生活的深永的滋味,熨帖出当前景物的曲折的情状。”(钱钟书《宋诗选注》)这首诗是后一方面的代表作,表现了陆游摹画情景逼真细腻的艺术功力。

首联点出“泛舟湖中”之意。颔联写泛湖所见之景:九月重阳来临之际,菊花盛开,争奇斗艳,夕阳西照之下,渔民生活宁静而温馨。诗人泛湖并非驶向“藕花深处”,而是舟随岸转,始终与岸保持不远不近的距离,岸上景象历历在视野之内。太远则目力虚渺不实,难睹鱼市人家、菊花新霜;太近则又一览无余,缺少诗意审美的想像。陈衍《石遗室诗话》评此联“高宕自然”,大概是着眼于其不即不离的审美观赏态度吧。颈联更见诗人布景设色的运斤之妙。“重重红树”,写红叶而能见出参差之妙,有层次感,重在视觉刺激;“猎猎青帘”,则视听结合。“猎猎”风声,为听觉感受,“青帘”,青色的酒望子,为远望所及;“社酒香”,想像秋社时酒香情状,这又关涉味、嗅两觉。望见青色酒帘、听见“帘卷西风”之声,进而推及鼻、舌之“香”,则运用“通感”写法。诗人像一个手法高明的摄影师,湖山风物美不胜收,他只选取“斜阳鱼市”、“新霜菊花”、“秋山红树”、“社酒青帘”四个画面,就写出了无限的湖光山色、野趣乡情。两联四句,至少运用了黄(菊)、白(霜)、红(树)、青(帘)四种颜色,见其不凡的艺术功力。尾联则是续写泛舟上岸后的活动,重在表意抒情。自庚寅至辛丑,十一年客里重阳,未能亲近家乡的山水,这次定要一醉方休,偿还十一年的相思债啊!因前面已有“青帘社酒”的铺垫,下文的“一醉”也就有了着落,不至于落入虚空!

冬夜不寐至四鼓起作此诗

秦吴万里车辙遍，　重到故乡如隔生。①
岁晚酒边身老大，　夜阑枕畔书纵横。
残灯无焰穴鼠出，　槁叶有声村犬行。②
八十将军能灭虏，③白头吾欲事功名。

【注释】

①隔生:隔世。　②槁叶:枯叶。　③八十将军:指唐初大将李勣,因屡建奇功,封英国公,后年事已高,仍亲临征战。

【品评】

诗作于淳熙八年(1181),时作者五十七岁,闲居故乡山阴。

首联是说自己本为吴人,曾从戎南郑,到过秦地,车辙碾遍了大半个中国;没料到晚年还乡恍如隔世,心理上缺少对故乡的认同感。颔联写乡居生活单纯,无非饮酒、读书。诗酒生涯是饱经漂泊的士子们的精神港湾,是他们的精神后花园。但对陆游来说，这样的生活如同“自囚”，他虽有书生本色一面，但其人生目标是做英雄。因此“读书仍隐居，弹琴复长啸”的乡土世界，于陶渊明、王维，是至善至美的桃花源、终南山，是天堂；在陆游看来，则是须臾都想逃离的天罗地网，有束手束脚之感。颈联两句“虽至片言只句，往往能写不易名状与不易吐之情”（汪琬《蘧步诗集序》），确实是细腻传神，功力非凡。冬夜四鼓，夜深人静，世间的一切色相隐没在铺天盖地的黑暗里，可人的听觉却异乎寻常地敏感，暗淡欲灭的残灯下，老鼠的夜生活已经开始，吱吱几声过后，便从洞穴中钻出；窗外，寒风卷着枯叶，吹打门窗，偶尔传来几声狗吠，更衬托出夜的死寂。这两句诗人着力在听觉上下功夫，写出穴鼠、枯叶、犬吠三种声响，既暗示诗人一夜未眠情状，又形象地渲染了诗人漫漫长夜中无奈、灰冷的心态。尾联用唐初大将李勣八十岁尚能亲临征战事勉励自己，即使白头了，也还能“一战立功勋”！悲慨豪壮，使人为其永不言衰的精神动容！

这首诗的总体特点，如清王士祯所评：“写村林茅舍、农田耕渔，花石琴酒事，每逐月日，记寒暑。读其诗如读其年谱也。然中间勃勃有生气，中原未定，梦寐思建功业。其真朴处多，雕镂处少。”（《带经堂诗话》）准确地概括出了陆游乡居诗的总体风貌。

草书歌

倾家酿酒三千石，① 闲愁万斛酒不敌。②
今朝醉眼烂岩电，③ 提笔四顾天地窄。

忽然挥扫不自知，风云入怀天借力。[4]
神龙战野昏雾腥，奇鬼摧山太阴黑。[5]
此时驱尽胸中愁，搥床大叫狂堕帻。[6]
吴笺蜀素不快人，付与高堂三丈壁。[7]

【注释】

①倾家酿酒：晋何充能饮酒，刘惔每说："见次道（何充字次道）饮，令人欲倾家酿。"见《晋书·何充传》。 ②"闲愁"句：饮酒万斛，是修辞夸张之说，意谓无论喝多少酒，都无法把闲愁压下来。古代一斛十斗，至南宋末改为五斗。 ③烂岩电：谓眼光明亮如岩下闪电。用晋王戎典故。 ④"风云"句：是说草书飞舞驰骤，好像风云在胸，得到了大自然力量的帮助。 ⑤"神龙"二句：形容草书奇伟迷离之状。《易经》坤卦爻辞："龙战于野，其血玄黄。"昏雾腥：形容龙战于野的激烈情况。太阴：即月亮。 ⑥帻：古时包裹头发的头巾。 ⑦"吴笺"二句：这里指出兴致勃发的时候，吴地的纸，蜀地的素绢，都不能使人快意，只有付与堂上三丈的高壁，才能发挥笔力。

【品评】

诗淳熙九年(1182)作。陆游是伟大的诗人，尽人皆知；陆游的书家身份，却不为世人所晓。赵翼《瓯北诗话》曰："放翁不以书名，而草书横绝一时……是放翁于草书，功几于出神入化。惜今不传，且无有能知其善书者，盖为诗名所掩也。"分析有理。陆游的书法艺术成就，与他的家学渊源及南宋当时重书法艺术的社会环境都有着密切的关系。由于从小受家庭环境的熏陶，陆游先后临摹过颜真卿、苏轼、蔡襄、杨凝式等前辈书法名家的作品，打下了坚实的基础。

“倾家”两句是说自己饮酒海量，即使饮酒万斛，还不能浇尽心中闲愁。“闲愁”者何？诗中并未点明。但据诗意揣测，“万斛酒不敌”的“闲愁”，当是其抗金救国志向不遂的遗憾，生活中的其他愁闷都不能如此长久萦绕其心头。“今朝”两句是说今天饮酒过后，眼光如电，气满胸膛，于是提笔要一扫满腹愁闷。以下具体描述创作情境：草书飞舞驰骤，好像风云在胸，得到了大自然借助的力量。“不自知”，其实就是艺术创作中灵感到来时的“高峰体验”，是一种生命自由挥洒的状态。“神龙”两句，是形容草书奇伟迷离之状，如神龙激战于野，又好似鬼怪施威遮住了月亮。但诗人尽兴挥洒时，完全忘记了现实的存在，甚至狂呼脱帽，因此压抑的心情得以一扫而空。兴致勃发时，吴纸蜀绢都不足以寄托快意，只有付与堂上三丈的高壁，才能淋漓酣畅地发挥笔力。

诗中，诗人写字的情景，其实也是其“本质力量对象化”的动态过程。当他提笔挥洒之际，想必也正是他以“气吞万里如虎”之势，直驱金兵阵营，纵横疾驰，左冲右突，横扫千军之时。陆游为什么对行草书特别感兴趣呢？一方面，正如陆游自号“放翁”，其性格纵放，草书笔势之奔放不羁，适合展示其性情；另一方面，草书洋洋洒洒、一气呵成，借饮酒时酒力的催发，成为其抒泄胸中郁闷的最佳方式。

陆游的书法艺术，前人评价很多，最精当者莫如明人文彭《题放翁帖》之言：“放翁以诗名天下……为中兴大家。尝读其《剑南集》，思见其人而不可得。今得此二帖，恍然如侍左右，何其幸哉！然而遒丽若此，真所谓人品既高，下笔自然不同者也。”不失为有得之言。

夜泊水村

腰间羽箭久凋零，① 太息燕然未勒铭。②
老子犹堪绝大漠，③ 诸君何至泣新亭。④
一身报国有万死， 双鬓向人无再青。⑤
记取江湖泊船处， 卧闻新雁落寒汀。⑥

【注释】

①“腰间”句：杜甫《丹青引》有：“猛将腰间大羽箭”句。凋零：指箭翎脱落。 ②燕然：山名，在今蒙古国境内。东汉和帝永元元年(89)，车骑将军窦宪追击北单于至此山，刻石勒功而还。这句用窦宪事，借喻南宋未能击败敌人，因而叹息。 ③老子：犹言老夫，陆游自指。绝：横渡，飞跃。汉武帝元狩四年(前119)，大将军卫青、骠骑将军霍去病率兵横绝大漠，北击匈奴。作者用此事喻自己北伐金人的壮志。 ④新亭：在今南京市南。东晋南渡后，过江士大夫在新亭宴饮，周顗说：“风景不殊，正自有山河之异。”在座者相对涕泣。丞相王导说：“当共戮力王室，克复神州，何至作楚囚相泣耶？”见《晋书·王导传》、《世说新语·言语》。 ⑤无再青：是说鬓发白了不能再恢复黑色，借喻人老了不能再返回少年。

⑥新雁：新近从北方飞来的雁。汀：水中或水边平地。

【品评】

淳熙九年(1182)，陆游虽然闲居在家乡，但是他北伐报国的热情依然不渝。在诗中，他批评了那些只知悲观叹气而缺乏斗志的士大夫，并表示自己还可以从军远征。简朝亮《读书草堂明诗》评曰："陆务观《夜泊水村》，随地亦老思报国也。"诚哉是评。

首联两句是说自己虽然久已离开军中生活，但仍为自己未能建立军功而耿耿于怀。如果说首联重在传达事业无成的感叹，颔联则欲示人以阳刚健朗的硬汉子形象。历史的发展有时候会出现惊人的相似，东晋与南宋两个偏安王朝的命运具有诸多相似，都为异族入侵而偏安江左；都是在民族危难最深重的时候，令人惊奇地孕育出了精深的思想；东晋士人典型的态度是"新亭对泣"，南宋儒生则以袖手谈心性为能事。故陆游的"诸君何至泣新亭"，并非出于想像的危言耸听，而是对现实中士人群体萎弱心态的真实刻画。颈联大意说，虽然两鬓发白再无重回少年之理，但报效国家的念头却是万死而不改。方东树《昭昧詹言》中引吴闿生批曰："三四生气奋出，千古常新。"此评不虚。尾联始及诗题"夜泊"之意。王勃《滕王阁序》中有"雁阵惊寒，声断衡阳之浦"句，此诗的意绪与之相近，恐受其影响。

这首诗的艺术特点，从意境风格角度看，是"率多胸臆，兼有气骨"(《唐宋诗醇》)。正如孔镜清先生《陆游诗文选注》中评价的那样："诗的每一联，意象一大一小，意思一曲一直。"细心的读者留意揣摩，不难体会这一特色。

读 书

读书四更灯欲尽，胸中太华蟠千仞。[①]
仰呼青天那得闻，穷到白头犹自信。
策名委质本为国，[②]岂但空取黄金印。
故都即今不忍说，空宫夜夜飞秋磷。
士初许身辈稷契，[③]岁晚所立惭廉蔺。[④]
正看愤切诡成功，[⑤]已复雍容托观衅。[⑥]
虽然知人要未易，讵可例轻天下士。
君不见长松卧壑困风霜，时来屹立扶明堂！[⑦]

【注释】

①“胸中”句：这句诗是说郁积之气，同八千尺高的太华山蟠曲在胸中一样。太华：即太华山，在陕西渭南。仞：八尺为一仞。②策名委质：见《左传·僖公二十三年》。策名：把姓名记在名册上。委质：献上初次见面的礼物。古代武士初见献雉，表示忠心耿介的意思。③辈：等同的意思。稷、契：都是尧、舜时的名臣。杜甫诗“许身一何愚，窃比稷与契”。④“岁晚”句：廉颇、蔺相如是战国时赵国的名臣。他们为了国家的利益，消除了原有的矛盾，成为好友。这句是说晚年的成就与廉、蔺相比，自有愧色。⑤愤切：杜甫诗“东胡反未已，臣甫愤所切”。诡：克责、克期。

⑥雍容：宽缓不急、从容不迫，隐含贬意。观衅：等待可乘之机，《左传·宣公十二年》："观衅而动。"这两句连释意为：刚看他（虞允文）愤切地主张北伐，克期成功；没过多久却又看他并不着急，托辞要等到金人有空子可钻时再发兵。 ⑦明堂：古代帝王宣明政教的地方，这里代指朝廷。

【品评】

诗作于淳熙九年（1182），时诗人五十八岁，奉祠居家。

陆游一生嗜书笃学，与一般俗士但求"颜如玉"、"黄金屋"的极端功利目的不同，他在读书过程中尚友古人、切磋琢磨，重在砥励情操，培养人格。在读书目的之"道与器"、"道与术"的关系上，他更注重立身行世之"道"，向往的是"通儒之学"。这首诗虽以"读书"为题，但并非专论读书治学之内容、方法，而是借题发挥，以读书为由头，抒发其人生理想，引出当日的社会现实及自身的尴尬处境，最后以坚信才能必为世用结束全篇，给人以鼓舞。

据诗意及情感的变化，全诗可分三层。"读书"以下六句为第一层，是说理想。深夜读书，触发了胸中的郁结之气，如同八千尺高的太华山横亘在胸中。虽郁结难平，但穷且益坚，理想信念丝毫没有改变。"策名"两句正式交待其人生的目标，与国家民族的命运休戚相连。"故都"以下六句为第二层，是写现实、抒愤懑。诗人将视线转到千里外的故国江山，却欲言又止。为什么呢？因为故都沦陷于金人的铁蹄之下，已是"彼黍离离"。"士初"两句写出了理想和现实之间的巨大反差，进一步说明了胸中郁愤的真正症结所在。"正看愤切诡成功，已复雍容托观衅"，关系到对当时朝廷政坛人物的评价。王炎镇蜀期间，虞允文在朝为宰相。王炎是积极的主战派，而虞允文对待北伐的态度，前后言行反差很大：完颜亮南侵时，虞允文在采石矶之战中大败金兵，表现了杰出的军事才能，但孝宗的摇摆不定，太上皇高宗的逼迫和孝宗对奸佞的宠幸，都使这位昔日的英雄畏首畏尾，不敢贸然出兵。陆游对虞允文的"托观衅"深为不满，是很自然的事，故用廉蔺的"先国家之急而后私仇"来反衬虞允文的狭猛心理。最后四句为第三层，指出即使在困顿之中，自己还准备为国家立功。结句运用比兴手法，将自己比做"郁郁涧底松"，相信自己有朝一日能够摆脱困境，成为撑拄庙堂的擎天柱。

这首诗的情感发展轨迹，与诗人的人生轨迹，似乎暗合。结句的自勉，与李白《行路难》结尾处"长风破浪会有时，直挂云帆济沧海"的意蕴乃出于同一机杼，均是诗人豪迈乐观的浪漫个性使然，世人称陆游为"小李白"，确实是抓住了二人的神似之处。

赠猫

裹盐迎得小狸奴，① 尽护山房万卷书。
惭愧家贫策勋薄，② 寒无毡坐食无鱼。③

【注释】

①"裹盐"句：吴音读"盐"为"缘"，婚嫁以盐与头发为赠，言有缘法。俗例相沿，今聘猫亦用盐，盖取有缘之意。狸奴：猫。

②策勋：谓纪功于策，此指功劳簿。 ③食无鱼：战国时冯谖客于孟尝君，曾倚柱弹剑，歌曰“长铗归来乎！食无鱼”。

【品评】

诗作于淳熙十年(1183)，是年诗人五十九岁，奉祠居家。

岁月飘忽，暑去寒来，诗人度过了“枫落吴江又一秋”的孤寂一年。寒灯北窗，长夜不眠，诗人脑海中一次又一次浮现壮岁从戎时的烽烟岁月、铁马生涯。诗人用心灵去拥抱生活、感受生活，捕捉生活中的瞬间诗意，选材取景、设色布局，为后人留下一些不同于爱国题材却富于生活气息和风土情趣的诗篇。

“裹盐迎得小狸奴”，这句是说，诗人以娶妇迎亲般的庄重态度接回了小猫。“迎”字见出呵护不已的态度，也见其慈爱心肠。“尽护山房万卷书”，是说小猫的职守是守护书房里的万卷书籍免遭鼠咬。“惭愧家贫策勋薄”，是说小猫啊小猫，你恪尽职守为我捕鼠，但是家里贫穷，对你的待遇实在微薄，我很惭愧。“寒无毡坐食无鱼”，是说一日三餐没有鱼吃，你睡觉时也没有毡垫保暖。

诗中，诗人以悲悯和慈爱的态度对待一只小猫，我们当然不能将其意义无限拔高；但反过来却可以说，家国之爱的养成和诗人花鸟鱼虫之爱是绝对不能分开的。只要不是玩物丧志，花鸟鱼虫之爱对人的生命意识大有好处。

陆游这首《赠猫》诗，其命意用心别有所在。通过小猫生活状况的形象描写，托物寓意，传达诗人自己清苦的生活。诗人爱怜的语气、戏谑的态度，令人忍俊不禁，读后又悲从中来，体会诗人那凄苦的心境。

夜 步

市人莫笑雪蒙头，　北陌南阡信脚游。①
风递钟声云外寺，　水摇灯影酒家楼。
鹤归辽海逾千岁，②枫落吴江又一秋。③
却掩船扉耿无寐，④半窗落月照清愁。

【注释】

①北陌南阡：《风俗通》："南北曰阡，东西曰陌。"此处犹言乡村道路。　②"鹤归"句：《搜神后记》言汉有道士丁令威，学道于灵虚山，后化鹤归辽，自言："有鸟有鸟丁令威，去家千年今始归。城郭如故人民非，何不学仙冢累累？"这是古代的神话，极言人生的无常。　③"枫落"句：唐崔信明诗有句："枫落吴江冷。"　④扉：门扇。耿无寐：失眠。

【品评】

诗淳熙十二年(1185)作于故乡山阴，时作者六十一岁。

首联写乡居生活单调乏味，只能消磨度日。颔联写景细腻传神，巧夺天工，堪称上乘。"风递"、"水摇"，运用拟人化手法，写风、水灵动轻盈，诚如朱东润先生《陆游选集》所评："递字摇字尤为灵活。"按照正常语序，这两句应该是"风递云外寺钟声，水摇酒家楼灯影"，虽符合生活逻辑，但缺少艺术含蕴，诗美减价矣。运用倒装，强调“钟声”、“灯影”，一悠扬、一华艳，首先作用于人的视、听感官，然后才是理性思考。原来钟声是远处山寺里的钟声，灯影是河边酒楼上的灯影。颈联先用汉代道士丁令威的传说，传达沧海桑田的人生虚幻无常之感，又用枫叶飘落吴江上这一凄美的画面告诉读者，闲居生活又过一年！这两句一虚写，一实写，都关合诗人那悲苦落寞的心境。杨万里《再答陆务观郎中书》评曰：“‘采菊东篱’，焉用百韵？‘枫落吴江’，一句千载。”又吴陈琰《葛庄诗抄序》论曰：“古人如‘池塘春草’、‘空梁燕泥’以逮‘枫落吴江’诸句，单词片语，脍炙人口，惟其妙合自然耳。”诸家对“枫落吴江”句评价均极高。其实诗句并非陆游的原创，唐崔信明诗曰：“枫落吴江冷”，陆游加以改造移植，使其成为自己诗歌意象的有机组成部分，这一诗句也获得了新的生命。尾联写诗人深夜无眠，任凭那清冷的月光从半掩的门窗泻进，人月相对两无言，愁怀岂能驱散！

书　愤

早岁那知世事艰，① 中原北望气如山。②
楼船夜雪瓜洲渡，③ 铁马秋风大散关。④
塞上长城空自许，⑤ 镜中衰鬓已先斑。
出师一表真名世，⑥ 千载谁堪伯仲间。⑦

【注释】

①早岁：指隆兴二年(1164)及乾道八年(1172)事。 ②“中原”句：这句是说北望中原，收复中原的意志如大山般坚定。③“楼船”句：指隆兴二年在镇江府通判任内所见。楼船：高大的战船。瓜洲渡：在江苏镇江对岸，运河流入长江的地方，是当时的一个重要军事据点。 ④“铁马”句：指乾道八年诗人在南郑军中所见。铁马：披铁甲之战马。大散关：在今陕西宝鸡西南大散岭上，是南宋的边防重镇。 ⑤“塞上”句：陆游自比“塞上长城”。南朝宋文帝将杀名将檀道济，道济脱帻投地，说：“乃坏汝万里长城。”见《南史·檀道济传》。 ⑥出师一表：指《出师表》。名世：名传后世。 ⑦伯仲间：兄弟之间。

【品评】

淳熙十三年(1186)春，陆游家居山阴作此诗，是年六十二岁。

首联说自己少不更事，但已抱定了一生的志向。《论语·季氏》中提出君子“三戒”，其中之一是“及其壮也，血气方刚，戒之在斗”。陆游《后寓叹》诗也说“三日於菟气食牛”，於菟，即小老虎。诗人并非一时心血来潮故作大言空论，收复中原贯穿其一生的立身行世。颔联回叙自己早年在镇江和南郑军中抗击金人的战斗场面。瓜洲渡、大散关，一在东南，一在西北，相距千万里之遥，但因都处于抗金前线，都是诗人战斗生活过的地方，而成为萦绕、徘徊其心间剪不断、挥不去的心结。这两句意象壮阔、组接巧妙、自然天成。颈联叙述平生志愿，自比国家的“塞上长城”。又写理想落空。尾联推崇诸葛亮及其《出师表》，实则作者以诸葛亮自比。

诸葛亮出师北伐意志坚定，自己能穿越历史时空与其发生心灵的撞击。

这首诗“志在立功，而有才不遇，奄忽就衰，故思之而有愤也”（方东树《昭昧詹言》）。诗中既有对一味偏安享乐、向金人进贡称臣的南宋朝廷的愤慨，又有对自己抱负未得施展的悲观。两种感情交叉发展，在末句中会合，既是设问，又是自许，从而使复杂的内心活动得以生动展示。

临安春雨初霁①

世味年来薄似纱，② 谁令骑马客京华。③
小楼一夜听春雨， 深巷明朝卖杏花。
矮纸斜行闲作草，④ 晴窗细乳戏分茶。⑤
素衣莫起风尘叹， 犹及清明可到家。⑥

【注释】

①临安：南宋京城，今浙江杭州。初霁：雨过放晴。 ②世味：人世情味。 ③京华：京师繁华之地，这里指临安。 ④“矮纸”句：古代书家常在手卷上写字。矮纸：卷面不高的纸。草：草书。 ⑤细乳：《谈苑》：“茶之精者，北苑名白乳头。”宋代北苑茶又有石乳、滴乳等品。细乳是茶中的精品。分茶：品茶。 ⑥“素衣”二句：陆机《为顾彦先赠妇》诗：“京洛多风尘，素衣化为缁。”他说京洛的风尘太多，把白的衣服都染成黑色了。语句显然有双关义。

【品评】

淳熙十三年(1186)春,六十二岁的陆游除朝请大夫,权知严州军事,入奏行在,住在西湖畔。三月还家,七月始到严州,这首诗就是在临安时写的,诗中反映了陆游旅居京城的孤寂心情。

一般将人情比作薄纸,这里以“纱”设喻,其质地多了一点飘忽感,较为新颖。“小楼一夜听春雨,深巷明朝卖杏花”,“浅中有深,平中有奇,故足令人咀味”(刘熙载《艺概》)。它既表现了诗人苦闷无聊,靠听雨来打发长夜的愁绪,也刻画了江南早春节令和民物风情的特色,情景交融,十四字一气贯注,生动有致,诗家认为是难得的名句。朱梓、冷昌言认为“有唐人风韵”(《宋元明诗三百首》)。这两句的妙处在于清新自然,无意为之,与“采菊东篱下”、“池塘生春草”等千古名句一样,都是感兴随机之作,并非冥搜苦寻、琢磨修饰出之,故《唐宋诗醇》有“颔联团转,脱口而出,一涉凑泊,失此语妙”之评。颈联写诗人旅京期间,心情孤寂,用写字分茶来打发光阴。陆游以草书知名,故有“闲作草”之举。“分茶”则涉及宋时风俗。“分茶”,又称“茶百戏”,始于北宋初年,宋人陶穀《清异录》记载:“近世有下汤运匕,别施妙诀,使茶纹水脉成物象者,禽兽虫鱼花鸟之属,纤巧如画,但须臾消失。此茶之变也,时人谓之茶百戏。”尾联传达出“归去来兮”之意,是说清明节前就可以到家,用不着抱怨京城空气污浊,担心弄脏衣服。“冠盖满京华,斯人独憔悴”(杜甫《梦李白》),用在此处描述陆游当时的处境也极恰切。诗人已老,本该享受生活了,却不得不仍日奔波于人生路上,个中滋味常人难以体会。诗句从入世起笔,以及早还家作结,情感的运动完成了一个周期轮转,诗人的感叹也尽在其中了。

秋雨北榭作[①]

秋风吹雨到江渍,[②] 小阁疏帘晓色分。
津吏报增三尺水,[③] 山僧归入万重云。
飘零露井无桐叶,[④] 断续烟汀有雁群。[⑤]
了却文书早寻睡, 檐声偏爱枕间闻。[⑥]

【注释】

①榭:高台上的房屋。 ②渍:水滨。 ③津吏:管理渡口桥梁的官吏。 ④露井:无覆盖之井。 ⑤烟汀:水气弥漫的江面。 ⑥檐声:檐头滴水之声。

【品评】

诗作于淳熙十三年(1186)秋,陆游时在严州任上。这年二月,陆游起知严州,去临安辞别皇帝。没想到孝宗皇帝对他说:“严陵,山水胜处,职事之暇,可以赋咏自适。”(《宋史·陆游传》)看来皇帝不过是给其安排一个吟风弄月的养老所,让其发挥写诗的特长,仅以诗人视之,而并不给予重任,令陆游无限怅惘。诗人就是带着这份失落的心情去赴任的。到严州后,生活起居及读书等方面都出了问题,首先是此地酒不佳,求于都下,不能按时送到;欲借读书消磨时光,藏书家又多秘不肯出。“名酒过于求赵壁，异书浑似借荆州"，正是对此时期生活的描写。

这是一首七言律诗。起笔点题，交待时地环境。颔联似乎描绘了一幅云缭烟绕、山隐水迢的中国水墨画，笔力、韵味与宋画相通，也再一次验证了中国诗画相通的艺术精神。但诗人的用心并不在此，而要通过这两句告诉读者，作为严州的地方大员，其日常工作是坐衙点卯、追租索赋、缉偷捕盗，这与诗人的英雄志向相去万里。颈联也是凄美哀婉的风景画。诗人精心营造这样的意境，无非用飘零的桐叶和惊寒的雁群来传达心中无以名状的哀曲。尾联寥寥十四字，诗人凄苦的心境跃然纸上。

这首诗四联八句，每联两句中意象一大一小，视角一远一近，诗意一虚一实，未有一字说愁苦，而诗人孤寂的愁绪却传达得淋漓尽致。清舒位《瓶水斋诗话》论曰："尝论七律至杜少陵而始盛且备，为一变；李义山瓣香于杜而易其面目，为一变；至宋陆放翁，专工此体，而集其成，为一变；凡三变，而他家之为是体者，不能出其范围矣。"陆游七律创作无论从题材内容、技法结构，还是从风格路数上，都确实形成了自己的鲜明特色。

估客乐①

长江浩浩蛟龙渊，　浪花正白蹴半天。
轲峨大艑望如豆，②　骇视未定已至前。③
帆席云垂大堤外，　缆索雷响高城边。
牛车辚辚载宝货，　磊落照市人争传。④

倡楼呼卢掷百万，[5] 旗亭买酒价十千。[6]
公卿姓氏不曾问， 安知孰秉中书权。[7]
儒生辛苦望一饱， 趑趄光范祈哀怜。[8]
齿摇发脱竟莫顾， 诗书满腹身萧然。
自看赋命如纸薄，[9] 始知估客人间乐。

【注释】

①估客乐：乐府《西曲歌》名。估客即商人，亦作“贾客”。②轲峨：高耸之状。大艑：大船。 ③骇视：惊视。 ④磊落：这里是形容宝货众多。照市：谓宝货光彩照耀市上。 ⑤倡楼：妓院。呼卢：古代一种博戏，以五木刻子掷之，卢是胜采。赌博的人呼喝希望得到卢采，故后来把呼卢作为赌博的代称。 ⑥旗亭：酒家。 ⑦中书：古制，中书省设中书令，隋唐至宋并为宰相之职。 ⑧趑趄：行走不前的样子。光范：唐官门名，通中书省。唐代文学家韩愈中进士以后，曾三次上书宰相求官。第一书中说：“前乡贡进士韩愈，谨伏光范门下，再拜献书相公阁下。”这句是借用韩愈求官不得的事，喻儒生奔走乞怜的屈辱心理。 ⑨赋命：指人们禀受于天的命运。赋，禀受的意思。

【品评】

这首诗是淳熙十四年(1187)冬陆游在严州作。古代“四民社会”的排列次序是士、农、工、商。士大夫阶层“劳心者治人”，高人一等，商人地位最低，以忝附骥尾为幸。南宋贸易发达、市场繁荣，陆游的诗文创作深受时代精神影响，描写了市场活动，表现了时代精神的嬗变，增添了一些新的因素。即如此诗，以商贾的富有与快乐反衬儒士的求进无门、命如纸薄，诗中既有对权贵势要的愤恨，也有对商贾逐利与享乐的艳羡。

全诗共分三层。前六句为第一层，写估客商船的气势不凡。首先用远景写出长江波涛浩渺，浪花飞天，营造一种雄壮的气氛。随之利用视觉原理，写商船远望如豆，急速驶来，越见其高耸，令人惊叹。船帆张挂于大堤外，若垂天之云，船工在城边泊船抛缆，声若响雷。正由于第一层的极力渲染，第二层的商人出场时的奢豪也就顺理成章了。“牛车”以下六句为第二层，写商船带来的宝货和商人上岸后的活动。商船卸下的宝货众多，要用牛车拉，宝物光彩照耀，人们争相传看。下船后商人们饮酒、赌博，不惜万金，尽情享乐。这里看出陆游对商人的肯定，侧重在商人具有相对独立的社会地位。商人自食其“利”，不将自己的幸福寄托在朝廷俸禄和权贵的赏赐上。陆游对商人逐利、享乐的艳羡描写，在很大程度上与其自身受权贵排挤、倾轧的痛苦记忆有关。最后六句为第三层，视角转向儒生，运用对比手法，衬托儒生的寒酸屈辱生活。对此，古来寒士多有深切的体会，留下的诗文不胜枚举。如杜甫《奉赠韦左丞丈二十二韵》写“骑驴十三载，旅食京华春。朝扣富儿门，暮随肥马尘。残杯与冷炙，到处潜悲辛”；杜甫《醉时歌》写“诸公衮衮登台省，广文先生官独冷。甲第纷纷厌粱肉，广文先生饭不足”，可谓穷形尽相地写出了文士儒生的穷酸之态。韩愈《进学解》写国子先生“口不绝吟于六艺之文，手不停披于百家之编”，却“冬暖而儿号寒，年丰而妻啼饥”。

陆游闲居故乡时，游历周边镜湖流域农村，有不少诗篇生动地描述了镜湖流域不同类型集市的具体状况。如“小市孤村鸡喔喔”(《病中杂咏十首》),写的是南部山区的金家畯市;“禹会桥边多酒楼”(《舟中醉题》),写的是城西北50里的禹会桥市。这些诗,将“山居景况,一一写尽”(梁清远《雕丘杂录》),表征了他作为一个富于生命活力的诗人,其诗情才思如何在孤寂的生活中消磨挥洒,客观上为今人研究南宋经济、社会状况留下了生动而宝贵的资料。

若耶溪上①

九月霜风吹客衣,　溪头红叶傍人飞。
村场酒薄何妨醉,②　菰正堪烹蟹正肥。③

【注释】

①若耶溪:去浙江山阴镜湖二十里许,溪旁有云门寺。②村场:村庄里祭神的场地。　③菰:俗称茭白,可食。

【品评】

诗作于淳熙十五年(1188),是年作者六十四岁。本年春,陆游严州任满,七月卸任,抵故乡山阴,诗当作于本年秋九月。

这是一首“咀嚼出日常生活的深永的滋味,熨帖出当前景物的曲折的情状”(钱钟书《宋诗选注》)的闲适诗,极能见出诗人摹景写物的艺术功力。诗人开头一句交待时令、气候。若耶溪去浙江山阴镜湖二十里许，为陆游乡邦山水，其一生足迹多有所履，难道诗人一时糊涂，自以为身在客中？其实，这一“客”字用得正好。诗人一生足迹飘忽，瓜洲渡口、大散关头、剑南道中、临安楼上，备尝之矣。诗人乡土观念较为淡薄，“脚在何处，故乡就在何处；水在哪里，道路就在哪里”（余秋雨《三峡》）。诗人在这块土地上来来去去，即使在梦里，那乡关的印象也很模糊。倒是可以说，前缘注定，诗人这一生似乎就是为抗金复国而活，而存在。那么，只要在战场在前线，就是在家乡；而身处故乡山水，也有落寞的客居之感，心灵无以安置，无以寄托。这样的理解，是否“误解”了诗人之意？想来不至过于穿凿。“溪头红叶傍人飞”，那飘飞的红叶不时扑打在行人身上，似乎故意捉弄人。写景如画又富于动感，照应了首句中“霜风”句意。三、四两句，一写乡村祭神后饮酒场面，一写佐酒菜肴新鲜味美。酒非美酒，菰、蟹为当地土产而非珍馐，但人情醇厚，不妨痛饮大醉。

这首小诗，并无特别的兴寄和托寓，只是对农村风情的描画，民风淳朴，能带给人宁静、轻松之感，不必担心“素衣化为缁”。傍人飞的红叶和堪烹的菰、蟹组合在一起，色彩鲜明，画面感强，给人以极强的视觉效果和审美享受。

夜归偶怀故人独孤景略

买醉村场半夜归，　西山落月照柴扉。
刘琨死后无奇士，[①] 独听荒鸡泪满衣！

【注释】

①刘琨：字越石，中山魏昌人，汉中山靖王刘胜之后。刘琨是西晋名士，为人有奇节，以收复中原为志，后被段匹磾所害。

【品评】

诗作于绍熙元年(1190)秋，时作者六十六岁，家居山阴。

据叶绍翁《四朝闻见录》说："(陆游)天资慷慨，喜任侠，常以踞鞍草檄自任。且好结中原豪杰以灭敌，自商贾仙释诗人剑客，无不遍交。"陆游结交之人，多是处于社会底层的奇人异士，在上流社会看来，属于小人物，如师伯浑、李石、独孤策等。特别是独孤策，更在诗中屡屡及之。独孤策，正史中并无记载，他的一生默默无闻。幸有陆游的诗篇，使其事迹得以为世人所知。《剑南诗稿》卷十四介绍独孤策曰："独孤生策，字景略，河中人。工文善射，喜击剑，一世奇士也。"陆游曾与其共猎西蜀，相约志清中原，同生共死，结成志气相投的知音挚友。但是，他们所共处的时代，是一个英雄豪杰志气难伸的压抑时代，独秀一枝，难免被雨打风吹去。独孤生后客死于四川的忠、涪间，陆游为其作诗纪念。

写这首诗的时候，独孤生至少已死去八年，但陆游还时刻怀念这位志同道合的挚友。诗先叙述醉酒的经历，诗题作"夜归偶怀"，成诗原因似乎出于偶然；其实，酒醉之后怀念故人，正见出故人独孤生在其心中的不可取代的重要地位。后两句引出晋时两位拥有收复志向的奇士刘琨和祖逖以相类比。《晋书·祖逖传》载："(逖)与司空刘琨俱为司州主簿，情好绸缪，共被同寝。中夜闻荒鸡鸣，蹴琨觉曰：'此非恶声也'，因起舞。""闻鸡起舞"的故事，由此而来。现在，刘琨死了，祖逖独听荒鸡鸣叫，只能愈增凄怆！陆游与独孤生，刘琨与祖逖，无论是时代环境、理想抱负，还是个人遭际，都有惊人的相似之处。诗中信手拈来，极能切合情境。

这首诗既是对独孤生的怀念，又表达了自己抱负无从施展的悲哀；更扩大一步，可以说是为古今失意的奇节之士鸣不平！

秋夜将晓出篱门迎凉有感二首[①]（选一）

三万里河东入海，[②] 五千仞岳上摩天。[③]
遗民泪尽胡尘里，[④] 南望王师又一年！

【注释】

①迎凉：纳凉。 ②三万里河：河：指黄河。三万里是夸张地形容黄河之长。 ③五千仞：极言山之高。岳：当时五岳中之东岳泰山、北岳恒山、中岳嵩山、西岳华山，皆已沦陷。摩天：碰到天。 ④遗民：指沦陷在金人占领地区的老百姓。

【品评】

诗作于绍熙三年（1192）秋，是年陆游六十八岁，家居故乡山阴。

这首诗的题目，邹志方先生《陆游诗词浅释》中说："诗题的交代很重要。秋天有时很热，俗称'秋老虎'，其燠热难熬，才有迎凉之举，则迎凉前之烦躁可以想见。将晓而出篱门，暗示诗人彻夜难眠……秋天是作战季节，诗人又由此想到战斗，想到收复失地，想到沦陷区人民，这是极其自然的。正是如此联想下，此诗才喷薄而出，感人至深。”所论给人启迪。

与律诗相比，绝句受篇幅所限，较难表达细腻深微的情思，但扬长避短，以精警取胜，自能收到“片言役百景”的神奇之效。本诗就是这样一首功力深厚、启人深思的优秀之作。“三万里河东入海，五千仞岳上摩天”，出语气势不凡。诗人直接融情入景，造成先声夺人的气概。不这样描画滔滔黄河和巍巍高山，不足以表现祖国的锦绣河山和诗人赤诚的爱国热忱，更不足以充分表达诗人对大片国土沦于金人铁蹄下的沉重心情。三四句写沦陷区的父老在异族统治的蹂躏下，翘首以待，望穿秋水，等待南宋的军队来解放自己。可以看出，诗人对祖国河山的热爱和对沦陷区人民的同情，是交织在一起的，并通过“泪尽”、“南望”、“又一年”等词语，强烈地谴责了南宋统治者的苟且偷安、昏庸无能，逃避历史使命和对老百姓应承担的责任。

在南宋政权下生活的人民和在女真族统治下的汉族人民，都为国家的恢复和统一而不懈地斗争着。但在金兵压迫下，沦陷区的人民却是过着水深火热的痛苦生活。陆游代他们宣泄心声，尽情地颂扬着他们对于国家深厚无比的情感。这首诗言短情长，写景大气磅礴，景中见情；抒情催人泪下，却又情中见景，收到了尺幅万里之妙。

九月一日夜读诗稿有感走笔作歌[1]

我昔学诗未有得，　残余未免从人乞。
力孱气馁心自知，[2]　妄取虚名有惭色。
四十从戎驻南郑，[3]　酣宴军中夜连日。
打球筑场一千步，　阅马列厩三万匹。[4]
华灯纵博声满楼，[5]　宝钗艳舞光照席。[6]
琵琶弦急冰雹乱，[7]　羯鼓手匀风雨疾。[8]
诗家三昧忽见前，[9]　屈贾在眼元历历。[10]
天机云锦用在我，[11]　剪裁妙处非刀尺。[12]
世间才杰固不乏，　秋毫未合天地隔。[13]
放翁老死何足论，　广陵散绝还堪惜。[14]

【注释】

①走笔：奋笔。　②力孱：力薄。气馁：气虚。　③南郑：陆游在南郑时，年四十八岁。　④阅：检阅。厩：马棚。　⑤华灯：华丽的明灯。纵博：纵情博戏。　⑥宝钗：指妇女的珍贵首饰，这里指代军妓舞女。　⑦"琵琶"句：指急促的琵琶弦声犹如冰雹乱下。　⑧"羯鼓"句：指熟练的羯鼓声快如疾风暴雨。羯鼓：西北少数民族的乐器，状如腰鼓。　⑨三昧：佛经语，原意为正定。宋人文学批评中，用此指诗文奥妙、诀窍。　⑩屈贾：指屈原、贾谊，

二人都是古代的辞赋家。元:通"原"。历历:分明。 ⑪天机云锦:古代神话中织女所用的织机和她织成的上有云彩的锦缎。这里比喻诗的词藻之美。 ⑫"剪裁"句:意谓剪裁得当,用不着寻常的刀尺。 ⑬"秋毫"句:秋毫是鸟兽秋天所生的细毛,此处是说创作中失之毫厘、差之千里。 ⑭广陵散:古代琴曲名。三国时嵇康善为此曲,后为司马昭所杀,临刑时,索琴弹此曲,叹道:"《广陵散》从兹绝矣!"后世因称失传的曲艺为"广陵散"。

【品评】

诗作于绍熙三年(1192),当时诗人六十八岁,闲居故乡山阴。

诗人总结了自己创作的发展过程,对自己的独特诗风作了形象描画。诗可分三个部分,前四句为第一层,写自己在四十八岁以前,只模拟别人写诗,虽已取得了声誉,不过是妄取虚名。陆游学诗,和当时多数人一样,是从江西诗派入手的。他童年时代喜读吕本中的诗,私淑吕氏,从十八岁开始,又师事曾几。但其富于浪漫情趣的性格,却使他只能为江西派的清新而不满其瘦硬,只能为江西派的绚烂而不喜其生涩。"四十"以下十二句为第二层,指出到了南郑军中,接触到了丰富多彩的现实生活,如火如荼的军营生活与其纵放浪漫的个性一拍即合,从而在创作上出现了根本的转折,发现了诗的意义,懂得了诗家的"三昧"。沙场点兵,是豪气冲天的男儿事业;博戏、观舞,则大大满足了生命活力旺盛的诗人的感官刺激和精神欲望。丰富广阔的现实生活激发了诗人的创作灵感,他似乎洞见了作诗的诀窍,与屈原、贾谊这些伟大诗人相照面。无尽的诗材和美丽的词藻纷至沓来,安排组合之妙存乎一心，就像庄子《庖丁解牛》中所描绘的“恢恢乎其于游刃必有余地”的境界，而非捉死弄活、冥思苦想所能至。如果说，四十八岁以前，是陆游跟江西派由合而离的创作前期，虽挫笼万有，穷极工巧，而仍归雅正；四十八岁以后，从戎巴蜀，接触了奇丽的山水，从军后又亲历了战斗生涯，从此便超越了江西派的藩篱，此为其作品的中期。这一时期，作品的忠爱激情与豪迈气概显得特别突出，境界达于恣肆宏大。后来，他把这种感受总结为经验，告诉儿子：“汝果欲学诗，工夫在诗外。”（《示子遹》）最后四句为第三层，表达了惟恐身死以后，自己的经验从此失传的心情。其实，最后的担心正见出陆游的纯真与可爱之处，诗家事业，万古常新，“一代有一代之文学”、“江山代有才人出”，又何必杞人忧天呢？

夜读范至能揽辔录言中原父老见使者多挥涕感其事作绝句[①]

公卿有党排宗泽，[②] 帷幄无人用岳飞。[③]
遗老不应知此恨，[④] 亦逢汉节解沾衣。[⑤]

【注释】

①范至能：范成大，字至能。乾道六年（1170）出使金国。揽辔录：书名，是范成大出使金国时所作的日记。内载其过相州（今河南安阳）时，“遗黎往往垂涕嗟啧，指使人云：‘此中华佛国人也。’老妪跪拜者尤多”。 ②“公卿”句：公卿：指宋高宗亲信投降

派黄潜善、汪伯彦等。宋钦宗靖康元年(1126)宗泽知磁州,屡次抗击金兵。建炎元年(1127),宗泽任汴京留守。当时各地义军大规模发展,宗泽布置诸军,准备渡河收复失地,前后共二十多次上书高宗。但是逃到扬州的宋高宗和黄潜善、汪伯彦等却积极向金人求和,不理睬宗泽的建议。宗泽见恢复无望,忧愤成疾,连呼“过河”三声而死。 ③“帷幄”句:岳飞,字鹏举,相州汤阴人。他领导的“岳家军”深得人民爱戴。绍兴十年(1140)岳飞率军大破金兀术,进军朱仙镇,距开封仅四十五里。然而高宗、秦桧为贯彻其投降阴谋,却连下十二道金牌严令岳飞退兵。岳飞退兵后,河南各地又被金人占领。第二年岳飞竟以“莫须有”的罪名被高宗、秦桧为首的投降派杀害。帷幄:军帐。 ④遗老:留在敌占区的老年人。不应:不曾。此恨:指投降派误国的恨事。 ⑤汉节:古代出使的人,手持符节仪仗。这里借汉言宋,指范成大等出使金国的使节。解:懂得,了解。

【品评】

诗作于绍熙三年(1192),时诗人家居故乡山阴。

乾道六年(1170),范成大以宋朝特使身份出使金国,当时孝宗皇帝下达了两项外交任务,一是要求收复河南陵寝之地,二是想改变接受金国书信的仪节。原来,高宗绍兴和议时,规定金国向宋廷递送国书时宋朝皇帝必须跪拜受书。范成大使金后,虽未能改变这一仪节,但其大义凛然,临危不惧,连金世宗也对其忠贞表示嘉许。后范成大以此为背景创作了七十二首记行诗,并留下了笔记定名为《揽辔录》。这首诗便是陆游看了《揽辔录》后有感而赋的。陆诗抒发感情往往较直，但直中有曲，此诗便是一例。曲言中既表现了遗民们对祖国的无比热爱、怀念之情，更反衬出在朝的衮衮诸公置人民的情感于不顾，令人悲愤失望！

陆游并未亲身到过沦陷区，也并未目睹遗老的切盼之情，只是在读了好友范成大的《揽辔录》后，“故国神游”，以想像的诗笔为我们描绘了一幅遗民渴望重回大宋怀抱的图画。这是不是违反“艺术反映生活”的创作原则？非也。艺术反映要求的是艺术本质的真实，而未必生活中实有之真实。陆游的诗传达了千百万大宋子民的心声，反映了时代的本质要求，因而达致了艺术真实，有其存在的合理性。无独有偶，作为与陆游心灵相通的诗友范成大有《州桥》诗一首，同样以这次出使见闻为背景，诗曰：“州桥南北是天街，父老年年等驾回。忍泪失声询使者，几时真有六军来！”可以想见，在当时敌人镇压之下，遗民的忍泪询问也许并不是真实的场面，但却是沦陷区广大人民真实而强烈的心声，也同样达到了艺术真实的高度。陆游这首诗与范成大的《州桥》，取材于同一历史背景，爱国激情难分轩轾，诗意交相辉映，绽放出夺目的异彩。

十一月四日风雨大作二首（选一）

僵卧孤村不自哀，[①] 尚思为国戍轮台。[②]

夜阑卧听风吹雨，[③] 铁马冰河入梦来。[④]

【注释】

①僵卧孤村：意谓困守在孤村。　②轮台：在今新疆境内，汉武帝时曾发兵戍守。这里借指边疆的防守要塞。　③夜阑：夜深。　④“铁马”句：是想像北征的情景。冰河：泛指北地封冻的河流。

【品评】

诗作于绍熙三年(1192)冬，时诗人在家乡山阴闲居。

南方冬季，阴冷潮湿，风雨天气更是寒冷刺骨，六十八岁的老诗人只能四肢蜷缩，僵卧床上，不得出门。肢体虽然受限，而思想却异常活跃，能够突破形骸的局限而神游万里之外。此刻他正想像着身穿戎装，在祖国的西北边陲做一个站岗放哨的边防战士。人老心又闲，则必然多梦。梦是回忆，又是生活的另一种特殊活法。从军的理想，看来是实现无望；夜里卧听窗外的天风海雨，诗人再也无法压抑内心冲动，他的脑海中，无边的风雨似乎幻化成了千军万马驰骋疆场，而自己正是那催马奋战的老将！

在落寞中表现爱国深情，是有一定难度的，诗人采用欲扬先抑，避实就虚的手法。由于全诗有壮气回旋，因此，虽然不属高亢之作，却具有深沉雄浑的风格。在陆游诸多表达爱国深情的诗作中，这无疑是一首别具壮采的力作。英雄豪杰，喜欢的是惊涛骇浪的生活，而最怕平淡无奇、碌碌无为的处境。俯仰无愧，又何惧暴雨飘风，任什么恶劣的命运，也同顺利的处境一样，都终于要成为过去，而忠于民族、祖国的道德标准，则将万古常新。小节纵有可议，无伤传世之名。若大节有缺，则自蹈覆辙，无药可救。所以，杭州西湖边岳王庙前，站着的还会站下去，而跪着的还要永远跪下去。

读陶诗

我诗慕渊明，　恨不造其微。①
退归亦已晚，　饮酒或庶几。②
雨余锄瓜垄，　月下坐钓矶。③
千载无斯人，　吾将谁与归！④

【注释】

①造其微：达到陶诗那样深远澄淡的境界。　②庶几：差不多。　③"雨余"二句：这是作者自述其退归乡居的生活。　④"千载"二句：这两句是说陶渊明死后再没有同调的人。与归：归从，追随。

【品评】

诗作于绍熙四年（1193），诗人时年六十九岁，家居故乡山阴。

这是一首语气从容舒缓、意象清新淡雅的效陶诗，表达了对东晋末年诗人陶渊明诗歌境界的向往之情。陶渊明诗风以平淡自然为宗，陆游受其影响，主张"俗人犹爱未为诗"（《朝饥示子聿》）。其实，陆游主要还是从人格入手进而喜爱陶诗的。他认为"竹林嵇阮虽名胜，要是渊明最可人"（《家酿颇劲戏作》）。陶渊明善养清真之气，天姿纵放，与陆游那豪放不羁的个性趣味有一定契合。陆游《跋渊明集》记述了早年对陶诗一见倾心的心理过程："吾年十三四时，侍先少傅居城南小隐，偶见藤床上有渊明诗，因取读之，欣然会心。日且暮，家人呼食，读诗方乐，至夜，卒不就食。今思之，如数日前事也。"此段记载风神独具，读后宛在目前。一个十三四岁少年，读陶诗到痴迷的程度，以至于废寝忘食，若非思想早熟，便是与陶渊明缘定三生。这样才可以理解"我诗慕渊明"，并不是轻飘飘的信口雌黄，而是踵武前贤的自觉追求。

陶渊明是文学史上一座难以企及的高峰，自唐代以后人们逐渐发现了其人其诗所蕴含的巨大魅力，李白、杜甫、王维、白居易，都对陶渊明的文化人格和诗意生活方式进行了阐发；宋代以后，更形成了一个学习、效仿陶渊明的高潮。陆游曾在诗中说："学诗当学陶，学书当学颜。"(《自勉》)可见其对陶渊明是视若高标的。陆游的人生理想使其不可能心甘情愿、死心踏地地退归田园。但在这里，毕竟为我们展示了除抗金斗争外，其生活中丰富多彩的一面，这类诗自然有存在的合理价值。

赛神曲

击鼓坎坎，[①]吹笙呜呜。绿袍槐简立老巫，[②]红衫绣裙舞小姑。乌桕烛明蜡不如，[③]鲤鱼糁美出神厨。[④]老巫前致词，小姑抱酒壶：愿神来享常欢娱，使我嘉谷收连车。牛羊暮归塞门闾，鸡鹜一母生百雏。岁岁赐粟，年年蠲租。[⑤]蒲鞭不施，[6]圜土空虚。[7]束草作官但形模，刻木为吏无文书。[8]淳风复还羲皇初，[9]绳亦不结况其余。[10]神归人散醉相扶，夜深歌舞官道隅。

【注释】

①坎坎：象声词，鼓声。 ②槐简：槐木做的笏，巫祈神时执用。 ③乌桕烛：用乌桕树籽制成燃料为烛。 ④糁：这里指汤羹。 ⑤蠲（juān）租：免除租税。 ⑥蒲鞭：以蒲草为鞭，虽笞不痛，象征刑罚。 ⑦圜土：古狱城，即后世的监狱。 ⑧"束草"二句：只需用草扎成官员的形状，刻木头以为吏人，并不真的需要设立官吏，也不需要公文法令。 ⑨羲皇：伏羲氏号为羲皇，这句意指回到世风淳朴的上古社会。 ⑩绳亦不结：上古无文字，结绳记事，大事用大结，小事用小结。《易·系辞》："上古结绳而治，后世圣人易之以书契。"作者因想返回理想中的远古生活，故说连结绳记事都用不着。

【品评】

诗作于绍熙四年（1193）十二月，是年诗人六十九岁，家居故乡山阴。

这首诗描写了鉴湖畔热闹的祭神场面，勾勒了一场完整隆重的祭祀仪式，为我们描画了一幅农家丰收喜悦的水彩画。诗中描写了当时民间流行的赛神风俗，并通过祈神老巫的致词，反映了人民渴望发展生产，免除租税，解除官吏和暴政压迫的情绪。赛神即祭神，也叫赛社，是上古流传下来的遗俗，《剑南诗稿》中仅直接描写山阴一带民间赛社的诗就有70多首。

诗前八句，从“击鼓坎坎”到“小姑抱酒壶”，为第一层，描写正式祭神前的准备活动。击鼓坎坎，吹笙呜呜，上场的老巫穿绿色祭服，手执槐板、神色庄重，小巫则穿红色裙衫，翩翩起舞。四周乌桕蜡烛一片通明，祭台上恭敬地摆着象征年年有余的鲤鱼。老巫代表乡民敬神致词，小巫手执酒壶斟酒司供。以下十二句，从“愿神来享常欢娱”到“绳亦不结况其余”，是祭词的内容，是乡民们的心愿，甚至可说是诗人想像中的理想国，犹如桃花源一样令人向往。农民心中的桃花源是很朴素的，归结起来两句话：不求大富大贵，但愿家道小康。即《礼记》“三世”(即乱世、升平世、太平盛世)中之“升平世”。最后两句为第三层，写祭神结束后，村民欢宴相庆。从娱神到自娱，整个过程气氛热烈，乡民自觉参与，又是一幅神人同庆的欢乐图景。

另外，从祭品之丰盛和村民饮酒醉扶归之摹写，也可以看出年成之好，乡土气息扑面而来，民情民意尽入眼底。为政者如能给百姓以喘息，使其吃饱穿暖，自能相安无事。至于更高的需求，他们更多地是寄希望于神，即命运，而不烦劳官家了。

明妃曲①

汉家和亲成故事，② 万里风尘妾何罪？
掖庭终有一人行，③ 敢道君王弃蕉萃。④
双驼驾车夷乐悲，⑤ 公卿谁悟和戎非！

蒲桃宫中颜色惨，[6] 鸡鹿塞外行人稀。[7]
沙碛茫茫天四围，一片云生雪即飞。
太古以来无寸草，借问春从何处归？

【注释】

①明妃：汉元帝宫女王嫱，字昭君。晋时避司马昭讳改称明妃。西汉元帝时对南匈奴呼韩邪部落采取羁縻政策。据说当时元帝按图召宫女，宫女都贿赂画工，只有昭君不肯，画工就把她画得很丑。及至呼韩邪单于来朝，元帝就把昭君赐给单于。昭君辞行的时候，元帝看见她容貌为后宫第一，但既已许赠匈奴，也不得挽留了。 ②和亲：西汉和隋唐时，中原王朝对边疆少数民族实行和亲政策，是主动采取的，但到宋时则是被迫的，成为一种屈辱的传统表现。陆游此诗是从后一角度出发的。故事：这里谓旧日已行之事例。 ③掖庭：皇帝的后宫。 ④蕉萃：同"憔悴"。⑤夷乐：异族的音乐。 ⑥蒲桃宫：汉宫名，在长安，哀帝时匈奴单于来朝住此。 ⑦鸡鹿塞：在今内蒙古自治区。

【品评】

诗作于绍熙五年(1194)，时诗人七十岁，家居故乡山阴。

"昭君出塞"的故事被古来诗家翻来覆去地写进诗中。受传统诗教"温柔敦厚"观念影响，大多数诗人塑造了留恋君恩、怨而不怒的昭君形象。但唐代杜甫的《咏怀古迹》和北宋王安石的《明妃曲》则一扫旧案，自出机杼，写出了自己心目中的王昭君形象。到了陆游，想要另出新意，则必须另具只眼了。

这首诗虽为咏明妃，不过是借题发挥，传达了对南宋君臣苟活偷安的强烈批判。“明妃”，借喻宋向辽、金纳币输绢以求片刻偷安，是别样的耻辱象征。“公卿谁悟和戎非”，语气近乎拷问。和亲，在国力强大时，那是民族融和，是主动而为；在国势衰微的时候实行，是被迫媾和，是耻辱之举。北宋真宗时宋辽订立“澶渊之盟”，宋高宗时订“绍兴和议”，孝宗时订“隆兴和议”。如今，墨迹未干，先帝陵寝旁已荒草离离，一想起这样屈辱的和亲，怨愤之情也就喷薄而出，倾泻纸上了。陆游这首诗，与杜甫、王安石之作相比，现实针对性更强，语意更直露，更具有诗人性格特点。一些用词，如“万里风尘妾何罪”之“何”，“公卿谁悟和戎非”之“谁”及“敢道君王弃蕉萃”之“敢道”，都是质问，语气强烈，在文学史上同题材作品中，这首诗具有不可替代的地位。

蔬　食[①]

今年彻底贫，　不复具一肉。
日高对空案，　肠鸣转车轴。[②]
春荠忽已花，　老笋欲成竹。[③]
平生饭蔬食，　至此亦不足。
孰知读书却少进，[④] 忍饥对客谈尧舜。[⑤]
但令此道粗有传，　深山饿死吾何恨！

【注释】

①蔬食:犹言素食。 ②"肠鸣"句:肚里鸣叫如车轴轮转时所发出的响声,极言饥饿难耐之状。 ③"春荠"二句:春荠开花,笋老成竹,则皆不可食。二句言无以为食。荠:菜名。 ④少进:稍有进步。 ⑤谈尧舜:并论尧舜治理国事之道。

【品评】

诗作于绍熙五年(1194)家居故乡山阴时。

这一年,陆游斗争历史上,又翻开了新的一页,他不仅要与国家民族的敌人斗争,与当权的投降派斗争,还要与生活上的贫困斗争。这首诗自述乡居期间,生活贫困,蔬食不足,但还是坚持读书,讲论尧、舜治国安民的道理。老诗人并没有被苦难打倒,而是以其一贯纵放乐观的心态渡过了难关,其心灵的修炼也日臻于充盈圆融之境,同时,还为后人留下了描写抵御"饿魔"的"忍饥"大法,这是文学史上具有宝贵价值的篇章。

作于上年(绍熙四年)末的《书叹》诗写"齑盐不给脱粟饭,布褐仅有悬鹑衣。偶然得肉思共饱,吾儿苦让不忍违。"作于下一年(庆元元年)的《首春连阴》诗写:"去秋宿麦不入土,今年米贵如黄金。老妪哭子那可听,僵死不覆黔娄衾。"同是作于庆元元年的《镜湖》诗写:"躬耕蕲一饱,闵闵望有年。水旱适继作,斗米几千钱!"将诸诗联系在一起看,可知当时发生了水旱灾害,陆游当时奉祠居家,系衔中大夫,为第十二级寄禄官,其困况尚且如此,哪可想像普通百姓的凄惨日子!陆诗叹贫,虽难免诗人夸大之辞,但合而观之,则可补史之漏载。诗人示读者以战胜苦难的精神

“疗法”。陆游的大法，其实算不得什么秘诀，不过很难做到，即读书论道，保持精神上的昂扬之态。

这首诗从一个侧面折射了传统士人的义利观。儒家历来强调精神操守和人格修养的重要性，所以孔子弟子颜回，各方面专项能力都技不如人，却因箪食瓢饮、好学善道，表现出的精神上的超越性，而为孔子赏识。历史上陶渊明归耕后“夏日长抱饥，寒夜无被眠”（《怨诗楚调示庞主簿邓治中》），却仍然弦歌不辍、吟啸自若。西南联大师生在民族灾难空前深重，物质条件异常贫瘠的情况下，却创造了文化史上的一段辉煌，这些动人的故事都不能不令我们认真思考士人精神的特质，使其薪尽火传。

书室明暖终日婆娑其间倦则扶杖至小园戏作长句二首（选一）

美睡宜人胜按摩，　江南十月气犹和。
重帘不卷留香久，　古砚微凹聚墨多。
月上忽看梅影出，　风高时送雁声过。
一杯太淡君休笑，　牛背吾方扣角歌。[①]

【注释】

①扣角：敲打牛角。相传春秋时卫人宁戚家贫，在齐，为人作佣，饭牛车下，适遇桓公，因击牛角而歌。桓公闻而知其善，命管仲迎之，拜为上卿。“扣角”遂成为悲歌求遇之典。

【品评】

诗作于绍熙五年(1194)十月,时作者家居故乡山阴。

这首诗截取了晚年家居生活的一个片段,以细腻、精工之笔,传达闲适、散澹之情。诗从睡醒后的神清气爽起笔。诗人深谙养生之道,故能体会美睡胜按摩的保健原理。颔联写房中之景:帘栊久垂,室内香飘四溢;书桌上的砚台还存贮了很深的墨汁。一句是嗅觉描写,一句写视觉印象,诗人以极其细腻的笔触捕捉了诗意生活瞬间的原汁原味,使片刻成了永恒,把书房的精神写活了。诗人踱步小园,瞥见了梅树婆娑的枝影,那境界与“疏影横斜”异曲同工;风声伴随着大雁的鸣叫传入耳鼓,更反衬世界的空旷、沉静。

杜甫说“新诗改罢自长吟”(《解闷》),陆游则说“锻诗未就且长吟”(《昼卧初起书事》),可见他和杜甫一样,对诗歌的形式和语言,也是很讲究的。特别是他的七律,大都结构严整,对于辞句经过反复的推敲。这首诗,诗人充分调动视、听、嗅等多重感官运动,见出其写景状物的功夫。但诗评家显然对这类作品评价不高。《红楼梦》第四十八回香菱学诗,道:“我只爱陆放翁的‘重帘不卷留香久,古砚微凹聚墨多’,说得真切有趣。”林黛玉批评她说:“断不可看这样的诗。你们因为不知诗,所以见了这浅近的就爱,一入了这个格局,再学不出来的。”“浅近”云云,大概是指诗中缺乏比兴寄托的深刻内容而言。林黛玉的观点,代表了作者曹雪芹的观点。此外,贺裳《载酒园诗话》论陆诗,也有类似的意见:“大抵才具无多,意境不远,惟善写眼前景物,而音节琅然可听。”应该说,尚意趣、重兴寄的作品当然很好,而尚巧三景、明白如话的通俗之作，也有其独特的审美价值，对于广大读者来说，香菱的意见和认识，也有一定道理而未可尽非。读者应根据自己的修养和需要来细加品味咀嚼，而不必一概律以艺术之高深幽奥。

农家叹

有山皆种麦，有水皆种粳。[①]
牛领疮见骨，[②]叱叱犹夜耕。
竭力事本业，[③]所愿乐太平。
门前谁剥啄，[④]县吏征租声。
一身入县庭，日夜穷笞榜。[⑤]
人孰不惮死，[⑥]自计无由生。
还家欲具说，[⑦]恐伤父母情。
老人倘得食，妻子鸿毛轻。[⑧]

【注释】

①粳：晚熟的稻。②“牛领”句：这句是说牛颈日夜被轭住，磨烂成疮，露出骨头。③本业：我国古代认为农业为本业。④剥啄：象声词，敲门声。⑤笞榜：鞭打杖击。⑥惮：畏惧。⑦具说：全部详细说出。⑧“老人”二句：这两句说，如果父母能有点吃的，妻儿也就顾不得了。

【品评】

诗作于庆元元年(1195)三月,时陆游七十一岁,家居山阴。诗中描写农民辛勤耕作而身不得饱,却为官府逼租酷打,几乎无以自存的惨境。

全诗可分三个部分,前六句为第一层,写出农民辛勤劳作、心盼太平的最低生活要求。农民靠山吃山、靠水吃水,因地制宜地耕种庄稼。犁牛颈背被日夜轭住,以致磨烂成疮,露出骨头。马、牛等家畜是农民的重要生产资料,农家视为至宝而百般爱护,何以伤害至此呢?联系"妻子鸿毛轻"句可知,父子、夫妇尚且不能相保,更何况牲畜呢?于此可见生存之惨状。前四句从空间("有山皆种麦,有水皆种粳")、时间("叱叱犹夜耕")两个角度说明农村生存的不易。"竭力事本业,所愿乐太平",这两句说出农民的心愿。这里的"太平",显然不是古代"三世"中的"太平盛世",当取其平安、安稳之意。古代社会里,口腹之需有时尚难以满足,更何敢奢望太平盛世?中间六句为第二层,写出农民在县衙遭受催租的拷打,以致求生不能,求死不得,"爱民如子"的道德伦理荡然无存。陆游出身于官僚地主家庭,他对农民的艰辛不可能有深入的体会与认识,但是如果能睁开眼睛看现实,看着农民被捆绑着投进官衙、听着他们夜半三更传来的哀求哭嚎声,也就能冲破阶级局限,发出内心的声音。最后四句为第三层,写农民心中承受的巨大悲愤与无奈。

刘克庄《后村诗话》论曰:"韦苏州诗云:'身多疾病思田里,邑有流亡愧俸钱。'太守能为此言者鲜矣。若放翁云:'身为野老已无责,路有流民终动心。'退士能为此言,尤未之见也。"刘氏此言有理，陆游已经是退休在家、颐养天年的七十一岁老人，儒家“为生民立命”的民间情怀和诗人“不平则鸣”的使命感，使其突破阶级局限，为我们记录了“农家之叹”，也是对现实政治无奈的“一声叹息”！

读杜诗

城南杜五少不羁，[①] 意轻造物呼作儿。[②]
一门酣法到孙子， 熟视严武名挺之。[③]
看渠胸次隘宇宙， 惜哉千万不一施。[④]
空回英概入笔墨，[⑤] 生民清庙非唐诗。[⑥]
向令天开太宗业， 马周遇合非公谁？[⑦]
后世但作诗人看， 使我抚几空嗟咨！[⑧]

【注释】

①城南杜五：谓初唐诗人杜审言。他是杜甫的祖父，居长安城东南的杜陵，兄弟辈排行第五，故曰“城南杜五”。 ②“意轻”句：杜审言恃才狂傲，将死的时候，诗人宋之问等问候他，他说：“甚为造化小儿相苦，尚何言。”造化即造物，指大自然。 ③“一门”二句：宋衡阳王刘义季素嗜酒，为长夜之饮。文帝责之，曰：“此非惟伤事业，亦自损性命。一门无此酣法，汝于何得之！”见《宋书》及《南史》衡阳王义季传。杜甫和严武是朋友，相传严武为剑南节度使，杜甫醉后登严武床上，熟视严武说：“严挺之乃有此

儿。"古代当面称人父名，是极不礼貌的事。熟视：盯着看。挺之：是严武的父亲。陆游以为杜甫狂放的态度是由杜审言遗传下来的。 ④"看渠"二句：渠：他，指杜甫。胸次隘宇宙：极言其胸襟的博大，故以宇宙为狭小。胸次：指胸怀。施：施展。 ⑤"空回"句：是说只能把他的英雄气概表现在他所写的诗篇里。 ⑥"生民"句：《生民》是《诗经·大雅》篇名，《清庙》是《诗经·周颂》篇名，陆游指出杜甫的诗，应当和《大雅》、《周颂》相提并论，不可以一般的唐诗看待。 ⑦"向令"二句：唐太宗时，马周长于论事，拜监察御史，官至中书令。陆游指出倘使有太宗这样的君主，开创国家，杜甫必将像马周一样得到皇帝的信任和提拔。 ⑧抚几：拍案。嗟咨：叹息。

【品评】

诗作于庆元元年(1195)，诗人家居山阴。诗中慨叹杜甫不被当政者赏识，没有施展其政治抱负，并对后世一些人只把杜甫看作一个普通诗人，表示异议。他对杜甫这样评价，其实是寓含了自己的抱负和期待的。

杜氏具有纵放不羁的家族传统。杜审言为武后时期的著名诗人，与李峤、苏味道、崔融同称为"文章四友"，明人许学夷称其为"律诗正宗"。可见不仅在嗜酒上，而且在诗艺上，杜甫也是有家族传承的，自有其狂放的资本。然诚如陆游《东屯高斋记》所云："少陵，天下士也……然去国浸久，诸公故人熟睨其穷，无肯出力。比至夔，客于柏中丞、严明府之间，如九尺丈夫，俯首居小屋下，思一吐气而不可得。"杜甫一生以"致君尧舜上"为政治理想，其“民胞物与”的情怀使他成为儒者楷模。但仕途坎壈，命与仇谋，真可谓心比天高，命如纸薄。陆游认为杜甫不是一般言志言情的诗人，而是不可多得的天下之士，如能幸遇明主，风云际会，自能成就一番事业。吴焯《批校剑南诗稿》评此诗“直为少陵称屈，足令千古魄动”，有理。其实陆游不仅是为杜甫鸣冤叫屈，更是借此发泄自己一生怨气。陆游的诗，在宋诗中也是直接继承屈、宋传统，自有其杰出成就。我们细加体认，杜、陆二公之诗，气味确乎非同一般，非唐宋两代诗歌所能囿限；陆游的理想，也并非以诗人自命，而是要建功立业，“六十年间万首诗”，只是其雄才不得施展而旁逸斜出的副产品而已，后世如“但作诗人看”，岂不是辜负了他一生的襟抱！

小舟游近村舍舟步归四首（选一）

斜阳古柳赵家庄，　负鼓盲翁正作场。①
死后是非谁管得，② 满村听说蔡中郎。③

【注释】

①作场：凡在群众中说唱故事，演奏歌曲及表演各种曲艺，都叫作场。　②“死后”句：这句是说，人死之后，是非善恶全由他人评论，自己不能作主，如下文所听说的蔡中郎故事。　③“满村”句：东汉蔡邕，字伯喈。灵帝中平六年（189）董卓执政时，强征之，次年以蔡邕为左中郎将，故后人称蔡邕为蔡中郎。今传南戏中有

《琵琶记》一种，演蔡邕及第后，弃其故妻，而为牛相国赘婿事，和蔡邕本事完全不符，故陆游说“死后是非谁管得”。

【品评】

诗作于庆元元年(1195)十月，是年诗人家居山阴。“蔡中郎”的故事是很早流传于农村的一个民间故事。故事梗概如下：蔡中郎(蔡伯喈)上京赶考，从此一去不回。老爹老娘在灾荒中冻饿而死，妻子赵五娘抱土垒坟，埋葬公婆。上天降下琵琶，五娘卖唱赴京寻找夫君，不料蔡伯喈被牛相国招为东床，后来，蔡伯喈遭雷击身亡。这首诗，因鉴湖农村演出蔡中郎故事的场面，触景生情，有感而发，引起了诗人对死后是非的深沉思考。

“斜阳古柳”意象古朴而富于苍凉感。“斜阳”象征着岁月轮回、地老天荒；“古柳”则是历尽人间风雨的见证物，将演出环境置于这样一个场景，显然有助于烘托故事的久远、绵长。“盲翁”，目盲而心明，由其演唱更增加了故事的深邃与神秘之感。在上古文化中，盲师具有沟通天人的神异功能而成为社会预言家的角色，在国家社会生活中起着重要作用，“死后是非谁管得”，这是诗人的旁白，为我们提供了一个出其不意的哲理思考空间：死后是与非，从来都没有人管得了这个课题。“满村听说蔡中郎”，才交待演出的具体内容。这本是诗人叙述的中心事件，全诗四句，以这句话的信息量最大；但仔细品味，诗人的重点显然不是在描画一个场面，或讲述一个故事，而是借来传达“死后是非谁管得”的哲理思考。历史上蔡邕本事与后世传说或戏曲中的蔡中郎形象完全不符，这就为诗人借题发挥提供了可供言说的契机，使读者完全专注于诗人提出的这个话题上。《论语·卫灵公》曰:“君子疾没世而名不称焉。”作为儒家的志士仁人,陆游并非对死后是非无动于衷;恰恰相反,诗人倾其一生,正是十分重视死后是非评论的,《病起书怀》诗“位卑未敢忘忧国,事定犹须待阖棺”,不正传达其对千秋名誉的关怀吗?

历史最终是公正的,一切人、一切事都各得其所,在太阳的照耀下,虚假丑恶将无以遁形,真诚美善则将焕发光芒。那么,最明智的态度还是交由历史去评说吧!

枕上偶成

放臣不复望修门,① 身寄江头黄叶村。
酒渴喜闻疏雨滴,② 梦回愁对一灯昏。
河潼形胜宁终弃?③ 周汉规模要细论。④
自恨不如云际雁,⑤ 南来犹得过中原。

【注释】

①“放臣”句:放臣:流放之臣,古代称屈原为放臣。修门:《楚辞·招魂》:“魂兮归来,入修门些。”陆游意指自己退职,不能再望临安。陆游此时乡居,仅任提举武夷山冲祐观闲职,不在朝位,故以放臣自称。 ②酒渴:久不得饮酒。 ③河潼:黄河、潼关。④“周汉”句:周都丰、镐、洛邑,汉都长安、洛阳,都曾经统治包括中原在内的广大国土。全句是说要详细研究周、汉定都立国的宏

大规模，以便准备收复中原后定都关中或洛阳。 ⑤云际：云边。

【品评】

诗作于庆元元年(1195)，时作者家居山阴。诗中提出了建都关中的设想，表现了他对国事的牵念。

诗人自谓像楚国三闾大夫屈原一样，是放逐之臣，无缘再见临安的朝门了，只能僵卧荒村，了此余生。可谁能想到，嘉泰二年(1202)，诗人将以七十八岁高龄再次应诏入都修史。此时诗人患头眩，又兼脚跛，不能活动，恰遇阴天，只能卧床听雨滴，与其作伴的，只是一盏油欲尽、光欲枯的孤灯而已。但诗人"精骛八极，心游万仞"，思绪已飞到万里之外，他提出关中地形险要，决不能放弃。这是陆游一贯的战略思想："经略中原，必自长安始，取长安必自陇右始。"(《宋史·陆游传》)他提醒当轴者要详细研究周汉定都立国的宏大规模，以便为收复失地后定都中原作准备。大凡热心人注定屡屡碰壁而不改初衷，受病之源正在于一个"热"字，屈原、杜甫、陆游都属此道中人，梁启超早年虽有"饮冰室主人"之号，其实也是一个热病者。"宁终弃"三字用反问句，语意更加有力，传达老诗人至死而心犹不甘的情态。诗人抬头望天，不禁悲从中来，自己连一只南飞的大雁都不如，大雁南飞，还能经历整片中原故土，得见山川故国，自己蛰居东南一隅，还未亲身游历过自己的国家。人雁比衬，更见出诗人深沉的爱国情怀。

庆元元年，诗人陆游还在"枕上屡挥忧国泪"，不断故国神游，情驰于黄河、潼关之间，从想像中去重建周、汉王朝，此时朝廷内部正打斗得不可开交。外戚韩侂胄同皇亲赵汝愚斗争了整年，终于把赵汝愚罢相贬逐。韩侂胄"一朝权在手,便把令来行",大肆打击异己,兴起庆元党禁。衮衮诸公有谁会留心这位孤独的爱国诗人,而为其落一滴同情的眼泪呢?

怀旧 六首(选一)

狼烟不举羽书稀,① 幕府相从日打围。②
最忆定军山下路,③ 乱飘红叶满戎衣。

【注释】

①狼烟:古代边塞烽火,用狼粪烧烟,凌风直上。这句是说当时边界平静无战争。 ②幕府:指四川宣抚使戎幕。打围:围场打猎。 ③定军山:在陕西勉县东南,有诸葛亮墓。

【品评】

诗作于庆元二年(1196),是年诗人七十二岁,家居山阴。

放翁晚年蛰居故乡山阴,生活平静,近乎无事,足迹所履,不出会稽山、鉴湖,诗料之广阔性、丰富性已不能与少壮时相比。作者曾言,诗思"正在山程水驿中",但现实生活已不能提供这山程水驿,该如何解决这个矛盾呢?其化解之道,似有二途,一是以某一定点为中心,静观默察,神思目游,描绘静态观照中风光的内在意蕴;二是深入回忆早年生活环境,抓住其中的吉光片羽,出以精心之运思,形成诸多或纪梦、或怀旧的作品。放翁壮岁从戎生活是其一生中刻骨铭心的流金岁月，为其晚年诗笔取之不尽的宝藏。如老牛反刍，精心消化、吸收的养料可以滋补自己耕耘的诗国沃土。这首《怀旧》就属回忆之作。

这首诗描画了南郑从戎时的军中生活。粗读一过，似乎也平淡无奇，但仔细品咂，则能体会诗人的内心世界。其实人生中的许多重大事件，时过境迁之后，当事人对当时的具体过程似乎已然模糊，印象最深的倒反而是一个很微小的细节，甚至是一个眼神、一种声音、一种颜色……而由这个细节、眼神、声音、颜色的触发，当事人的思绪则顿时如千军万马、如长江大河，一齐奔涌而下，冲出尘封记忆的闸门，成为眼前活生生的场景。想必红叶与戎装这两个意象叠加而成的细节，就是触发诗人军旅之思的“催化剂”，故冠之以“最忆”二字，然后依次想起打围、想起定军山……

这首诗虽非宏篇杰构，但因选取最易触发诗人内心情愫的红叶、戎装意象，引发诗人对往昔峥嵘岁月的审美联想，从而真实展示了七十二岁老诗人尘封的心理世界，取景虽小，却感人至深。

感事四首(选二)

鸡犬相闻三万里，① 迁都岂不有关中？②
广陵南幸雄图尽，③ 泪眼山河夕照红。

【注释】

①鸡犬相闻：《老子》：“邻国相望，鸡犬之声相闻。”原意指老

子“小国寡民”的理想，陆游借用指中国的广大富庶。 ②“迁都”句：是说汴京陷于金人后，宋高宗不迁都关中，以图恢复，反而南走广陵（扬州），建都临安，足见其志在偏安，并没有收复中原的远大抱负。 ③广陵：郡名，故治在今江苏扬州。建炎元年（1127）五月，高宗赵构在南京（今河南商丘）即位，十月南奔扬州。皇帝所至曰“幸”。

堂堂韩岳两骁将，① 驾驭可使复中原。
庙谋尚出王导下，② 顾用金陵为北门！③

【注释】

①韩岳：即南宋名将韩世忠、岳飞。韩世忠曾多次打败金兵，建炎四年（1130）曾以八千人围困金将金兀术十万之众于镇江黄天荡。后因坚决主张抗金收复失地，反对秦桧议和，反对杀害抗战将领岳飞，为妥协投降派排挤，终于被解除兵权。骁将：勇将。②庙谋：古代国家大计必在祖庙商决，诗人因称国家大计为庙谋。王导：东晋时丞相。东晋元帝用王导计，建都建业，又称金陵，即今江苏省南京。 ③“顾用”句：用金陵为北门，意指高宗不能把金陵作为恢复中原的根据地；相反地，却从金陵再向东南奔走，把金陵作为北边的疆界，这样谋划比东晋时王导的谋划还不如。顾：反。

【品评】

组诗《感事》共四首，这里录前两首。诗作于庆元二年

(1196)，是年诗人家居山阴。

靖康之变发生于1127年，距作诗时七十年。七十年的时间里，一个王朝竟忘记了，或者说是极力抹去了七十年前不堪回首的耻辱，剩下的是西湖的花朝月夕，江南的美人醇酒！而一位七十年前战乱中的襁褓小儿，今天已是一位七十二岁的老人，他僵卧在山阴的小村庄里，还一遍又一遍地吟唱着收复中原的“战地进行曲”。是夜莺就要发出歌声，是战士就渴望上战场！一想起那个患了“恐金症”的高宗，和他周边患了软骨症的公卿，诗人陆游便情不能已。1127年，高宗赵构不顾主战派大臣和将领们的反对，于十月将朝廷迁至扬州，随后又逃至杭州，当金兵突破长江防线直扑而来时，高宗只得入海避敌，在温州沿海漂泊了四月之久。绍兴二年(1132)，高宗迁都杭州，南宋朝廷终于获得了喘息之机，得以苟安。这便是上述第一首诗的写作背景。

有精忠报国、“为王前驱”的将领，有为收复呐喊摇旗的诗人，更有沦陷区人民对宋王朝的支持，可为什么苟安的局面还能存在下去呢？我们不能不把批判的眼光指向决策层内部。原来，高宗是在向金人求和不得的形势下暂时重用爱国将领，其目的只是自活，并没有北伐恢复的打算。岳家军势如破竹地收复失地，一直打到距开封仅有四十五里的朱仙镇。皇帝担心岳飞势力壮大难以驾驭，连下十二道金牌，催促岳飞立即班师，北伐的成果被轻易葬送了。后秦桧又以“莫须有”的罪名将岳飞杀害，酿成千古冤案。有人曾问岳飞，天下何时才能太平，他答道：“文臣不爱钱，武臣不惜死，天下太平矣。”的确，像岳飞这样既不蓄姬妾又不营私财的正派官员，在古代社会是难能可贵的。当年，东晋元帝，虽也是偏安之君，但肯任用王导为相，退到建康，就坚守不退，还能相机出兵，与敌人决不妥协。元帝死后，中经苏峻之乱，建康公私涂炭，有人建议退守会稽，王导坚持不退，以为宫殿民居焚毁，可以陆续修复，何愁不能恢复繁荣景象？望风退缩，岂非自甘示弱！故南宋朝廷之庙谋，远在王导之下。

这里选的两首小诗，语气喷薄而出，直面现实，毫不避讳，虽乏蕴藉之美，但具慷慨之悲，可见其忧国之诚，未尝非诗之正声！

晨 起

齿豁不可补，　发脱无由栽。
清晨明镜中，　老色苍然来。
余年亦自惜，　未忍付酒杯。
抽架取我书，　危坐阖复开。
万世见唐虞，[1]　夔龙获亲陪。[2]
寥寥三千年，　气象挽可回。
岂以七尺躯，　顾受世俗哀？
道在无不可，　廊庙均蒿莱。[3]

【注释】

①唐虞：唐尧虞舜的简称。传说尧、舜都是上古贤君。尧曾封于唐，故称唐尧；舜为有虞氏，故称虞舜。　②夔龙：相传为虞

舜的二臣名，夔为乐官，龙为谏官。　③廊庙：古代帝王和大臣用以议论政事的地方，后因称朝廷为廊庙。蒿莱：野草，杂草。

【品评】

诗作于庆元二年(1196)，是年诗人家居山阴。

这首诗以诗人晨起看到镜中衰老之相为导线，引出坚守儒家正道，向往政治清明气象的情怀。七十二岁的老诗人奉祠居家，无事可做。晨起照镜、夜对孤灯，似乎雷打不动，成为每日例行的功课。翻检《剑南诗稿》，集中直接以《晨起》为题者，有三十首，至于诗题中含“晨起”字样或诗句中有“晨起”意象者，更是不胜计数，可见其暮年生活之简单、平静。生活虽近乎停滞，诗人的思想却从未停止，他总是能从平凡、单调的日常节律中，捕捉富于诗意的闪光瞬间，记录自己的心灵体会，给后人以启示。

这首诗可分为三部分。前四句为第一层。说自己早起视镜，发现发脱齿豁，不禁感慨系之。陆游善养生之术，较一般老人会保养身体。虽然如此，七十二岁老人青春已逝，无可追回，心情怅惘也是可以理解的。“余年”以下八句是第二层，写日常读书生活及读书所感。现代精神分析学派代表人物弗洛伊德提出过“白日梦”现象，陆游读书时思想穿越时光的隧道，回到上古政治清明的三皇五帝时代，幻化成其中的人物，其实就是一种“白日梦”，其本质是现实生活中渴望而不能实现的政治理想，在精神世界里以变态的形式得以满足。诗人出入于理想和现实之间，将对上古的怀念转换成对时政的憧憬，希望通过众志成城的努力，重现一个清平、安康的太平盛世，故以一种吞吐宇宙的气概说：“寥寥三千年，气象挽可回。”“寥寥”、“挽可回”二词，极见诗人跃跃欲试的心态。最后四句为第三层，表达了安时顺处、转悲哀为平和之意。诗人最后的感悟确实有理，宇宙之间大化流行，鸢飞鱼跃无处非道。只要心中坚守信念，与道俯仰，则自能宠辱不惊，保持心灵的纯净。

这首诗以日常晨起照镜时的哀感起笔，以“道在无不可”的感悟作结，彰显了诗人晚年思考日趋澄明圆融，诗人“虽不以道学名，而未尝不得力于道学也”(赵翼《瓯北诗话》)。

书愤二首(选一)

白发萧萧卧泽中，　只凭天地鉴孤忠。
厄穷苏武餐毡久，① 忧愤张巡嚼齿空。②
细雨春芜上林苑，③ 颓垣夜月洛阳宫。④
壮心未与年俱老，　死去犹能作鬼雄！⑤

【注释】

①厄穷：《汉书·苏武传》：“其冬，丁令盗武牛羊，武复穷厄。”又：“单于愈益欲降之，乃出武置大窖中，绝不饮食。天雨雪，武卧啮雪与旃毛并咽之，数日不死，匈奴以为神，乃徙武北海上无人处，使牧羝，羝乳乃得归……武既至海上，廪食不至，掘野鼠，去草实而食之。杖汉节牧羊，卧起操持，节旄尽落。” ②“忧愤”句：《旧唐书·张巡传》：及(睢阳)城陷，贼将尹子奇谓巡曰：“闻君每战眦裂，

嚼齿皆碎，何至此耶？”巡曰：“吾欲气吞逆贼，但力不遂耳！”子奇以大刀剔巡口，视其齿，存者不过三数。 ③上林苑：秦汉宫苑名。④洛阳宫：《宋史·地理志》：“西京……宫城周回九里……宫室合九千九百九十余区。” ⑤鬼雄：语出《楚辞·九歌·国殇》：“子魂魄兮为鬼雄。”

【品评】

诗作于庆元三年(1197)，是年诗人七十三岁，家居山阴。

按说，年过七十之人应该是“世事从渠马耳风”，还能有什么“愤”呢？既然是以“书愤”为题，可见其悲愤已发展到不吐不快的地步了。读此诗，可知诗人之“愤”是渴望祖国统一而不得、壮志难酬的忠愤，而非“长铗归来食无鱼”的个人私愤，这就不能不使我们对老诗人的情怀深致敬意。

首联语势自是不凡，状出了虽身处江湖草莱而心忧社稷的老臣形象。山阴、临安虽近在咫尺，却如隔千重山、万重水，只因皇帝早已把那主战的大门关闭，任你忠臣义士如何呼吁、如何抗议，都传不到皇帝的耳鼓里。无奈，只能让这稽山镜水来见证诗人的忠诚。诗人又引出汉唐时代两位著名的民族英雄苏武、张巡以自喻。苏武出使匈奴，被扣留十九载，终于完节荣归；张巡与许远，坚守睢阳抗击叛军，城陷身死，功烈显赫。陆游的斗争对象，是朝廷中的投降派，但实质上是与苏武、张巡一致的，保卫的都是民族利益，祖国尊严。他卧山阴大泽之中，也就同苏武牧羊于北海一样，所受考验的时间，比苏武更长，不是十几年而是几十年。他恨民族敌人及其走狗汉奸的程度也同张巡一样，整天在咬牙切齿。

诗人又将视角推向遥远的故国江山，以春芜、颓垣意象渲染黍离之悲。人肉体生命的衰老，是不以意志为转移的客观规律；而精神和心灵则能超越有限而达无限。鏖战关河的无穷事业，老诗人虽已无从插手；但死后也还要做鬼雄，为王前驱。

沈园二首

城上斜阳画角哀，① 沈园非复旧池台。②
伤心桥下春波绿， 曾是惊鸿照影来。③

【注释】

①画角：刻着花纹的号角，古时军中的一种吹奏乐器，又称号角。哀：谓声音沉痛感人。 ②沈园：会稽城南的一座私家花园，旧址在今浙江绍兴禹迹寺南。 ③惊鸿：鸿：指天上鸿雁，曹植《洛神赋》："翩若惊鸿。"这里借以比喻唐琬体态之美。

梦断香消四十年，① 沈园柳老不吹绵。②
此身行作稽山土，③ 犹吊遗踪一泫然。④

【注释】

①梦断香消：指唐琬的死。四十年：高宗绍兴二十五年(1155)至宁宗庆元五年(1199)，已过四十四年，四十年是举其整数。 ②不吹绵：不再飘柳絮。绵，指柳絮。 ③"此身"句：是说

自己将老死埋葬在会稽山下。陆游此时已七十五岁，故云。稽山：即会稽山，在今浙江绍兴东南。 ④泫然：泪水暗流之貌。

【品评】

诗作于庆元五年(1199)，是年诗人七十五岁，家居山阴。

陆游一生，不仅仕途蹭蹬，婚姻上也是饱受怨离之苦。不过，蚌病成珠，多情而忠贞的诗人每每咀嚼、回味爱情的甜蜜与决离的痛苦时，也为后人留下了宝贵的爱情诗篇。陆游与表妹唐琬自幼青梅竹马，结婚后琴瑟和鸣，是一对无忧无虑的神仙伴侣。谁知这样的生活没过多久，陆游母亲就以唐琬不合己意而强迫夫妇离异。从此二人缘吝一生，陆游续娶了王氏，唐琬嫁给了名士赵士程。在那次著名的沈园相会之后不久，唐琬就抑郁而终。陆游后半生“子孙众多如王谢，寿考康宁如乔松”(周必大《跋陆务观送其子龙赴吉州司理诗》)，似乎是一位受人羡慕的“十全老人”。但婚姻这东西“如人饮水，冷暖自知”，具有强烈的个性体验特点。陆游和王氏，感情不可谓好，不可谓坏，同在屋檐下，大体上是平常夫妻关系。他似乎从未给王氏写过情诗，从未写过示爱的只言片语，只是在王氏死后写过一篇《令人王氏圹记》和《自伤》诗一首，此后也不再提到这位与他白头偕老的妻子。对于原配唐琬的感情却是一往情深，老而弥笃。庆元五年，七十五岁的诗人陆游去沈园凭吊，四十多年过去了，诗人的感情仍旧是那样真挚，不过因为岁月的磨砺，感情变得更加深沉而澄明了。

第一首，一起笔就将全诗的基调置于一种低沉哀婉的气氛之中，沈园是见证他们仳离的伤心所，故地重游，在难以遏制的感情冲击下，就索性打开记忆的闸门任其倾泻吧。凭栏照影的桥下春波，曾是唐氏表妹的惊鸿身姿，而今依旧粼粼生绿，并不为人生的变迁而停止其悄悄的流逝！第二首，写四十多年过去了，园中的老柳，都已不能吐絮吹绵。自身不久也要化为稽山上的一抔土了，爱情却并未随着年光渐老而黯淡，它应该被老诗人带进坟墓继续哀哀哭泣吧！

陈衍《宋诗精华录》评此诗曰："无此绝等伤心之事，亦无此绝等伤心之诗。就百年论，谁愿有此事？就千秋论，不可无此诗。"可谓评得精妙。其实，诗人的怀人之作非仅此二首，作于八十一岁时的"路近城南已怕行，沈家园里更伤情。香穿客袖梅花在，绿蘸寺桥春水生"(《十二月二日夜梦游沈氏园亭》)；作于八十二岁时的"城南亭榭锁闲坊，孤鹤归飞只自伤。尘渍苔浸数行墨，尔来谁为拂颓墙"(《城南》)；作于八十三岁时的"故人零落今何在？空吊颓垣墨数行"(《禹祠》)；作于八十四岁时的"沈家园里花如锦，半是当年识放翁。也信美人终作土，不堪幽梦太匆匆"(《春游》)，都写得情缠意绵，很难相信是出于八旬老翁之手。这正是诗人与普通人的分野所在吧。诗人生命活力旺盛，情感世界丰富，故能保持"高峰体验"的激情。一般的八旬老翁，恐怕是非聋即呆，还谈什么爱情、诗情！钱钟书先生评价宋人诗词创作时说："爱情，尤其是在封建礼教眼开眼闭的监视之下那种公然走私的爱情，从古体诗里差不多全部撤退到近体诗里，又从近体诗里大部分迁移到词里。除掉陆游的几首，宋代数目不多的爱情诗，都淡薄、笨拙、套板。"(《宋诗选注·序》)对陆游的爱情诗给予了很高评价，确为知言。

北望感怀

荣河温洛帝王州，[①] 七十年来禾黍秋。
大事竟为朋党误，[②] 遗民空叹岁时遒。[③]
乾坤恨入新丰酒， 霜露寒侵季子裘。[④]
食粟本同天下责， 孤臣敢独废深忧！

【注释】

①荣河温洛：《尚书中候》记："帝尧即政，荣光出河，休气四塞。"又《易·乾凿度》记："帝圣德之应，洛水先温。"四字总指中原之地，为古代帝王所都。 ②朋党：宁宗即位以后，因为赵汝愚和韩侂胄的分裂，演成两派，韩侂胄一派在朝，指汝愚为"伪党"，朱熹为"伪学"。因为矛盾不断激化，陆游遂有此句。 ③遒：迫近，尽。 ④"乾坤"二句：上句用马周醉饮新丰市中故事，下句用苏秦游说秦国故事。

【品评】

诗作于庆元五年(1199)，是年诗人家居山阴。

这首诗因眼前之望兴感，生发对时事的议论，表达了对时局的忧心。这年夏五月七日，诗人终于以中大夫致仕，彻底成了一个吃闲饭的退休士大夫。诗人好像并没有因此沉湎于个人的晚年生活；相反，随着生命周期的行将结束，越来越关心国家大事。

这首诗就是对朝中形势有感而发。

中原乃王气所在，然而七十年来“彼黍离离”，沦于金人的铁蹄之下。虽然“江山信美多娇”，任诗人怎样生动描绘，也激不起皇帝的恢复欲望，只有转而以带有迷信色彩的“荣河温洛”典故来刺激他一下。当时朝廷上的派系斗争正是刀光剑影的时候。君子和而不同，朋而不党，这是相处相交之道，而既然叫做朋党，那恐怕无论口号叫得山响，其正义性都是值得怀疑的。陆游这一生，历仕高、孝、光、宁四朝，亲见朝廷攻讦如蜂起，权力更迭如走马，眼前的要数韩侂胄和赵汝愚的斗争了。朋党所争的，不过是意气和私利，根本不是国之“大事”。人活着要吃饭，可每个吃饭的人的品行会有所不同，有些人把吃饭作为目的，每天三饱一个倒，别的便不想了；有的人饱暖思淫欲，未免蠢蠢欲动要做坏事；还有的人吃过饭便感觉有所歉疚，总要尽点责任。这大概就是人的三种常态吧。这第三种人背负着原罪的十字架，直到死亡的钟声敲响，仍在坚持而不言放弃，儒者庶几近乎这种境界。

冬夜读书示子聿八首[①]（选一）

古人学问无遗力，[②] 少壮工夫老始成。
纸上得来终觉浅，[③] 绝知此事要躬行。[④]

【注释】

①子聿：即子遹，陆游最小的儿子。 ②无遗力：竭尽全力之

意，遗是保留。 ③纸上：指书本。 ④躬行：亲身实践，身体力行。

【品评】

诗作于庆元五年(1199)十二月，是年诗人家居山阴。

陆游出身于书香世家，一生嗜书如命。其读书治学却非为邀取名利的终南捷径，也非出于文人狭隘的自娱需要。诗人一贯倡导要力行儒家的仁义。这里涉及到了教育原则，更涉及到读书观、人生观问题。古代社会，“学而优则仕”，读书人最切近的愿望就是通过读书考试换取功名富贵，相当程度上偏离了“行”，即实践的层面，造成了一大批远离现实而不辨菽麦、手无缚鸡之力的书呆子。陆游的时代，民族矛盾成为时代主题，抗金收复是此期最大的仁、义。而空谈心理的理学家们，见人理财，便斥为聚敛；见人练兵，便指为兴戎，连公认的民族英雄岳飞和举世痛斥的奸贼秦桧，在其知友朱熹那里，也好像照了哈哈镜，完全变了相。清人颜元指出：“观朱子语录，见其于岳忠武也，虽从天下公好称之，有隐忌焉：曰‘岳飞诛’；曰‘岳飞只是乱杀’。于秦桧也，虽从天下之公恶而贬之，有隐予焉：曰‘秦老’；曰‘士大夫之小人’。何也！”(《〈朱子语类〉评》)更有甚者，朱熹自中年以后，逐渐对北伐抗战失去了信心，认为“区区东南事，犹有不胜虑者，何恢复之可图乎”(《文集》卷十一《戊申封事》)，针对此，浙东学派的陈亮针锋相对地反击：“今世之儒士，自以为得正心诚意之学者，皆风痹不知痛痒之人也。举世安于君父之仇，而方低头拱手以谈性命，不知何者谓之性命乎！”(《上孝宗皇帝第一书》)

知和行，即认识和实践，这两个环节应该是如影随形、须臾不可或缺的。古来文士青灯黄卷、皓首穷经，虽学无遗力，但常食古不化，所学的多是纸上谈兵的功夫，对国计民生少有助益；更有甚者，满口仁义道德，行的是男盗女娼，这就是知行悖谬，更等而下之了。陆游不仅身体力行"知行统一"，还不断告诫儿子"人人本性初何欠，字字微言要力行"(《睡觉闻儿子读书》)、"字字讲声形，仍要身践履"(《示儿》)，其教子思想在今天仍然具有启发性。

读苏叔党汝州北山杂诗次其韵十首①（选一）

吾幼从父师，　所患经不明。
何尝效侯喜，② 欲取能诗声？
亦岂刘随州，　五字矜长城？③
秋雨短檠夜，④ 掉头费经营。
区区宇宙间，　舍重取所轻！⑤
此身倘未死，　仁义尚力行。

【注释】

①苏叔党：苏过，字叔党，苏轼幼子，诗人。　②侯喜：唐诗人，韩愈《石鼎联句诗》序："有校书郎侯喜，新有能诗声。"　③刘随州：刘长卿，唐诗人，官至随州刺史。长于五言诗，权德舆称为"五言长城"。矜：自负。　④檠：灯架。　⑤"舍重"句：舍去经学仁义之重而取诗句之轻。

【品评】

诗作于庆元六年（1200），诗人七十六岁，家居山阴。这首诗表现了陆游对文学特别是对诗歌的态度，对于世人更深入地了解其人生观、价值观大有裨益。

中国传统诗学，以儒家“温柔敦厚”诗教为主流，将文学创作活动纳入到儒学的监控视野之内。儒家诗教，更强调文学经世致用的社会使命和政治职能，反对风花雪月的无寄托之作。后世虽经历“文学自觉时代”的冲击，吟咏个人情性之作渐有抬头，但这个传统一直大体被坚持着，时紧时松、或明或暗，成为检验文学成就和创作价值的试金石。因此，上下五千年，漫漫历史长河中纯然以诗为职业的诗人似乎并不存在，大多是士大夫而身兼诗人的角色。陆游家族世代以儒学传家，陆游本人是胡安国的再传弟子，胡安国作《春秋传》，特别强调抗金收复的意义，在南宋初年很有影响。陆游同历史上曹植、李白等诗人一样，一直持“辞赋小道”而“壮夫不为”的观念，并不只想做诗人，而以力行儒家仁义，实现政治理想高自期许。这种观念，在古希腊柏拉图的《理想国》中似乎可以见到影子。《理想国》中，柏拉图借苏格拉底之口，指出了“一切诗人都只是摹仿者，无论是摹仿德行，或是摹仿他们所写的一切题材，都只有得到影象，并不曾抓住真理”，从而拒绝诗人进入到政治修明的国家里。柏拉图心目中最高的价值是理念，儒家士子则以儒家之道为人生最高理想。儒家思想发展到宋明理学阶段，在文学观上更强调“文以载道”，甚至说“作文害道”，片面强调文学的工具作用而忽略了其自身所具有的审美愉悦价值，不能不说走向了极大的偏颇。诗歌自从摆脱了经学婢女的地位以来，已经获得了其独立存在的价值。受宋代弥天漫地的理学思潮影响，陆游也未免看轻文学的独立价值，认为与经学比较而言，此轻彼重，其局限性可见一斑。不仅如此，宋词由于被一般人视为“艳科”、“诗余”，在陆游看来更是不登大雅的末技，在《长短句序》和《花间集跋》中，对自己早年的创作颇有悔意，批评了花间词人的创作乃是出于“无聊”，更见其保守的一面。不过，其大巧运斤的艺术功力和驱驰纵横的浪漫想像，使其在创作中收放自如，从而克服了理论上的缺陷。

阿　姥①

城南倒社下湖忙，② 阿姥龙钟七十强。③
犹有尘埃嫁时镜，　东涂西抹不成妆。

【注释】

①姥：年老的妇女。　②倒社：社是古代时令名，有春社、秋社等。倒社未详其义，似倾社之义。下湖：会稽风俗，三月五日相传是禹的生日，禹庙游人最盛，士民皆乘画舫，具酒食，设歌舞，乡语谓之“下湖”。　③龙钟：叠韵形容词，老态或衰惫貌。

【品评】

诗作于庆元六年(1200)，时诗人家居山阴。

越地有许多古老的文化习俗，如祭神活动就包括社祭、蚕祭、水神祭等，直到20世纪，鲁迅先生的笔下还多次记载了家乡绍兴的风土民情，像《社戏》、《朝花夕拾》等作品，就为处在异质文化熏陶下的广大读者描绘了一幅幅越地风情画卷，读后令人耳目一新。比鲁迅早八百多年的乡贤陆游也为后世留下了不少这类诗篇。“下湖”是越地的一种祭祀风俗，对常年面对土地的乡民来说，既是祈神保佑的必要仪式，又是难得的文化娱乐方式，在当时称得上隆重的节日，所以即使是这位上了年纪的乡村老妇，也不想错过这个难得出门的好机会，还特意翻箱倒柜地拿出陪嫁时的镜子，涂脂抹粉，穿戴整齐地赶热闹去了。

作者用一位古稀之年爱赶热闹的老妇的外在肢体语言，生动传神地展示了她的内在心理世界，从而形象地反映了当时农村普遍流行的节庆风尚，把农村的风俗民情写活了。“犹有”，意思为还有，换言之，老妇除了还精心保留昔日的嫁时镜以外，就没什么值钱的东西了。阿姥当年“桃之夭夭，灼灼其华”，如今“桑之落矣，其黄而殒”，五十多年的风刀霜剑在她脸上该留下多少沟沟壑壑，无论怎么照怎么抹，也改变不了鹤发鸡皮的宿命；但对老妇自身而言，“嫁时镜”具有魔幻镜的功能，通过这么一照、一抹，似乎自己又回到了青春时代，失落的心理得到了补偿。通过老妇敝帚自珍地保留嫁时镜这一细节，我们还可以读出，这位乡下老妇很珍惜自己的爱情和婚姻，当年出嫁的场面似乎永远成为心底的记忆，精心保留这面嫁镜，可看出她淳朴、真挚的婚姻观。另外，老妇的心态和少妇或少女又有所不同，老妇应该超越了人们对其美丑的评价，而仅把化妆当做是自我满足的一种方式，所以“东涂西抹”只是一种形式，至于实际效果是不必在意的；相反，少妇或少女的态度则比较娇羞，应该是“阿婆还是初笄女，头未梳成未许看”才对。

追感往事五首(选一)

诸公可叹善谋身，　误国当时岂一秦？[①]
不望夷吾出江左，[②]　新亭对泣亦无人！[③]

【注释】

①一秦：秦桧。　②夷吾：管仲，字夷吾。东晋南渡，人称王导为“江左夷吾”。　③新亭对泣：新亭在江苏南京市南。东晋南渡后，中原各地相继沦陷。过江士大夫在新亭宴饮，周顗说：“风景不殊，正自有山河之异。”在座者皆相对涕泣。王导说：“当共戮力王室，克复神州，何至作楚囚对泣耶？”见《晋书·王导传》。

【品评】

诗作于嘉泰元年(1201)，时年诗人七十七岁，家居山阴。

这是一首咏史诗，不过所吟咏的历史并非灞桥残照、六朝烟粉，而是赵宋南渡之初的一段现代史实。“一抔之土未干，六尺之孤安在？”这是初唐骆宾王《讨武曌檄》中质问武则天的两句话，用在这里，质问患了健忘症的偏安朝廷，似乎同样切合。七十年对于个人而言，太过漫长，差不多意味着一生的终结；对于国家朝廷来说，却很短暂，只不过龙床上换了几个主人而已。七十七岁的老人用终生记录民族的伤痛，不断地“追感往事”，不断地撕裂血淋淋的创伤，来折磨自己；而偌大一个王朝，对本该记忆犹新的灾难却似乎集体失忆失语，无论敌人的铁蹄怎样在昔日的土地上狼奔豕突，无论年迈诗人怎样提醒，总是唤不起王朝的正大阳刚之气，毕竟是扶不起的阿斗！

于是，这位老诗人用近似于西西弗斯背负巨石和唐·吉诃德挑战风车的精神，孤军奋战，成了“荷戟独彷徨”的孤独英雄！这首诗，直抒胸臆，将批判的矛头指向了七十年来的各届政府，毫无避讳。一般人的观念，总把历史上的成败算在一个人或少数几个人身上，其实，个人影响历史的能量毕竟有限，区区一秦桧能左右得了历史吗？非也。后人集矢于秦桧，而忽视了产生秦桧的现实社会土壤。正如诗人后两句所说“不望夷吾出江左，新亭对泣亦无人”，南宋王朝连像周顗这样的人也找不出，不能不说是集体的耻辱！这首诗落笔显然着意于现实的政治批判，但读者不妨作历史哲学的思考。八百多年后的今天，人们还在进行一场集体诉讼个人的“缺席审判”，不能不说是更大的民族悲哀，难道除了秦桧，就不应该再有第二个人对这场民族的灾难负责吗？

这首诗脱口而出，富有勇气的质问和独到的思考，不失感染力，“千年而后，如闻叹息之声”(《唐宋诗醇》)。诚如清人潘德舆之评：“宋人绝句，亦有不似唐人，而万万不可废者。如陆放翁《追感往事》……纯以劲直激昂为主，然忠义之色，使人起敬，未尝非诗之正声矣。”(《养一斋诗话》)能够激动人心，就是好诗，同样是艺术的成功。

客去追记坐间所言

征西幕罢几经春， 叹息儿音尚带秦。[1]
每为后生叹旧事， 始知老子是陈人。[2]
建隆乾德开王业，[3] 温洛荣河厌虏尘。[4]
倘得此生重少壮， 临危敢爱不赀身！[5]

【注释】

①“征西”二句：陆游从戎南郑，参加四川宣抚使幕府，家眷同去，因此儿子学会当地的方言。南郑属汉中秦地，故称“儿音尚带秦”。 ②陈人：过去时代的人物。 ③建隆（960—962）、乾德（963—967），宋太祖开国时的两个年号。 ④温洛荣河：参前《北望感怀》诗注①。 ⑤不赀：价值无限。

【品评】

诗作于嘉泰元年（1201），是年诗人家居山阴。

从这一年开始，政治界露出了号召一致对外的萌芽。这个倾向到嘉泰二年便更加显著了。所谓“坐间所言”，可能是朝廷当局派人来向陆游征求意见。当时主战派人物，凋零殆尽，陆游以其诗人的声誉和主战态度名著当世，在士林中有领袖群伦的资格，从影响舆论的宣传工作角度看，这个重担只有陆游才能挑得起，所以韩侂胄投桃，希望陆游报李！从诗歌内容来看，这次谈话在老诗人心海中荡起了不小的涟漪，诗人像伏枥的战马，虽老迈衰朽，仍时刻准备挣脱羁缚，奔向战场。

诗歌首先回忆壮岁从戎经历，家眷同去，小儿的咿哑学语时光在边防前线度过，直到现在还保存着那里的方音。如今每当听到儿子的秦音，就使他不禁回忆起那段流金岁月。南宋王朝的“中兴”史，不过七八十年而已，生于硝烟战火、长于万方多难的陆游，是亲身见证王朝耻辱历史的活化石，故往事记忆犹新，如在昨日。而对那些生长于承平之际的后生们而言，那些往事无异于“天方夜谭”。再加之当权者刻意修饰或美化，真相便邈若河汉，成为永远的绝响了。正如西谚所云，“你把历史从门口驱赶出去，它还会从窗户再飞进来”，陆游深知“以史为鉴”的重大意义，念念不忘王室中兴，对后辈耳提面命，进行正义传统教育。但在被西湖的暖风熏醉了的后辈们看来，这絮絮叨叨的聒噪无异于痴人说梦。颈联运用对比手法，将宋太祖开国时的宏大基业和后来王室播迁、中原板荡的凋零局面对比，暗含对南宋无能君主的讥讽。尾联表明决心，是对来客坐间所言的回应。提出的方式虽是含蕴的、委婉的，但诗人的态度却是积极的、肯定的，符合其一贯的人生态度。

这首诗通过将“老子”与“后生”对待历史的态度对比，将王业肇基之宏伟与南渡君王之萎弱对比，传达出了“斯人独憔悴”的孤寂情怀。特别是诗人提出的“历史教育缺席”问题，极具现实警示意义。

雪后龟堂独坐四首①（选一）

丈夫自重如拱璧，② 安用人看一钱直？③
箪食豆羹不虚受，④ 富贵那可从人得？
读书万卷行愧心， 幽有鬼神为君惜。
龟堂乐处谁得知？ 红日满窗听雪滴。

【注释】

①龟堂：陆游晚年室名。取龟有三义，《自述》诗："拜赐龟章纡旧紫，养成鹤发扫余青。"龟贵，一义。《长饥》诗："早年羞学仗下马，末路幸似泥中龟。"龟闲，二义。《杂兴》诗："鼻观舌根俱得道，悠悠谁识老龟堂。"龟寿，三义。参阅俞正燮《癸巳存稿》十二。 ②拱璧：两手拱抱的圆玉，泛指珍贵之物。 ③"安用"句：谓毁誉不惊。一钱直：《史记·魏其武安侯列传》："生平毁程不识不直一钱。" ④箪食：喻生活贫苦。孔子弟子颜回"一箪食，一瓢饮，在陋巷之中，人不堪其忧，回也不改其乐"（《论语·雍也》）。豆：木制的器具，以贮食品。

【品评】

诗作于嘉泰二年（1202），是年诗人七十八岁，家居山阴。

政治斗争历来残酷无情，充满着刀光剑影。此前，朝廷中韩侂胄与赵汝愚两派势力斗争，可谓是天昏地暗、血色玄黄，接着，又有了针对朱熹道学的“伪学”之禁。诗人陆游与道学人士交往甚密，这次政敌公布的黑名单上虽没有自己的名字，有幸躲过，却也不免兔死狐悲，引起内心深处的一场巨大地震。诗人一生信奉“书生盖棺事未定”(《上元夜作》)，这首《雪后龟堂独坐》，就是诗人在政治斗争乌云遮天之际而能气定神闲、保持澄明心境的生动写照。

陆游一生在赵宋江山风雨飘摇、独木难支的情况下，矢志不渝地高扬抗战理想，与各届投降政府、各种投降路线做斗争。若没有“自重如拱璧”的儒学价值观作深厚的心灵底蕴，是很难想像的。英国作家王尔德曾经说过：杰出的知识分子总是与自己的时代具有象征的关系。陆游就是这样表征时代进步精神的知识分子。儒家价值观，特别注重精神的操守和心灵的涵养，所以孔子最赞赏的弟子，不是能建事功的子路和经商赚钱的子贡，而是“一箪食，一瓢饮”而安之若素的颜回。儒家重义轻利，在鱼与熊掌、生与义的二难选择中，毅然地以“义”为最高目标。陆游无党无偏，名动紫皇，如果与当权派频传秋波，稍微将调子降低一些，其一生的轨迹绝不会如此坎坷。但正如西谚所云：“狮子和老虎总是独来独往，只有狐狸和狗才结队成群。”陆游“龙性难驯”，故一生饱受精神上孤独的煎熬和频涉沟坎的生活考验，也就可想而知了，这是他的宿命，无须怨天尤人。中国士大夫并不祭拜现实中的神龛，但每个人的方寸之间都耸立着一座神庙，那就是深深镌刻在心上、融化于血液中的“不朽”观念。“三不朽”观念使儒家知识分子感到一种无形的精神制约，好像上帝在辽远的九霄之上洞察自己的一言一行，一切都无所逃其法眼。如果说，传统知识分子的"独处不愧屋漏"、"出门如见大宾",还仅限于个人修身小节的话,"行愧心",则是事关出处、行藏的立身大节,丝毫马虎不得。陆游当时的"大节"是什么?就是看是坚持抗战还是妥协投降?这个大节,即使到地老天荒时,恐怕也还是会存在。诗歌最后才道着了"雪后龟堂独坐"的题意。"龟堂乐处"者何?诗人给出的答案是"红日满窗听雪滴",这是一幅色彩对比鲜明、寓意深刻的美丽画面,它似乎告诉读者,恶劣的天气终不能久长,太阳总要出来。那灿烂的红日正写出诗人光明磊落的心境,惟因心地澄明,才能虚室生白。

这首诗在艺术上最大的特点是,善于运用反问句式,"安用人看一钱直"、"富贵那可从人得"、"龟堂乐处谁得知",语意均是否定,比平铺直叙的肯定句式更能增强感染力。

梅花绝句六首(选二)

当年走马锦城西,① 曾为梅花醉似泥。
二十里中香不断, 青羊宫到浣花溪。②

【注释】

①锦城:四川成都的别称,又称锦官城,因盛产织锦而得名。陆游曾在成都任官。 ②青羊宫:道观名,在成都。浣花溪:一名濯锦江,又名百花潭,在成都,溪畔有杜甫故居浣花草堂。

闻道梅花坼晓风，[1] 雪堆遍满四山中。[2]
何方可化身千亿， 一树梅花一放翁？[3]

【注释】

①坼晓风：是说梅花在清晨的寒风中开放。坼，开裂。 ②雪堆：谓梅花像雪堆一样盛多。 ③一树梅花：一作"一树梅前"。

【品评】

诗作于嘉泰二年（12C2）正月，是年诗人七十八岁，家居山阴。

陆游一生酷爱梅花，咏梅之作有一百六十余首之多，堪称咏梅胜手，古来文人士大夫无出其右者。在中国传统文化中，梅花因开在数九严寒之际，迎风傲雪，而被赋以高洁、坚毅的人格化特征，与松、竹一起，号称"岁寒三友"。儒家诗教有比德的特点，将自然物之属性特征与人的道德情操或社会政治生活加以比附、类比，梅则尤为重气节、重操守的文士独钟。陆游一生剑胆诗心非借梅之品格，无以传达。

诗为晚年追忆之作，追忆的生活内容为壮年时在成都生活的经历，锦官城不仅盛产织锦，梅花更是一绝，诗中写梅事盛况壮观，令人心醉神迷！梅花漫山遍野地开放，诗人分身无术，无暇一一欣赏梅花的姿容，只能天真地幻想，每树梅花前都有一个放翁的身影，与其相依相伴。陈衍《宋诗精华录》评曰："柳州之化身何其苦？此老之化身何其乐？"可谓得诗之神髓。诗人"化身千亿"，呈现给我们的，是无所顾忌、天真烂漫、有如魏晋人格的潇洒，而非柳州压抑、愤懑、"寒江独钓"式的悲苦。

清人沈祥龙《论词随笔》云："咏物之作，在借物以寓性情，凡身世之感，君国之忧，隐然蕴于其内，斯寄托遥深，非沾沾焉咏一物矣。"沈氏之论大体不错，咏物之作确实不能太过坐实，而应放宽视角，寄意遥深，才能形神兼备，有感染力量。放翁咏梅之作，传达出了诗人自身独立不倚、刚正不屈的精神。诗人另有《落梅》其一写"过时自合飘零去，耻向东君更乞怜"；其二写"向来冰雪凝严地，力斡春回竟是谁"；《芳华楼赏梅》写"一春花信二十四，纵有此香无此格"；《西郊寻梅》诗写"浅颦常鄙桃李学，独立不容莺蝶觊。……朱栏玉砌渠有命，断桥流水君何欠"等等，都意在借梅写人，表达出自己内心深处不为人知的孤寂幽恨和高洁自爱。

送子龙赴吉州掾[①]

我老汝远行，　知汝非得已。
驾言当送汝，[②] 挥涕不能止。
人谁乐离别，　坐贫至于此。
汝行犯胥涛，[③] 次第过彭蠡。[④]
波横吞舟鱼，　林啸独脚鬼。[⑤]
野饭何店炊，　孤棹何岸舣？[⑥]
判司比唐时，[⑦] 犹幸免笞棰。
庭参亦何辱，[⑧] 负职乃可耻。
汝为吉州吏，　但饮吉州水。
一钱亦分明，　谁能肆谗毁？

聚俸嫁阿惜，[9] 择士教元礼。[10]
我食可自营， 勿用念甘旨。[11]
衣穿听露肘， 履破从见指。
出门虽被嘲， 归舍却睡美。
益公名位重，[12] 凛若乔岳峙。[13]
汝以通家故，[14] 或许望燕几。[15]
得见已足荣， 切勿有所启。[16]
又若杨诚斋，[17] 清介世莫比。[18]
一闻俗人言， 三日归洗耳。[19]
汝但问起居， 余事勿挂齿。
希周有世好，[20] 敬叔乃乡里。[21]
岂惟能文辞， 实亦坚操履。[22]
相从勉讲学，[23] 事业在积累。
仁义本何常， 蹈之则君子。[24]
汝去三年归， 我倘未即死。
江中有鲤鱼，[25] 频寄书一纸。

【注释】

①子龙：陆游次子。吉州：今江西吉安。掾：古代属官通称掾。子龙这时去任吉州司理参军。 ②驾言：此谓将驾车送子远行。驾，驾车。言，语助词。 ③胥涛：传说伍子胥死后为潮神，所以后人称钱塘江潮为胥涛。 ④彭蠡：即江西鄱阳湖。 ⑤独脚鬼：据《山海经·大荒东经》上说，有一种叫做夔的怪兽，形状像

牛,只有一只脚。⑥孤棹:孤舟。棹即船楫。舣:泊船靠岸。⑦判司:司判文牍之官。⑧庭参:旧时属吏于公庭谒见长官的仪式谓之庭参。⑨阿惜:子龙女。⑩元礼:子龙长子。⑪甘旨:美好的饮食。封建社会子女奉养父母的食物称作甘旨。⑫益公:周必大,江西庐陵(吉州)人,光宗时曾被封为益国公。⑬乔岳:犹言高山。⑭通家:两家世交,谓之通家。⑮这两句是说,(周必大致仕乡里)陆子龙因这种世交关系,或者能够被接见。燕几:一种设在寝室里的供凭坐休息的家具。⑯启:请求。⑰杨诚斋:杨万里,号诚斋,江西吉水人,和陆游是朋友,杨万里当时致仕在家,陆子龙有机会见到他。⑱清介:清廉耿介。⑲洗耳:比喻高洁,不愿听俗人之言。据说,尧让天下于许由,由不欲闻,洗耳于颍水滨。⑳希周:陈希周,陆游和他及他的父亲都有交往。㉑敬叔:杜敬叔。陆游曾为其写过诗。㉒坚操履:坚持正直廉介的操行。㉓相从:谓与陈、杜二人相来往。㉔蹈:躬行实践。㉕鲤鱼:古时寄书常以尺素结为双鲤之形,所以后来以鲤鱼为书信的代称。

【品评】

诗作于嘉泰二年(1202),是年诗人七十八岁,家居山阴。这年年初,次子子龙赴吉州司理参军任,陆游写了这首送别诗。在陆游九千多首诗中,如此诗篇幅之长者,并不多见,可以看出老诗人舐犊情深,愈老弥笃。

诗可分为四个部分,从“我老汝远行”到“孤棹何岸舣”十二句为第一层,感叹离别,惦念子龙途中艰苦。古训“父母在,不远游”，陆子龙远赴江西吉州，必有不得已的苦衷。如陆游所言：“人谁乐离别，坐贫至于此。”生存的艰难千百年来束缚着人类的手脚，压抑了才华的展示和创造力的发挥。从“判司比唐时”到“归舍却睡美”十六句，为第二层，告诫儿子清白自守，不要记挂他老人家。“汝为吉州吏”四句，是陆游教育思想的重要体现，告诫儿子清廉自守，可为古今官箴。从为官之道转到了子女教育，最后才提到自己。说自己可以照管好自己，虽然困穷，但心思平静，要儿子不要担心，这段的安排，先公后私，表现了诗人的风范。从“益公名位重”到“蹈之则君子”二十句为第三层，嘱咐子龙去拜望他的老朋友周必大、杨万里诸人，但又补充介绍他们的人格、脾性，要儿子尊重他们的做人原则，以“君子之交淡如水”的方式，多向他们学习，切勿在生活上、物质上有什么企求。最后四句为第四层，叮咛儿子常写家信，坚信自己能够等到儿子回来。

整首诗篇，充满了一个正直善良的老人对儿子的关心和爱护，既没有冠冕堂皇的高论，也没有一丝委琐庸俗之气，而是充满了人间烟火气的常人常情的传达。诗人将对国家的责任和对儿子的爱完美地结合起来，既顾大局识大体又富人情意味。范大士《历代诗发》评曰：“训勉谆谆，较之嵇中散《家诫》不过。”《唐宋诗醇》评曰：“以韵语作训词，真情极切，自然成文，朴茂浑坚，大家本领。”二家评论精恰。

养　生

禀赋本不强，　四十已遽衰。[1]

药裹不离手,[2] 对酒盘无梨。[3]
岂料今八十, 白间犹黑丝。
咀嚼虽小艰, 幸未如牛呞。[4]
昔虽学养生, 所遇少硕师。
金丹既茫昧, 鸾鹤安可期?
惟有庖丁篇,[5] 可信端不疑。
爱身过拱璧,[6] 奉以无缺亏。
孽不患天作,[7] 戚惟忧自诒。[8]
挛躄岂不苦,[9] 害犹在四肢。
二竖伏膏肓,[10] 良医所不治。
衣巾视寒暖, 饮食节饱饥。
虎兕虽在傍,[11] 牙爪何由施?
老人不妄语, 聊赋养生诗。

【注释】

①遽:疾,速。 ②药裹:药袋。 ③盘无梨:韩愈《赠刘师服》:"妻儿恐我生怅望,盘中不饤栗与梨。" ④"咀嚼"二句:韩愈《赠刘师服》:"合口软嚼如牛呞。"呞,《玉篇》释:"牛噍也。" ⑤庖丁:《庄子·养生主》中有"庖丁解牛"故事。 ⑥拱璧:两手拱抱的圆玉,泛指珍贵之物。 ⑦"孽不"句:《孟子·离娄上》:"太甲曰:'天作孽,犹可违;自作孽,不可活。'" ⑧"戚惟"句:《诗·小雅·小明》:"心之忧矣,自诒伊戚。"这二句意谓,自己要善自珍重,不要自寻烦恼。 ⑨挛躄:谓手足蜷曲残废。 ⑩二竖:病

魔。《左传·成公十年》:"公梦疾为二竖子,曰:'彼良医也,惧伤我,焉逃之?'其一曰:'居肓之上,膏之下,若我何?'医至,曰:'疾不可为也,在肓之上,膏之下,攻之不可,达之不及,药不至焉,不可为也。'"后因称人患的疾病为二竖,疾至不可救药为病入膏肓。 ⑪虎兕:本是两种凶猛的野兽,此当指各种致病因素。

【品评】

诗作于嘉泰三年(1203),诗人时年七十九岁。中国传统习惯,大寿生日做九不做十,七十九岁时可先做八十大寿,故诗中有"岂料今八十"句。本年一至四月,诗人在京修史,五月返乡。

陆游是不可多得的长寿诗人,享年八十五岁。这与其精通医术、善于养生有很大关系。他年轻时喜爱方药,有"少时喜方药"(《春日对花有感》)之句,五十一岁在成都时,曾整理过祖传的《陆氏集验方》。晚年隐居山阴,一边读书,一边行医乡里。陆游一方面给人治病,一方面重视自身的摄养,这首《养生》诗,就是其自身养生经验的宝贵结晶。

陆游九千多首诗中,涉及养生的为数不少,若加爬罗剔抉,可以发现很多可资借鉴的东西。首先,陆游腿脚保养得好,"老翁垂七十,不复叹头颅。……独有欣然处,登山未用杖"(《老翁》),"行年七十尚携锄"(《贫病》)。在目力方面,七十七岁记曰:"中夜睡觉,两目每有光如初日,历历照物。"(《剑南诗稿》卷四十七)老诗人牙齿也保养得好,与古代一般人四五十岁左右开始齿豁相比,陆游晚年独享大快朵颐的口福。七十七岁始一齿摇动,余皆坚甚,《戏作》云"病齿原知不更全,漂浮杌棿已三年。一朝正使终辞去，大嚼犹能尽彘肩”，八十一岁堕第三齿，至八十五岁腊月始落第一牙，距去世仅数日。诗人又概括自己学养生的历程，由盲目信仰金丹期乎长生的认识误区，转到自重自爱顺应自然天道的正途。告诉我们保持乐观心情，不要自寻烦恼。切记日常保养的重要性，衣巾、饮食则尤为其中重点注意事项。

这首诗中，诗人大略涉及到了衣巾、饮食等具体养生细节，也提出保持心情开朗乐观及自爱自重的重要意义。这一切的理论根据，就是《庄子·养生主》中所阐发的“缘督以为经，可以保身，可以全生，可以养亲，可以尽年”之主旨。

秋　思

乌桕微丹菊渐开，[1] 天高风送雁声哀。
诗情也似并刀快，[2] 剪得秋光入卷来。

【注释】

①乌桕：落叶乔木，其叶经霜变红，其种子可榨油。　②并刀：并州（治所在今山西晋源）出产的剪刀。古时并州以产剪刀著称。

【品评】

鲁迅先生在给杨霁云信中说：“我以为一切好诗，到唐时已被做完，此后倘非能翻出如来掌心之齐天大圣，大可不必动手。”似乎成为定评。其实，创作路数，一源百脉；诗家事业，万古长新。宋诗虽不能如唐诗之天人合一、情景交融，然其将诗才与哲思完美交融，发之以深沉、睿智的人生感喟，也未尝非诗之正声。陆游的这首《秋思》，就明显地表现了宋诗“以意胜”的特点，令人回味无穷。

诗作于嘉泰三年(1203)秋，诗人在山阴。诗前两句描绘了山村秋季绚烂、明快的风光：乌桕叶正在变红，黄菊吐蕊，长空雁叫，可谓一派“有声有色”的光景。秋高气爽，天高地远，人的心情似乎也随之高远。饱经人世沧桑的老诗人，面对一阳来复、秋风又起的自然律动，一定有自己独特的理解，诗题为“秋思”，当有某种思考在里面。诗的前两句设色如画，将秋景写足、写透，正为后面的秋思做好铺垫。以“秋思”为题的诗作，多以写萧瑟哀愁著名，仍属传统写秋的构思。而陆游则一反传统的骚人迁客述离愁、写牢骚的老路，以一个别开生面的比喻，来传达自己诗情健旺、兴会飙举之态。正是那大自然的美开启了作者的诗情，也正是敏捷的诗情使自然美转化为艺术美。一个比喻，把创作客体和主体的关系、自然和艺术的关系沟通起来了。这里“诗情”与“秋光”缺一不可，“诗情”是诗人的主体能力，“秋光”指艺术材料；没有“诗情”这把快剪，再美的景致也只能是缺少灵气的静物。

这首诗以新颖、奇特的比喻，表现了宋诗以意胜、喜说理的特点。一代有一代之文学，宋诗中之“雪泥鸿爪”、“半亩方塘”、“不畏浮云”等意象，精警动人，给人的审美感受同样持久而强烈。《唐宋诗醇》论曰：“宋诗二家，曰苏轼，曰陆游。诗至唐而极其盛，至宋而极其变。”这一“盛”一“变”，概括唐、宋诗的趋势，语虽简约却不失为客观而有见地的看法。

送辛幼安殿撰造朝[1]

稼轩落笔凌鲍谢，[2] 退避声名称学稼。[3]
十年高卧不出门，[4] 参透南宗牧牛话。[5]
功名固是券内事，[6] 且葺园庐了婚嫁。
千篇昌谷诗满囊，[7] 万卷邺侯书插架。[8]
忽然起冠东诸侯，[9] 黄旗皂纛从天下。[10]
圣朝仄席意未快，[11] 尺一东来烦促驾。[12]
大材小用古所叹，管仲萧何实流亚。[13]
天山挂旆或少须，先挽银河洗嵩华。[14]
中原麟凤争自奋，[15] 残虏犬羊何足吓。[16]
但令小试出绪余，[17] 青史英豪可雄跨。[18]
古来立事戒轻发，[19] 往往谗夫出乘罅。[20]
深仇积愤在逆胡，不用追思灞亭夜。[21]

【注释】

①辛幼安：辛弃疾，字幼安，号稼轩，南宋爱国词人。绍兴三十一年(1161)在山东起义抗金，后归南宋。他是当时有名的军事领袖，历任重要的军政职务，嘉泰三年起知绍兴府兼浙东安抚使。殿撰：辛弃疾在孝宗、光宗两朝，曾先后做过右文殿、集贤殿修撰，

故称“殿撰”。造朝：上朝。 ②凌鲍谢：超越鲍照和谢灵运两位南朝诗人。 ③“退避”句：淳熙八年(1181)辛弃疾被劾罢，归上饶，以稼名轩，自号“稼轩居士”。 ④“十年”句：辛弃疾于绍熙五年(1194)被免知福州兼福建安抚使职，家居江西上饶，后又迁铅山，家居十年。至嘉泰三年(1203)才被起用为知绍兴府兼浙东安抚使，前后共十年。 ⑤“参透”句：全句称辛弃疾家居十年修养之事。参透：指体会深切。南宗：佛教禅宗的一派，以六祖惠能为宗。《景德传灯录》载：“慧藏禅师一日在厨作务次，(马)祖问曰：‘作什么？’曰：‘牧牛。’祖曰：‘作么生牧？’曰：‘一回入草去，便把鼻孔拽来。’祖曰：‘子真牧牛师！’”牧牛比喻修行之事，丝毫放松不得。 ⑥券内事：券是一种契据，一式两联，立约人双方各执其一。券为事指券内载明之事，有把握做到。 ⑦“千篇”句：此句借言辛弃疾创作的勤奋丰富。昌谷：地名，在今河南省宜阳县西，唐诗人李贺尝居于此。李贺常骑驴出门，偶得诗句即书投锦囊中。 ⑧“万卷”句：全句借用邺侯藏书之事说明辛弃疾藏书甚多。李泌，唐德宗时宰相，封邺侯。韩愈诗：“邺侯家多书，插架三万轴。” ⑨“忽然”句：指辛弃疾起知绍兴府兼浙东安抚使事。⑩黄旗皂纛：皂：黑色。纛：仪仗后面的大旗。这里指安抚使的仪仗。 ⑪仄席：即侧席，指皇帝侧席，倾听贤臣的言论。 ⑫“尺一”句：汉代诏书都写在高一尺一寸的木简上，因此诏书亦称“尺一”。东来：指皇帝下诏浙东，要辛弃疾起程。 ⑬流亚：同等称为流，差不多称为亚。陆游认为辛弃疾的才能和管仲、萧何并驾齐驱。 ⑭“天山”二句：是说辛弃疾率兵攻至天山，或者还需要稍等一段时期；那么就首先收复关中一带故国河山，把金人污秽了的嵩山、华山，荡涤干净。天山：在今新疆维吾尔族自治区。旆：大旗。嵩、华：嵩山与华山。 ⑮中原麟凤：指沦陷区起义抗金的爱国志士。 ⑯何足吓：算不上威胁。 ⑰小试：稍展才能。出绪余：出其余力。 ⑱跨：指凌驾其上。 ⑲轻发：轻举妄动。 ⑳谗夫：造谣生事的小人。乘罅：利用缺口进行破坏。罅，缺口。 ㉑"深仇"二句：汉代名将李广罢官家居后，一次夜过霸陵亭，亭尉不许其通过，只好夜宿亭下。后李广任为右北平太守，约霸陵尉同去，到了军中将亭尉斩首。辛弃疾官江西、福建安抚使时，曾先后被劾罢官。二句意思是告诫劝勉说金人侵略者才是最大仇敌，如果一旦受命北伐，当以驱逐金人洗雪国耻为目的，从前的个人恩怨则不必计较。灞亭即霸陵亭。

【品评】

诗作于嘉泰四年(1204)春，是年诗人八十岁，家居山阴。这一年韩侂胄北伐方针已定，欲建立一番功业。当时，绍兴旧臣所剩无多，一贯坚持爱国主义大旗，足以领袖群伦的，文有陆游，武则有辛弃疾。陆游被朝廷征召修史，辛弃疾则入朝差知镇江府，负江防巨任。陆游、辛弃疾，这两位民族英雄，相差十五岁，但伟大心灵肝胆相照，交融无间。辛弃疾这次被起用，意味着北伐大业即将成为现实，诗人苦撑待变终于获得了转机。自己虽不能横刀立马，但想着自己惺惺相惜的朋友能亲历这一盛事，诗人也就抱着"功名在子何殊我"的心态为其鼓呼，于是就有了这首《送辛幼安殿撰造朝》。

这首诗可分三层，前八句为第一层，写辛弃疾的文学才华及晚年闭门读书、写诗的生活。辛弃疾早年有过一段叱咤风云的传奇军事生涯。后奉表来朝，回到大宋王朝的怀抱。但南宋政权实行偷安苟活的投降路线，加之辛弃疾“投诚招安”的特殊身份，使其后半生终归沉寂，长期沉沦下僚，过着“退避声名称学稼”和“十年高卧不出门”的生活。投降路线活活扼杀了诗情将略，文武兼资的领袖才华不得施展，辛弃疾又是一个明证。中间八句为第二层，写辛弃疾时来运转，抗金的夙愿有望实现。辛弃疾此次入朝，意义重大，联系本年五月，追封昔日名将岳飞为鄂王，可见朝廷已决意北伐。最后八句是第三层，对北伐寄予美好期望，并对辛弃疾有所劝诫。但历史无情，韩侂胄仓促北伐，“赢得仓皇北顾”，本人也落得身首异处的下场，两位老诗人的理想也跟着一起葬送了。陆游把一腔爱国豪情，全部倾注于辛弃疾之上。通过对爱国词人辛弃疾精神面貌的生动刻画，自己的一生郁积也得以抒发。诗中写到辛弃疾的失意，慨叹其才能，寄意其立功，都是既言辛又言己，一语双涉。正是由于陆游与辛弃疾两颗伟大心灵间的默契，陆游才能塑造出这样鲜明生动的形象。

书事四首(选三)

闻道舆图次第还，[1] 黄河依旧抱潼关。
会当小驻平戎帐，[2] 饶益南亭看华山。[3]

【注释】

①舆图：地图，这里指代疆土。 ②平戎帐：平戎将军帐幕。③“饶益”句：陆游自注：“饶益寺南亭尽得太华之胜。”

关中父老望王师， 想见壶浆满路时。[①]
寂寞西溪衰草里， 断碑犹有少陵诗。[②]

【注释】

①壶浆：用以慰劳王师的汤水。 ②“寂寞”二句：据陆游《老学庵笔记》载，华州郑县（今陕西华县）西溪，其旁有西溪亭，亭旁小寺梁间揭有楠木板，上面写有杜甫的诗。乾元元年（758）杜甫路过西溪时，有《题郑县亭子》一诗：“郑县亭子涧之滨，户牖凭高发兴新。云断岳莲临大路，天晴宫柳暗长春。巢边野雀群欺燕，花底山蜂远趁人。更欲题诗满青竹，晚来幽独恐伤神。”所谓“郑县亭子”，就是西溪亭。

鸭绿桑乾尽汉天，[①] 传烽自合过祁连。[②]
功名在子何殊我， 惟恨无人快著鞭。[③]

【注释】

①鸭绿：江名，在今中国和朝鲜交界处。桑乾：河名，在今山西和河北境内。 ②合：应当。祁连：山名，在今青海和甘肃境内。 ③“功名”二句：意思是说你要是能恢复失地，立功扬名，那就和我自己立了功名一样，但可恨的是没有人肯扬鞭跃马，争取

立功。著鞭:即加鞭,策马前进的意思。

【品评】

诗作于嘉泰四年(1204),是年诗人八十岁,家居山阴。

这一年夏天,朝廷明诏追封岳飞为鄂王,表彰抗战忠烈,反攻已成定局。战争虽未开始,但形势已经明朗,诗人毕生夙愿即将实现,禁不住欢欣鼓舞,整年的诗篇里,都洋溢了舒畅、欢快之情。

这组诗的第一首,是充满浪漫乐观想像的冀望之词,诗人想像着失去的疆土依次回到祖国的怀抱,希望自己能够在军队的营帐中眺望华山胜景;第二首,写关中父老箪食壶浆迎接王师,更有西溪衰草里的少陵诗碑,见证这一千古盛事;第三首,写东北、西北边疆,都回归祖国版图,一想到这激动人心的时刻,不论谁立功扬名,都同我自己立了功名一样而欢欣鼓舞。陆游早年诗中,还颇有个人英雄主义的色彩,由于岁月的沉淀和胸襟的开阔,他能够放弃小我,完全与国家的整体利益融为一体。

诗人这种既超脱又高昂的姿态,令人想起《墨子·耕柱》篇中的一段对话:"治徒娱、县子硕问于子墨子曰:'为义孰为大务?'子墨子曰:'譬若筑墙然,能筑者筑,能实壤者实壤,能欣者欣,然后墙成也。为义犹是也,能谈辨者谈辨,能说书者说书,能从事者从事,然后义事成也。'"这段话说得非常好,如同筑墙需要挖土、填土、夯土的角色分工一样,收复大计既需要当政者庙堂帏幄的谋划,千军万马的冲锋陷阵,也需要诗人的宣传鼓呼!尽管角色有分工、地位有高低,而目标却是共同的。有这样分工合作的团队精神,有共同的远大目标,自然会产生"功名在子何殊我"的高远境界。但问题是，墨子把情况想像得太过完美，“执事者各司其职”完全是一种对人性理想状态的期望。实际的情况却是，有些人在其位不谋其政，并不如墨子所意料的那样尽其职守，南渡之后七八十年的历史，不是已然充分地证明了这一点吗？

山村经行因施药五首（选二）

耕佣蚕妇共欣然，① 得见先生定有年。②
扫洒门庭拂床几， 瓦盆盛酒荐豚肩。③

【注释】

①耕佣：被人雇用耕田的农民。蚕妇：养蚕的妇女。 ②先生：指陆游。有年：本指丰收之年，这里作有幸、有福气讲。 ③豚肩：猪蹄髈。

驴肩每带药囊行，① 村巷欢欣夹道迎。
共说向来曾活我，② 生儿多以陆为名。

【注释】

①“驴肩”句：这句是说诗人每次外出总是把盛药的袋子挂在驴背上。 ②“共说”句：都说过去曾被先生（陆游）救治。

【品评】

诗作于开禧元年(1205),是年诗人八十一岁,致仕居家。

陆游是高寿的诗人。据说,陆家四代都有学仙修道的经历,陆诗《道室试笔》曰:“吾家学道今四世,世佩施真三住铭。”陆游《家世旧闻》中记载高祖陆轸曾炼丹辟谷,不食谷物将近二十年。陆游从南郑前线调回成都后,四赴青城山访仙学道。其学习养生是因自身生理早衰而起。但他懂医道,喜爱方药,曾整理过祖传《陆氏集验方》一书,深谙摄卫养生之道,后来自己身老愈健,六个儿子全是皓首童颜。难能可贵的是,陆游并非只关心个人的保健,而是持了儒者推己及人、民胞物与的精神,去救治那些穷苦的百姓。陆游晚年长期住在故乡山阴农村,看到乡民为疾病所困,缺衣少药,就主动上门免费为他们诊病送药,因此获得了耕佣蚕妇最高规格的礼遇,不仅如此,因为他救活了不少人,还受到了当地农民的尊敬爱戴,其善行将永远铭记在人民心中。

陆游一生广交天下朋友,普通的村民成为其诗描写歌咏的对象。他经常与村邻聚饮,同他们谈论国家大事,是一种平等的交往。正因为如此,他获得了有别于青史留名的另一种不朽的途径,就是以口耳相传的方式活在民众心中。同杜甫关爱花鸟鱼虫一样,陆游对自己家里喂养的猫、鸡同样予以爱护,前面我们选了其《赠猫》诗,诗人因为家贫而对猫感到歉意。诗人另有《迁鸡栅歌》,写家里的乌鸡每天早上器宇轩昂地鸣唱,小孙子刚出生听到鸡叫就吓得啼哭。家人商议把鸡卖人,只有诗人一想到鸡将被杀心生哀怜,但又陷入了两难境地。最后想出了给鸡搬家的好办法,让乌鸡带着妻儿到东园去享受天伦之乐吧。诗自杜甫《缚鸡行》化出，但杜老对“鸡虫得失无了时”想不出好办法，陆游却能想出两全之策，故高出一筹。很难想像，一个对动物的哀鸣毫无怜悯之心的人，怎么可能去爱自己的同类？一个对同胞的苦乐漠不关心的人，又怎么可能去爱自己的国家？明乎此，才可以理解，陆游对国家的热爱是与其博大深沉的“泛爱众”精神密不可分的。与一般端居庙堂的士大夫不同，陆游长期生活在民众中间，他对民众悲苦与福祉的理解深入骨髓与灵魂，惟其如此，他才能超越一己之忧乐，更准确体察普通人的内心世界，成为继杜甫之后又一位深具苍生情怀的“广大教化主”（王世贞《艺苑卮言》）。

赠论命周云秀才

周郎欣然市中隐，　精神卓荦秋天隼。①
忽来过我论五行，②袖出诗卷如束笋。
人生一息不自保，　况我耄期真待尽。③
君今盛为谈未来，　我亦听之俱可辴。④
虽然此心犹未泯，　何至死去同蠢蠢。⑤
地下不作修文郎，⑥天上亦为京兆尹。⑦

【注释】

①卓荦：卓绝出众。隼：一种凶猛的鸟，饲养驯熟后，可以帮助打猎。　②五行：水、火、木、金、土，古代称构成各种物质的五种元素，这里用来指五行相生相克的算命术语。　③耄期：《礼

记·曲礼上》"八十九十曰耄",耄期泛指老年。 ④辴(chǎn):笑的样子。 ⑤蠢蠢:虫蠕动貌,这里用来指代虫。 ⑥"地下"句:《太平广记》卷三一九引王隐《晋书》:"颜渊、卜商,今见在为修文郎。" ⑦"天上"句:用包拯生前为开封府尹,死后又有主东岳速报司之传说。东岳乃天帝所处,故云天上。

【品评】

诗作于开禧元年(1205),时诗人八十一岁,致仕居家。

陆游在这首《赠论命周云秀才》诗里,为我们描画出一个沦为街头术士的贫苦青年知识分子形象。他已经失去上进之路,竟以算命看相为职业。他虽潦倒,但并非颓丧,如天空中的秋隼,等待搏击长空的机会。他袖里还藏着一束春笋粗的诗卷,足见他并不甘愿终老此术,还是一个有抱负的青年。陆游并没有看扁这位周秀才,而是全称其姓名,又称之为"周郎"、"秀才",足见对后辈的尊重。特别说他是"市隐",鼓励周云将来有机会,仍会如秋隼一样一飞冲天。南宋时代,看相、算命、测字、看风水都很发达,这大概是由于社会政治动乱,人们难以把握自己的命运,只好求之于天意的安排。陆游并不相信宿命之说,况且行年八十一岁,官至四品,夫复何求?所以周秀才兴高采烈地为其谈未来,只惹得老人哈哈大笑而已。陆游是个颇有自信心的人,他坚信自己死后,决不会同小虫一般蠢蠢无知,过着行尸走肉的生活。假如有地狱天堂,他还会有一番作为,不是去做地下的修文郎,就是去做天上的京兆尹,总之一句话就是"死去犹能作鬼雄"。

诗人杨万里也有一首赠周秀才的诗,为《送谈命周从龙》:"周子囊萤初学儒，学儒不就学星书。五丸玉李无逃处，折得囊中锥也无！”与陆诗比起来，杨诗未免流于敷衍和嘲讽，对题材并未做深入的挖掘，可见题材并不能决定诗歌质量的高下。另外，若细加推究起来，周秀才盛赞陆游的未来也并未失误。从有限的肉体生命看，八十一岁的老翁确实谈不上什么未来；可从精神生命的角度论，陆游的爱国精神薪尽火传，代不乏人，其未来是无穷无尽的！

老马行

老马虺隤依晚照，① 自计岂堪三品料？②
玉鞭金络付梦想，③ 瘦稗枯萁空咀嚼。④
中原蝗旱胡运衰， 王师北伐方传诏。
一闻战鼓意气生， 犹能为国平燕赵。⑤

【注释】

①虺隤：衰病貌。 ②三品料：古代有立仗马，相当于现代的仪仗马，食三品料。 ③“玉鞭”句：天子之马用黄金为饰，以络马头，执玉鞭以御之。 ④瘦稗枯萁：稗：草类，所结实可供牲畜食用。萁：豆叶。瘦稗枯萁都是粗恶的饲料。咀嚼：犹咀嚼。 ⑤燕赵：今河北省及山西省的部分地区。

【品评】

诗作于开禧二年(1206),是年诗人八十二岁,致仕居家。

这一年,国家政治生活中最大的事件,是韩侂胄领导的北伐。本年,宋师围寿春,五月,下诏伐金。陆游虽已八十二岁高龄,但对抗金大业积极支持,甚至跃跃欲试,想亲历战场冲锋陷阵。

诗人以衰病无依、待遇低微的老马自比,实际是写出了自己一生坎坷、晚景困顿的处境。无独有偶,唐代韩愈也以马为喻,写出天下才士的无奈。韩文曰:“世有伯乐,然后有千里马,千里马常有,而伯乐不常有。”指出封建社会人才选拔缺乏合理制度,端赖有识之士的侥幸发掘,偶然因素太多,致使千里马“祇辱于奴隶人之手,骈死于槽枥之间,不以千里称也”(《杂说》)。韩文、陆诗相得益彰,描画出了千里马的悲剧命运。老马虽然“食不饱,力不足,才美不外见”(同上),但一听到咚咚的战鼓,随即精神陡增,欲奋嘶为国出力。

这首诗运用类比双关的手法,处处将马与人关合,见其借马寓人的用意。诗中,马的“虺隤”与“意气生”,都是诗人经历、境界的生动写照。我们仿佛看到,随着鼓点响起,老马精神随之一振,腾起马蹄,扬起长鬃,长鸣一声,疾驰疆场,诗人的情绪也达到了顶点。这先抑后扬的笔法,正见出陆游内心世界的底色,虽然有灰暗,还是以亮色为基调!曹操《龟虽寿》诗结尾写道:“老骥伏枥,志在千里;烈士暮年,壮心不已。”陆游笔下的老马与曹操笔下的老骥,精神是相通的!因此,人马浑然一体,年虽老而志不老,仍思报效祖国,驰骋疆场,老而弥坚。

示子遹[1]

我初学诗日，但欲工藻绘。[2]
中年始少悟，渐若窥宏大。
怪奇亦间出，[3]如石漱湍濑。[4]
数仞李杜墙，常恨欠领会。[5]
元白才倚门，[6]温李真自郐。[7]
正令笔扛鼎，亦未造三昧。[8]
诗为六艺一，岂用资狡狯。[9]
汝果欲学诗，工夫在诗外。

【注释】

①子遹：即陆游幼子陆子聿。 ②藻绘：装饰和图画，比喻华丽的文词。 ③“怪奇”句：这句是说在诗的创作中间或出现了一种险怪奇特的、不平凡的作风。 ④“如石”句：倒装句，即如湍濑漱石。全句以石水相冲击来形容上句所说的不平凡的诗风。 ⑤“数仞”二句：子贡曾赞赏孔子说：“夫子之墙数仞，不得其门而入。”（《论语·子张》）陆游说自己对于李白、杜甫这两位伟大诗人的作品缺乏体会，常引以为恨。 ⑥“元白”句：作者认为诗人元稹、白居易只是靠近李白、杜甫创作的大门，并没有深入他们的堂奥。 ⑦“温李”句：陆游认为温庭筠、李商隐二人的作品，不值得

深论。郐：古国名，在今河南省新密东北。春秋时吴公子季札在鲁国观乐的时候，对某些国家的诗歌都有评论，但是对于郐国和其他的诗，他是“自郐以下无讥焉”。“无讥”是不值得评论的意思。 ⑧“正令”二句：意思是说学诗如果不循李白、杜甫的创作道路，即使笔力如何雄健，也不能得到作诗的要诀。扛鼎：鼎为重物，需要很大力量才能举起来。这里比喻笔力雄健。造：达到。三昧：要诀、奥妙之意。 ⑨“诗为”二句：这二句是说诗是文化中的一个重要部分，不能作为游戏之资，不能以儿戏的态度对待。六艺：《诗》、《书》、《礼》、《易》、《乐》、《春秋》，为儒家六艺。资：供给。狡狯：陆游自注：“晋人谓戏为狡狯，今闽语尚尔。”

【品评】

诗作于嘉定元年(1208)秋，是年诗人八十四岁，致仕居家。

诗中简要论述了诗人自己所经历的创作道路。这首论诗诗，是陆游成熟期的诗学观点。从“我初学诗日”到“亦未造三昧”十二句，为一层意思，是对自己一生创作风格转变的概括。正如清人赵翼和梁章钜不约而同地指出的那样，陆游一生的创作风格追求经历了雅正、宏肆、平淡三个阶段，这三个阶段是“否定之否定”的正反合：“放翁诗派，初境本宗少陵，虽穷极工巧，而仍归雅正。自从戎巴蜀，而后始臻闳肆。迨及晚年，又力归平淡。所谓‘诗到无人爱处工’者，盖自道其诣力之所至也。”(梁章钜《退庵随笔》)“诗为六艺一，岂用资狡狯”两句，为一层意思。陆游认为诗是儒家六艺之一，反对游戏笔墨的态度。陆游想把诗歌重新置于儒家诗教的监控之下，这可能受了宋代理学“文以载道”观的影响，但更重要的是其人生观、价值观的体现。如果从纯粹诗学角度看，陆游的见解无甚高明之处，但联系到南宋社会士气不振、诗风靡弱的现实，还是有一定现实意义的。最后两句“汝果欲学诗，工夫在诗外”，揭示了文学与社会生活的关系，指出诗家正途。什么是“诗外”的“工夫”呢？钱钟书先生《宋诗选注》论曰：“陆游借这些话来说：诗人决不可以关起门来空想，只有从游历和阅历里，在生活体验里，跟现实——‘境’——碰面，才会获得新鲜的诗思——‘法’。”钱先生将陆游“诗外工夫”分析得极其准确、透彻。陆游本人那种独开生面的、具有英雄气概的爱国诗歌，正是到西北前线去参预军机以后开始写的。联系诗人“纸上得来终觉浅，绝知此事要躬行”(《冬夜读书示子聿》)诗句，更能理解“诗外工夫”之意。江西诗派讲究“夺胎换骨”、“点铁成金”，讲究“闭门觅句”，终是“纸上得来”，毕竟浅了一层。由于火热生活的刺激，陆游对于江西诗派的艺术超越是历史的必然。

示　儿

死去元知万事空，[①] 但悲不见九州同。[②]
王师北定中原日， 家祭无忘告乃翁。

【注释】

①元，通“原”，才的意思。　②九州同：古代中国分为九州，“九州同”指全国统一。

【品评】

诗作于嘉定二年十二月病中（按阳历算已入1210年），诗人时年八十五岁。这是陆游生平写的最后一首诗，这年十二月二十九日他便离开人世。这里，我们看到了诗人伟大的爱国主义精神，也看到他对于最后胜利的不可动摇的信念。

诗人一生以夸父逐E、精卫填海的精神，坚韧地在做着一件事情，就是以笔代刀，和投降势力斗争，倡导抗金恢复的大业。诗中说“死去元知万事空”，其实有一件事不仅不空，临死前还萦绕于他的心头，那便是“但悲不见九州同”。从万事之空来衬托一事的不能忘怀，正见其高度爱国主义精神，以及至死不挠的战斗精神。只此一点，他就足以担当“亘古男儿”的美誉。如今，徒悲无益，只有寄希望于儿孙辈继承自己的夙愿，直到王师北定中原。徐伯龄评此诗曰：“愚谓矍铄哉此老，可谓没齿不忘朝廷者矣，较之宗泽三跃渡河之心，何以异哉？”（《蟫精隽》）

白居易垂殁有诗曰：“近有人从客上回，海山深处见楼台。中有仙龛虚一室，多传此待乐天来。”（《客有说》）两相比较，境界高低有别！又洪亮吉《北江诗话》将陆游与清吴伟业加以比较，曰：“宋陆务观，近时吴伟业，皆诗中大作家也。陆务观临终诗云……人悲之，人复敬之。吴临终填《贺新凉》一阕，其下半阕云：‘故人慷慨多奇节，为当年沉吟不断，草间求活。艾炙眉头瓜喷鼻，此事终当决绝。早患苦重来千叠，脱屣妻孥非易事，便一钱不值何须说！人世事，几圆缺？’人悲之，人无惜之者。则名义之系人，岂不重乎！”信焉，洪氏之言。

词　选

钗头凤

红酥手，[1]黄縢酒，[2]满城春色宫墙柳。[3]东风恶，欢情薄，一怀愁绪，几年离索。[4]错、错、错。[5]　　春如旧，人空瘦，泪痕红浥鲛绡透。[6]桃花落，闲池阁，山盟虽在，锦书难托。[7]莫、莫、莫。[8]

【注释】

①红酥手：红润、细软的手。　②黄縢酒：亦名黄封酒，以黄纸、黄绢封于坛口，以示其质地优良。縢，封缄捆扎。　③宫墙：南宋以绍兴为陪都，因此有宫墙。一说可能指山阴东南二十五里的龙瑞宫。　④离索：离别，分散。《礼记·檀弓》："吾离群而索居，亦已久矣。"　⑤错：此处可以有两种解释，一是其本意，即错误；二是把"错莫"一词分开来使用，上片结尾叠用"错"字，下片结尾叠用"莫"字。"错莫"是叠韵连绵词，犹言"落寞"，即抑郁无聊的意思。　⑥"泪痕"句：神话传说，南海有鲛人，潜于海底织纱，称为"鲛绡纱"。这里的鲛绡即指手帕。浥：沾湿。　⑦锦书：书信。锦书是一种美化的说法。据《晋书·列女传·窦滔妻苏氏传》：窦滔被徙流沙。其妻苏氏思之，织锦为回文璇图诗以赠滔，宛转循环以读之，凡八百四十一字。　⑧莫：此处亦有二解，一是算了、罢了的意思；另一解释是与上文"错"字合看，组成"错莫"一

词的重文。

【品评】

词作于绍兴二十五年(1155),陆游时年三十一岁;一说作于绍兴二十一年(1151)。这首著名的《钗头凤》,是陆游婚姻悲剧的见证。关于这首词的本事,宋人陈鹄《耆旧续闻》、刘克庄《后村诗话续集》、周密《齐东野语》等都有相关记载,前文已引,此不赘述。

这首词,上片即景言情。“红酥手,黄縢酒,满城春色宫墙柳”,词人即景写真情,首先映入眼帘的不是满城柳丝飘摇,而是唐氏红润、酥软的纤纤玉手。正是这双手昔日为自己调制美酿,红袖添香、绮泽入怀,都是刻骨铭心的生活细节。“曾经沧海”,情感世界的大门岂是轻易对人开启的吗?碧柳垂丝,春光骀荡,而词人的情丝比柳丝还长,故春光无法惹起兴致,而徒增其烦恼罢了!“东风恶,欢情薄”,正是唐李商隐诗“东风无力百花残”之意。东风吹开了百花,又吹残了百花,爱情悲剧的始作俑者也正是这“东风”。但毕竟是自己的母亲,也就一笔带过吧,只以“欢情薄”三字来反衬东风之恶,也算是温柔敦厚了!词人由眼前的手、酒起笔,写到咫尺天涯的深悲巨痛,又联想起这几年来的生活,虽不至于“从今后衫儿、袖儿,都揾做重重叠叠的泪”(王实甫《西厢记》),也是“一怀愁绪,几年离索”。故“错、错、错”,三语连呼,足见词人欲言又止、欲罢不能的悲愤心情。

下片则以传情为主,转为代唐氏立言,颇有“诗从对面飞来”的味道。“春如旧,人空瘦”,写唐琬的感受,春光依旧,爱人唐琬却枉自消瘦了。“泪痕红浥鲛绡透”,猜测唐琬的情感世界一定是黯淡无光的。词人于悲不自胜之际，还一味地为对方的悲痛而深感不安，正因心心相印，伊人悲苦才点点滴滴到心头。在情感世界天崩地坼时，还能体察到对方“晓镜但愁云鬓改”的情怀，这正是爱的真谛啊。“桃花落，闲池阁”承接“东风恶”而来，正因“东风恶”，而使桃花落尽，使池阁荒芜，这几句比喻一段美好的姻缘被强行拆散，也使人意识到春天消逝了。“山盟虽在，锦书难托”，写出唐琬内心承受的巨大压力，要远远大于陆游，因为社会角色分工赋予男人或驰骋翰墨或纵横沙场的自由，可以借此驱遣一些负面的情绪，而女性只能独处深闺，被隔绝于自我情感的小天地里舔舐爱情的创伤。唐琬虽为一代才女，也难免如此命运。故云“莫、莫、莫”，一切都不要再提了。朱自清先生在《经典常谈》里说，唐诗结句中否定性词语的运用具有含蓄不尽、跌宕生姿的艺术魅力，推而广之，诗词艺术又何尝不是如此？这里的“莫、莫、莫”和上片的“错、错、错”，也是运用否定词使读者的阅读过程受挫，从而产生一种比肯定词更好的艺术效果。

青玉案

与朱景参会北岭[1]

西风挟雨声翻浪，恰洗尽，黄茅瘴。[2]老惯人间齐得丧，[3]千岩高卧，五湖归棹，[4]替却凌烟像。[5]　　故人小驻平戎帐，[6]白羽腰间气何壮！[7]我老渔樵君将相，小槽红酒，[8]晚香丹荔，[9]记取蛮江上。[10]

【注释】

①朱景参：朱孝闻字景参，陆游早年的同僚好友，时为福州宁德县县尉。北岭：在福州和宁德县之间。 ②黄茅瘴：宁德地处南方，山区多有瘴气。秋季茅草黄时，往往瘴气弥漫，故称之为“黄茅瘴”。 ③“老惯”句：年岁渐长，阅事便多，把所谓得与失都看得淡了，无所动心。 ④棹：船桨，用以指代船只。 ⑤凌烟像：唐太宗贞观十七年(643)，建凌烟阁于长安，诏画文武功臣魏征、尉迟恭等二十四人的肖像于此，以资褒扬纪念，由画家阎立本图像，太宗亲自作“赞”。 ⑥故人：指朱景参。平戎帐：泛指军中营帐。 ⑦白羽：箭名。唐太宗为秦王时，以大白羽射中单雄信枪刃，见《酉阳杂俎》。 ⑧小槽：压酒的器具。李贺诗“小槽酒滴珍珠红”。 ⑨晚香丹荔：指晚红、晚熟荔枝的品种之一。 ⑩蛮江：泛指宁德附近的江河，因地处南方，当时人烟稀少，故以蛮荒称之。

【品评】

宋高宗绍兴二十八年(1158)，陆游三十四岁，任福州宁德县主簿时作此诗。这一年，陆游初次走上仕途，虽然年逾三十，事业上却算不得已“立”。宁德为边远的蛮荒之地，在宁德做官，虽名在宦籍而实同贬斥，不过借以满足一种功名情结而已，离实现理想似乎很遥远。不过正因为有了朱景参这位谈得来的知己，为自己的生活中涂抹了一丝亮色，不至于过不下去。据陆游《剑南诗稿》卷六十三：“予初仕为宁德县主簿，而朱孝闻景参作尉，情好甚笃。”词就是在这种背景下写作的。

上片劈头三句“西风挟雨声翻浪，恰洗尽，黄茅瘴”，以摧枯拉朽之笔力，写出秋风秋雨终于赶走了难熬的瘴气，颇有“对潇潇暮雨洒江天，一番洗清秋”的味道。词人压抑郁闷的心情似乎也一扫而光，变得澄明起来。“老惯人间齐得丧”，说自己历尽人间万事，已把得失荣辱看得超然平淡了。词人虽正当盛年却早生白发（陆游赴宁德县主簿任路上，途经云门寺，作《云门寿圣院记》，结尾处说“予亦有白发久矣”），也就有了叹老嗟悲的资格。“千岩高卧”三句，表达了归隐的心态。归隐，是人在面临现实生活中各种烦恼和重压时，不得已的选择。其实，每个中国人的心中，都活着孔子和庄子的灵魂，都交织着儒道两种生活理想，到了迫不得已的时候，就退回到庄子的世界。说句题外话，古人选择归隐，还有山林江渚可退；现代人若要归隐，又能隐到何处呢？“千岩高卧，五湖归棹”，对于现代人而言，只能成为历史的陈迹了！

下片六句，所言尽是将来的事情，是酒酣耳热时朋友间的互相戏谑之言。“小槽红酒，晚香丹荔，记取蛮江上”，这种“苟富贵，毋相忘”式的戏谑之言，出自陆游口中别具深意。观陆游一生，他并不是一个轻易言败的人，对此调笑之言，读者不必过于当真。虽属戏谑之言，我们却看到了朋友之间毫无芥蒂的豪爽的相处，同时也使得这首词具有了丰富的情感内涵。

鹧鸪天

插脚红尘已是颠，[①]更求平地上青天。新来有个生涯别，[②]买断烟波不用钱。[③] 沽酒市，[④]采菱船，醉听风雨拥蓑眠。三山老子真堪笑，[⑤]见事迟来四十年。[⑥]

【注释】

①红尘：人世、社会。颠：颠狂。 ②"新来"句：这句是说新近有了一种别样的生活。新来：近来。生涯：生活。 ③买断：全部买下。 ④沽酒：买酒、打酒。 ⑤三山老子：作者陆游自称。三山：山名，在山阴西南九里，镜湖之滨。 ⑥"见事"句：见事：明白事理。陆游被免官居于三山时，年四十二岁，此句说四十年，是举其整数。

【品评】

词作于乾道二年(1166)，是年作者四十二岁。这一年春，陆游在隆兴府任上被免官。他二月初离任，取陆路经临川、玉山入浙，于五月间抵里，开始了在三山西村的闲居时光。

陆游从三十四岁始入仕途，至今八年，其间调动频繁却始终得不到重用。正如钟嵘《诗品序》中所说，"气之动物，物之感人，故摇荡性情，形诸舞咏"，受外界环境变化影响，发为决绝之辞，似乎山穷水尽。但随后两句"新来有个生涯别，买断烟波不用钱"，将笔调宕开去，给自己一线转机，如无数失意之士理想受挫转而亲近大自然一样，陆游的排忧之法也是求得道家的精神支撑。唐李白《襄阳歌》曰："清风朗月不用一钱买。"苏轼《前赤壁赋》曰："唯江上之清风与山间之明月，耳得之而为声，目遇之而成色，取之无尽，用之不竭，是造物者之无尽藏也。"陆游对李白、苏轼等前贤超越苦难的方法深有会心，加以效仿。此外，在意气不得舒展、百无聊赖之际，陆游还传录了玉隆万寿宫道藏多卷，又自述得唐时道士饵松菊法。我们在为词人消释了悲愤、获得了心灵平衡感到庆幸的同时，也和读辛稼轩“却将万字平戎策，换得东家种树书”(《鹧鸪天》)的心情一样，为不合理社会制度对人才的压抑、迫害感到痛心。下片，词人对新近的“生涯”加以解释说明。市中买酒，江上采菱，画船听雨，是一幅幅令人向往的神仙图景！若没有这几句的描写，则前面的“买断烟波”成了空谈。

刘师培对放翁词的总体风格评价是：“屏除纤艳，清真绝俗，逋峭沉郁，而出以平淡之词，例以古诗，亦元亮、右丞之匹，此道家之词也。”(《论文杂记》)这首词极其鲜明地体现了该特色。放翁本是一个有着忧国忧民的火热情怀的红尘中人，把词写得如此有仙风道骨，犹如“热心人作冰雪文”，以冰雪浇火，愈见其内心炽热的火焰熊熊燃烧。艺术反衬，正话反说，寄寓了真情深慨，读者自当细辨。

临江仙

离果州作[①]

鸠雨催成新绿，[②]燕泥收尽残红。[③]春光还与美人同。论心空眷眷，[④]分袂却匆匆。[⑤]　　只道真情易写，[⑥]那知怨句难工。水流云散各西东。半廊花院月，一帽柳桥风。

【注释】

①果州：今四川省南充市，位于成都以东，嘉陵江西岸。②鸠：鸟名，亦称斑鸠、山鸠。鸠鸣时，往往有雨，俗以为降雨征候。陆游《秋阴》诗曰："雨来鸠有语。"又《连日云兴气浊雨意欲成西南风辄大作比夜月明如昼》诗："鸠自呼鸣蚓自歌。"自注："二者乡人以为雨候。" ③"燕泥"句：意谓花落成泥，又被燕子衔去筑巢。 ④眷眷：依恋难舍。《诗经·小雅·小明》："睠睠怀顾。""睠睠"即"眷眷"。 ⑤分袂：离别。袂，衣袖。 ⑥只道：《诗词曲语辞汇释》卷四："犹云只知也。"

【品评】

词作于乾道八年(1172)，是年词人四十八岁。这一年年初，陆游受四川宣抚使王炎之聘，任宣抚使司干办公事兼检法官。春二月间，词人离夔州启程赴任。先溯长江西行至万州，弃舟再西行至果州，然后溯嘉陵江北上至广元。经果州时，正是春光烂漫；离果州时，已是红瘦绿肥。难以名状的伤春愁绪和淡淡的客子情怀构成了这首词的感情基调。

"鸠雨催成新绿，燕泥收尽残红"，写景言情，对仗精工，用词纤巧，充盈了清新流转之美，如果说有愁怀，这愁也是若隐若现，无端无名，不易捕捉。那斑鸠和家燕，一前一后，是春的信使，年年岁岁如约而至。斑鸠鸣叫催出了柳绿桃红，花落成泥被家燕衔了去做巢，完成一个春的周期。与北宋大词家张三影的"数声鶗鴂，又报芳菲歇"(《千秋岁》)。似有异曲同工之妙。"催成"、"收尽"，既是写春光春鸟，同时也绾合了词人的感受，有比兴的成分在里面，但笔触收放自如，毫不见人工牵连的痕迹。“春光”三句，因眼前之景寓目经心，而联想及自身。这次到果州，来去匆匆，如同春光乍现，难以留住。“美人”之喻，殊觉精彩。自然界最美好的莫过于春光，人世间最美丽的则非美人莫属。以美人比春光，正写出春天惊鸿一瞥的美。有了这些铺垫，“论心空眷眷，分袂却匆匆”的抒情就有了着落。人生聚散离合，唯因相聚太美丽又太短暂，离别才能给人空落落之感。

下片侧重传情。“只道真情易写，那知怨句难工”，落脚点在一个“怨”字。唐代韩愈《荆潭唱和诗序》曰：“欢愉之辞难工，而穷苦之音易好也。”词人这里正是反用其意。不过怨情过于浓烈的话，还有待于词人用功力将其稀释，否则情感郁结，如水彩凝结于一处，再美丽的景致也是“意态由来画不成”。词人好似一个丹青高手，先在画布上涂一笔重彩，然后再蘸上清水，将它一点一点点染调匀，这离怀别绪也就获得了感人的生命力。春去春来，人聚人散，都是难以改变的现实，“水流云散各西东”，都是无可奈何的事。能够把握的唯有这眼前的“半廊花院月，一帽柳桥风”而已。以“廊”和“帽”做量词，修饰月和风，确实别开生面，给人以“陌生化”的审美效果。

陆游的婉约词，前人评价不低。刘克庄谓其词“流丽绵密者，欲出晏叔原、贺方回之上”，明代杨慎则谓“放翁词纤丽处似淮海”，都认为陆游婉约词接近北宋著名词家秦观、晏几道、贺铸，这三人词风接近，都是流丽绵密的。这首《临江仙》词，展示了陆游多愁善感的才子形象，也展示了其在婉约词创作上深厚的艺术功力。当然，陆游写词只是驱遣才情，写婉约词更是游戏笔墨，其人生理想本不在做一个诗人或词人，不过种瓜顺便种豆，无意中成了南宋词坛不可忽视的大家，恐非放翁的本意吧！

卜算子

咏梅

驿外断桥边，[1]寂寞开无主。已是黄昏独自愁，更著风和雨。[2]　　无意苦争春，[3]一任群芳妒。[4]零落成泥碾作尘，只有香如故。

【注释】

①驿：指驿站、驿馆。古时供往来官员住宿或换马的交通站。断桥：残破或断毁的桥梁。　②著：受到，即“着”。　③苦：苦苦，极力。　④一任：任凭，犹口语“随便他怎样”，表示一种坚决和自信的口气。群芳：众多花卉。

【品评】

此词作年待考。

梅花在士大夫的心目中，因其不与凡花争艳又力斡春归的自然属性，而被赋予道德意味，成为君子高洁品格的象征。一般人都认为写梅花最擅场的，要数号称“梅妻鹤子”的林和靖，其实爱国诗人陆游对梅花的感情与林相比，更有过之而无不及。陆游一生创作了一百六十多首梅诗,堪称空前绝后的吟唱。

词一开篇就点出了梅的生存环境,可知它既不是官府中的梅,也不是名园中的梅,它的身份是一株生长在荒僻郊外的无人照管、也无人欣赏的野梅。它按照大自然的节令,抽枝、发芽、开花、落叶,一切都好像发生在天地玄黄、宇宙洪荒的太古时代,它带着亿万年来无人闻嗅的幽香走来,走进陆游的视野,使人一见倾心。日落黄昏,暮色朦胧,更兼风雨,这孑然一身、无人过问的梅花,何以承受这凄凉呢?群芳谱中,梅花个性最强、品格最高,它凌寒独自开、不与百花争艳的特点,正是陆游一生仕途蹭蹬而又不甘沉沦的写照,故成为词人的最爱。

上片重在对梅花外在生存环境的描绘,下片则专注于梅花所象征的精神世界的彰显。作为阳春的信使,梅花念兹在兹的是报春,而非争春。陆游则一生信奉"执事者各司其职",坚守士大夫的社会使命。结句更把梅花的高格推进一层。落花委地,与泥水混杂,它的香味,却永远如故,一丝一毫也改变不了。末句振起全篇,把前面梅花的不幸处境,成泥作尘的凄凉、衰飒、悲戚,一股脑儿抛到九霄云外去了。这就是中国士大夫追求的君子之德。他看似文弱,其实蕴涵着不可侵犯的人格力量。总之,精神、气节可以对抗淫威、对抗压迫、对抗邪恶,尽管不一定取胜,但它显示出的超越性的力量却是震古烁今,令当权者、邪恶势力畏惧胆颤。夏侯玄临刑东市而颜色自若,嵇中散"宁为玉碎、不为瓦全",陆放翁位卑而不忘忧国,陈三立在日军占领北平后绝食而死,朱自清宁可饿死不领美国的救济粮……一代代名士在死亡降临之际那杀身成仁的潇洒风姿,其实都是"零落成泥碾作尘,只有香如故"

的具体写照，化为千百年来中华民族的优秀品格。这样看来，这首词就不仅是陆游一生心曲的抒发，也可以说是古今士夫君子的人格肖像画，在梅花精神与士夫君子人格的双向建构中，陆游的传神写照功不可没。

汉宫春

初自南郑来成都作①

羽箭雕弓，忆呼鹰古垒，②截虎平川。③吹笳暮归野帐，④雪压青毡。⑤淋漓醉墨，⑥看龙蛇飞落蛮笺。⑦人误许，⑧诗情将略，⑨一时才气超然。　何事又作南来，看重阳药市，⑩元夕灯山。⑪花时万人乐处，⑫欹帽垂鞭。⑬闻歌感旧，尚时时流涕尊前。君记取，封侯事在，⑭功名不信由天。

【注释】

①南郑：地名，即今陕西省汉中市。　②呼鹰：呼唤训练好的猎鹰寻找猎物。古垒：古代的营垒。此处的古垒当指汉高祖刘邦庙附近的地方，这首词里把刘邦庙称作古垒，是强调南郑在军事上的重要性。　③截虎：截断虎的去路。平川：平原。　④野帐：搭设在野外的军营帐篷。　⑤青毡：覆在帐上的青色毛毡。　⑥淋

漓醉墨：酒醉以后做书，笔意饱满酣畅。 ⑦龙蛇：喻指灵活飞动的草书字迹。蛮笺：南方出产的名贵纸张，当指“蜀笺”。陆游的草书在当时颇负盛名，这两句是陆游对自己的草书自负的话。⑧误许：对别人称赞的谦词。 ⑨诗情将略：诗人的才情和将帅的韬略，包括了文才武略两方面。 ⑩重阳药市：宋代成都重阳节在玉局观一带摆设药市，蜀中所产药材都在那里销售交易。⑪元夕灯山：正月十五谓“上元”，其夕谓“元夕”。旧时以正月十三至十八日举行灯会，元宵是灯会高潮日。是时，燃放花灯，把扎制成的各种彩灯集中起来，堆叠悬挂，称为“灯山”。宋代成都的灯山相当繁盛。 ⑫花时：花会时节。成都风习，四月十九谓之“浣花日”，倾城皆出，赏花游览。 ⑬攲帽垂鞭：歪戴着帽子，垂着马鞭，从容而过。 ⑭封侯事：建立功勋封侯拜相的事业，这里当指驱逐金人收复北方失地的事业。

【品评】

词作于乾道九年(1173)以后。

乾道八年春，陆游从夔州奔赴南郑，在四川宣抚使王炎幕中任干办公事兼检法官。他跨马扬鞭，来往于岐渭秦陇之间，踏勘地形，了解民情，视察战备，为筹划北伐做积极的战略准备。不料，他与南郑前线“热恋期”还不到一年，王炎就被朝廷召回，幕府解散，陆游也被迫脱去戎装，来到成都做一名无所事事的闲散小官。这首词正是词人投闲置散后无奈心情的展示。

从前线退居成都，这里战备气氛全无，是一个歌舞升平的所在，致使他感到无所作为，心情郁闷。词的上片是对南郑生活的回忆，在短促有力的叙述中，令人想见词人意气风发的情怀。词人每写到射猎场面都是热血沸腾，因为在他心中，是把虎豹豺狼当做假想敌，故挽弓射猎，就好像真的同敌人刀兵相搏。陆游诗中多次出现“射虎”意象，其原型正发轫于南郑从戎时期。是否真的射过虎，实际上并不重要。重要的是，其在后人心目中的形象已经定型。“古垒”是汉高祖刘邦的庙，意义顿时上升，它关系着千年王气所在，故引人深省。词人又转换视角，写出军营中的文化生活。陆游是名重当时的书法家，尤擅以草书的龙蛇飞舞挥洒其豪放不羁的内心世界。上片写“梦回吹角连营”的从戎生活：练武、打猎、弄乐、书草，丰富多彩、生机勃勃。

下片转写现实，渲染出一派太平气象。但接着“闻歌感旧”，则打破了心中片刻的宁静，使自己复归于戚惶。孔老夫子曾自比为“丧家之犬”，以喻道孤；其实词人也正自视为“丧家之犬”。

这首词上片大开大合，写得神采飞扬；下片悲慨无奈，语意凝重酸楚。在强烈的对比映衬中，见出词人清醒的头脑、深厚的责任感。结句情见乎词，纯以气魄取胜，与词人率性而为的性情吻合，显出英雄之词的豪放本色。

夜游宫

记梦寄师伯浑[1]

雪晓清笳乱起，[2] 梦游处、不知何地。铁骑无声望似水。[3]想关河，雁门西，青海际。[4]　　睡觉寒灯里，[5]漏声断、月斜窗纸。[6]自许封侯在万里。[7]有谁知，鬓虽残，心未死？

【注释】

①师伯浑：四川眉山名士。才志高旷，隐居不仕，擅书法。陆游曾为其文集作序。　②"雪晓"句：这句是说雪后的早晨，军营里响起一片号角声音。笳：军中号角。清笳，悲凉的笳声。　③"铁骑"句：此句谓威武的骑兵列阵待命，看上去好像平静的河水一样肃穆。无声：队伍纪律严明，行军时没有嘈杂的声音。　④雁门西：雁门关（在今山西省代县境内）以西的地方。青海际：青海湖（在今青海省东部）一带地方。雁门、青海都是北宋时代西北边防重地，亦即"关河"的具体所指。　⑤睡觉：睡醒。　⑥漏声断：指水滴尽，声断绝，已到夜尽天明时刻。漏，古代以铜壶滴漏为计时的器具。　⑦自许：自我期许，志在恢复故土。

【品评】

词当为乾道九年（1173）以后作。乾道九年夏，作者自成都前往嘉州任代理知州，途经三苏故里时，结识了西蜀名士师伯浑，因惺惺相惜而一见如故。同年秋天，师伯浑来到嘉州看望陆游，相从十余日而去。陆游写了这首词寄给他。

词从虚处落笔，写梦境，却是以虚代实，从侧面反映南郑军中的生活。在一个大雪纷飞的清晨，胡笳之声从四面响起，词人沉浸在这清梦之中。只见浩浩荡荡的骑兵衔枚行进，军容整肃，从远处望就像一股浩瀚的铁流，正向前滚滚奔腾。此情此景，词人既陌生又似曾相识。说它陌生，因为词人出世时，“雁门西，青海际”已然沦为胡骑狼奔豕突的烽烟之地，词人的足迹并未亲临；说它似曾相识，是因为词人魂牵梦绕着故国疆土，曾千百次梦游至此。

下片落笔于梦醒后的生活真境，是抒愤。一觉醒来，铁骑、关河都不复存在，只有床畔一盏孤灯和窗外天空中一轮斜月。这是一幅过于凄清的图画。哲人曾经说，最大的悲剧莫过于梦醒了，却无路可走。陆游的处境似乎最为贴合。多少次梦中得意，梦醒失意。同样的乱世，同样的偏安，同样的率性名士，陆游身上就是催生不出来晋人那种脱略尘滓、游于太虚的玄学人格，红尘情怀、圣贤气象、家国忧思却一样不少，不知道后人是应该表示钦佩呢，还是表示同情？恐怕一言难尽。

渔家傲

寄仲高①

东望山阴何处是？往来一万三千里。写得家书空满纸。流清泪，书回已是明年事。　寄语红桥桥下水，②扁舟何日寻兄弟？行遍天涯真老矣。愁无寐，鬓丝几缕茶烟里。③

【注释】

①仲高:陆升之,字仲高,与陆游为同曾祖之从兄弟,较陆游年长十二岁。 ②红桥:一作“虹桥”,山阴近郊地名。 ③鬓丝:鬓发白色如丝。茶烟:烹茶时茶炉里冒出的轻烟。

【品评】

词为乾道九年(1173)或淳熙元年(1174)作。

仲高为陆游从兄,词翰俱妙,年少时即有才名。曾阿附权相秦桧而为士林所不齿,虽“道不同,不相与谋”,但作为有家族血缘关系的兄弟,陆游曾作《送仲高兄官学秩满赴行在》诗,指责他的行为有悖于道义,劝他及早抽身。秦桧死后,仲高亦遭贬谪,远徙雷州达七年之久,对往昔所为,始有悔悟。据《山阴陆氏族谱》,仲高死于淳熙元年(1174)六月,次年春陆游在成都始得讯,遂作《闻仲高从兄讣》诗。这首词,则见出陆游对家乡的思念和对家庭亲情的渴望,展示了其深情游子的角色。

陆游写此词时,离开故乡已有三四载,故开篇就是“东望山阴何处是? 往来一万三千里”,因家山万里而情飞神驰。因为相隔六七千里,书信往还不易,所以说“书回已是明年事”;也正是因为书信往还不易,故生无限怅惘之情,禁不住“流清泪”。

下片由思念家乡转入思念仲高。词人巧妙地借“寄语”流水来表达怀人之情。词由桥写到水,又由水引出扁舟,事实上是倒过来想乘扁舟沿流水而到红桥。“兄弟”一词,显得尤为亲切。仲高虽附逆秦桧,大节有亏,为此喝下了自酿的人生苦酒,但其晚年悔悟,一改前非,渡尽劫波后的一声“兄弟”,饱含了多少难写难画的真情啊！陆游离开南郑宣抚使司幕府后，经三泉、益昌、剑门、梓潼、绵州、罗江、广汉等地至成都；又以成都为中心，辗转往来于蜀州、嘉州、荣州等地，在奔波中年华渐逝，心情黯淡以至于产生飘忽迷茫之感，故接下去有“行遍天涯真老矣”之句。歇拍两句“愁无寐，鬓丝几缕茶烟里”，用杜牧《题禅院》诗典。陆游与杜牧，在理想抱负、生平遭际与性情气质诸方面，多有契合，信手拈用其诗，如同已出，用典了无痕迹。中国人有句俗语“金窝窝，银窝窝，不如自家的泥窝窝”。人到老年，此情尤甚。陆游写这首词的时候，正是“奔五”的当口，又兼事业无成，思故乡怀亲人，白发游子借此作为抚平心灵创伤的安慰剂。

“我住长江头，君住长江尾。日日思君不见君，共饮长江水。”想必陆游此时的怀乡怀人之情，正如他的前辈词人李之仪一样，惟有借助于这一江东流水来传达吧！

南乡子

归梦寄吴樯，[①]水驿江程去路长。想见芳洲初系缆，[②]斜阳，烟树参差认武昌。　　愁鬓点新霜，曾是朝衣染御香。[③]重到故乡交旧少，凄凉，却恐他乡胜故乡。[④]

【注释】

①吴樯：来往江南的船只。《剑南诗稿》卷五《秋思》有句云：“吴樯楚舵动归思，陇月巴云空复情。”　②芳洲：指鹦鹉洲，在武

昌黄鹤楼东北长江中。唐人崔颢《黄鹤楼》诗云:“晴川历历汉阳树,芳草萋萋鹦鹉洲。” ③朝衣染御香:谓进皇宫朝拜天子,所穿的朝衣上沾有宫中的香气。唐人贾至《早朝大明宫呈两省僚友》诗有句云:“剑珮声随玉墀步,衣冠身惹御炉香。” ④他乡胜故乡:杜甫《得舍弟消息》诗云:“乱后谁归得,他乡胜故乡。”

【品评】

词作于淳熙五年(1178),是年作者五十四岁。陆游乾道六年入川,至淳熙五年五十四岁出川,在蜀地前后共九年。这九年中,他不断怀念故乡。本篇就是一首归家途中的怀乡之作,地点在近武昌的船上。

词人一开篇就表达了思归之意。这里的归,有双重含义:是归乡,也是归朝。故乡山阴与宋都临安相去不远,故归乡与归朝可以融而为一。宋孝宗淳熙五年春正月,孝宗皇帝念陆游长久在外,召之东下。二月末,陆游奉诏自成都东归,顺江而下,秋,抵行在。一路“水驿江程”。一条大江,一头一尾,成都和临安,联结着词人的行止,牵系着词人的旅思和乡愁;江水有多长,词人的归梦就有多长。当船只还在江中行驶的时候,词人的心早已跃动到下一个驿站了。在一个斜阳残照的傍晚,船只终于停泊到了武昌,陆游此番顺水而下,船速想必不慢,但词人归思难收,将要经过武昌时早已想到那里的黄鹤楼、鹦鹉洲和斜阳烟柳中参差可见的武昌城了。

下片词人思绪铺展开去,由上片急迫、活跃的心态转而为焦虑、不安。词人的愁鬓新霜原来正为那朝廷而起啊!入蜀九年,前几年在王炎幕府做幕僚，总算不曾虚度，生命中也因此增加了可怀可感的闪光之点。此番归去，是皇帝下诏钦点，不能不令他产生联想，从而激起久已熄灭的理想之火。正因满怀希望又心怀忐忑，才有近乡情更怯的矛盾心态。“却恐”二字，写尽了一路的担心害怕。谁料词人的预感果然准确，刚刚到达京城，皇帝朝对之后，立即除官“提举福建路常平茶盐公事”，悬揣了一路的希望，就这样顷刻间化为泡影。这一年冬天，陆游带着更加凄凉的心情上路了。

蝶恋花

桐叶晨飘蛩夜语。[①] 旅思秋光，[②] 黯黯长安路。忽记横戈盘马处，[③] 散关清渭应如故。[④]　　江海轻舟今已具。[⑤] 一卷兵书，[⑥] 叹息无人付。早信此生终不遇，当年悔草《长杨赋》。[⑦]

【注释】

①蛩：蟋蟀。　②思：心情，情绪。　③“忽记”句：《剑南诗稿》卷十一《忆山南》（第一首）：“貂裘宝马梁州日，盘朔横戈一世雄。”横戈盘马：指作者在南郑的那一段军旅生活。横戈：执戈，挥戈。盘马：骑在马上左右盘旋，前冲后突。　④散关：故址在今陕西省宝鸡西南大散岭上，为宋金交界处。渭：渭水，源出甘肃省渭源，流经陕西省，东流入黄河。　⑤江海轻舟：此指隐居。杜甫

《自京赴奉先县咏怀五百字》诗:“非无江海志,潇洒送日月。”苏轼《临江仙》词:“小舟从此逝,江海寄余生。” ⑥“一卷兵书”句:汉张良曾于下邳圯上得一老父赠予《太公兵法》一编,后佐刘邦成就帝业。见《史记·留侯世家》。 ⑦长杨:西汉宫殿名。成帝尝游幸长杨宫,纵胡客大校猎,辞赋家扬雄作《长杨赋》,对成帝的行为进行讽谏。作者这里是把自己向南宋朝廷上书献抗金计策,比作扬雄写作《长杨赋》。

【品评】

词当作于淳熙五年(1178)秋。淳熙五年,孝宗皇帝召陆游东归,抵行在,除提举福建路常平茶盐公事。词约作于授官之后。

上片侧重写景叙事。“桐叶”三句,是“秋风吹渭水,落叶满长安”(贾岛《忆江上吴处士》)的意境。桐叶蛩语,一派凄凉景况,对于离人骚客,正是触发旅思的凄美之景。“黯黯”一词,语涉双关,既是对“长安路”街景的描画,更是对词人心境的概括。境由心生,词人心境黯淡,抬头远望,将情绪折射到无边的秋光之上。“长安”,用了古代作品中常见的借代手法,此当指京师临安。写到此处,词人的思绪似乎发生一点紊乱,处于“意识流”的状态,由眼前的临安秋光一下子回溯到万里之遥的散关、渭水的塞外秋光。如刘勰《文心雕龙·神思》篇所称:“寂然凝虑,思接千载;悄然动容,视通万里。”文艺想像早已超越了时空极限。散关、清渭是宋金交战前线,也是陆游一生倾情的地方,陆游创作中多次提及这个地方。“应如故”,透露出一种期待,这期待是一种不确定的期待,是一种生怕它不如故的期待。

词人带着忐忑不安的心情由成都东归，虽天意难测，但在绝望中仍心存一丝侥幸。但随即而来的现实，无异于当头一盆凉水，那一刻彻骨心寒！下片着重于抒怀议论。“江海轻舟”三句既可以正读，也可以反读。正读可理解为，词人已经做好了隐居江湖的心理准备，只是其平生为王前驱的万里之心再也没有人了解，使人叹息；反读即把它看成倒装用法，因为“一卷兵书，叹息无人付”，才决计“江海轻舟今已具”。也就是说，因才能无处交付，才作江湖之想。第二种理解似乎更为积极一些。结句以激愤作结，情见乎词，词人的率意性格暴露无遗。有论者将这两句与稼轩《鹧鸪天》中的“却将万字平戎策，换得东家种树书”相比，认为辛词沉郁委婉，陆词直率激昂。有理。无论是放翁词还是稼轩词，都是战士之词、英雄之词，充满了阳刚之气。但两相比较，辛弃疾是长时期担任军事统帅的领袖型人物，友人陈亮认为他为人“沉重寡言”，这就使其养成了一种深沉含蓄的胸襟气度。而陆游性格比较疏放直爽，甚至趋向颓放。其《蝶恋花》词，几度跳跃，回环往复，神气俱足，艺术上颇有独特之处。

诉衷情

当年万里觅封侯，① 匹马戍梁州。② 关河梦断何处，③ 尘暗旧貂裘！④　　胡未灭，鬓先秋，⑤ 泪空流。此生谁料，心在天山，身老沧州。⑥

【注释】

①当年：犹言早年。万里觅封侯：用《后汉书·班超传》“当封侯万里之外”的典故，表示要建功立业的志愿。 ②匹马：单骑，指独自从军。戍：戍守、镇守，亦指从军。梁州：今陕西汉中一带，这里指南郑。 ③关河：关塞、河流，泛指边界地区，抗金战争的前线。梦断：梦醒，这里含有杀敌报国的希望已经破灭的意思。何处：难以追寻的意思。 ④“尘暗”句：这是说貂裘已为灰尘所封，故颜色黯淡。这里是用苏秦的典故。《战国策·秦策一》载：苏秦“说秦王书十上而说不行，黑貂之裘敝，黄金百斤尽，资用乏绝，去秦而归”。 ⑤鬓先秋：谓年已衰老，鬓发凋零。 ⑥天山：绵亘于新疆地区的山脉，这里是用以指代西北宋金交界的前线。沧洲：水滨之地，这里指代作者的故乡镜湖。

【品评】

词当在淳熙十六年(1189)末罢归山阴以后作。

词上片着眼于时间上的对比。“当年万里觅封侯，匹马戍梁州”，这两句是对早年从戎生活的高度缩写，也是对自己一生抱负的精炼概括。内心深处喷薄欲出的战斗豪情和长期受到压制而激发出的悲愤，交织冲撞、此起彼伏，形成一股巨大的情感磁力，开篇发语既已不凡。封侯、戍边，这是古今男儿心向往之的宏大、潇洒的人生。孝宗乾道八年(1172)，陆游曾入王炎幕府，驻军于南郑。南郑附近有梁山山脉，故其地亦称“梁州”。陆游的诗词作品中，多有追怀南郑军旅生活之作，且每以梁州称之，如《剑南诗稿》卷十八《频夜梦至南郑小益之间慨然感怀》云：“客枕梦游何处所？梁州西北上危台。”“关河梦断何处，尘暗旧貂裘”，则写出理想落空后的巨大情感反差。随着南宋政权中主和派势力占上风，王炎被调回，陆游的从军梦戛然惊醒。

下片则着眼于空间上的对比。过片一连用了三个对偶短句“胡未灭，鬓先秋，泪空流”，语气一句紧接一句，语意则越发率意直露。它承接了上片“关河梦断”的残酷事实而加以深化。词人因关河梦断、理想断绝而老泪纵横。本来应该说“鬓先白”，按照阴阳五行学说，“秋”和“白”都属“西方庚辛金”之象。这“秋”字，不仅是为了押韵，更是为了倾吐词人深入骨髓的一缕衰飒寒意。“此生谁料，心在天山，身老沧州”，更明确地揭示出心和身、理想和现实的矛盾。词人毕竟是儒家思想塑造出的有责任感的士人，即便在大雾弥天、宵寒彻骨的惨痛岁月里，依然没有忘记家国。词人要突破现实的束缚而臻于理想自由的境界，这就形成了巨大的情感张力。

时间的跳跃和空间的跨越相互交错，使这首词具有十分丰富的内涵，有力地表现了英雄已老而壮志未酬的悲愤心情。刘克庄评陆词曰：“放翁长短句，其激昂慷慨者，稼轩不能过。”（《后村诗话续集》）可谓精当。辛词同样激昂慷慨，但更显沉郁顿挫之气。陆游上承东坡，下启稼轩，在南宋词坛自成一家，占有不可忽视的地位。

文 选

烟艇记[1]

陆子寓居,得屋二楹,[2]甚隘而深,[3]若小舟然,名之曰烟艇,客曰:"异哉!屋之非舟,犹舟之非屋也。以为似欤?[4]舟固有高明奥丽逾于宫室者矣,[5]遂谓之屋,可不可耶?"[6]陆子曰:"不然。新丰非楚也,[7]虎贲非中郎也,[8]谁则不知?意所诚好而不得焉,[9]粗得其似,则名之矣。因名以课实,[10]子则过矣,而予何罪!予少而多病,自计不能效尺寸之用于斯世,盖尝慨然有江湖之思,而饥寒妻子之累劫而留之,[11]则寄其趣于烟波洲岛苍茫杳霭之间,[12]未尝一日忘也。使加数年,男胜锄犁,女任纺绩,衣食粗足,然后得一叶之舟,伐荻钓鱼,[13]而卖芰芡,[14]入松陵,[15]上严濑,[16]历石门沃洲而还,[17]泊于玉笥之下,[18]醉则散发扣舷,为吴歌,顾不乐哉!虽然,万钟之禄,[19]与一叶之舟,穷达异矣,而皆外物,吾知彼之不可求而不能不眷眷于此也。其果可求欤?意者使吾胸中浩然廓然,[20]纳烟云日月之伟观,揽雷霆风雨之奇变,虽坐容膝之室而常若顺流放棹,[21]瞬息千里者,则安知此室果非烟艇也哉!"绍兴三十一年八月一日记。

【注释】

①烟艇:云烟中的小船,此指屋名。 ②寓居:陆游于绍兴三十一年七月在临安租屋居住,因此称寓居。楹:计算房屋的单位,一列称一楹。 ③隘:狭窄。 ④以为似欤:认为它像吗? ⑤高明奥丽:高亮深丽。逾:超过。 ⑥可不可耶:(就称它做"屋")可不可以呢? ⑦新丰非楚:汉高祖刘邦是楚地丰县人,称帝以后建都长安。太上皇思念家乡、故人,凄怆不乐。刘邦便建新丰县,把在楚地丰县的故人搬来,太上皇乃悦。丰县位于今江苏西北。新丰故城在今陕西临潼东。 ⑧虎贲:武士。中郎:即中郎将,汉代名士蔡邕曾任此职。蔡邕被王允所杀,他的朋友孔融看到虎贲士貌似蔡邕,酒酣,让武士与他同座饮酒,并说:"虽无老成人,且有典型。"(见《后汉书·孔融传》) ⑨意所诚好而不得焉:心中实在喜欢,但是得不到。 ⑩因名以课实:顺着名去求实。 ⑪累劫:屡次遭到灾祸。 ⑫杳霭:深远密集的云气。 ⑬荻:多年生草本植物,与芦苇同科异种。生水边及路边。 ⑭芰:菱角。芡:指芡实,一名鸡头。两种都是夏天食物。 ⑮松陵:地名,在今浙江绍兴、桐庐之间。 ⑯严濑:指严子陵隐居之处,在今浙江桐庐南。 ⑰石门:山名,在浙江青田西。沃洲:山名,在今浙江嵊州。⑱玉笥:山名,会稽山的主峰,在浙江绍兴东南。 ⑲万钟之禄:泛指古代高级官员俸禄。钟:容器名,六斛四斗为一钟。 ⑳浩然廓然:宽阔广大的样子。 ㉑容膝之室:室小仅能容双膝。形容房屋极其狭小。棹:摇船的用具,这里指船。

【品评】

绍兴三十一年(1161)陆游三十七岁时作此文,当时陆游在临安任敕令所删定官。

陆游出仕先为福建宁德县主簿,后卸职北归在临安任敕令所删定官,赁屋而居。文中他把寓居二楹取名为“烟艇”,使人感到眼前一亮,作者正是利用人们的好奇心理而发询问,并在客与主之间展开问答,从而形象生动地展示其现实生活状况,抒写对烟波洲岛隐居生活的向往。

文章可分为三层。开头到“可不可耶”为第一层,通过客之提问引起全篇。烟艇者,烟波浩渺之江上小舟也,引人无限联想,对于士大夫而言,是一个有着特定象征意义的文字符号。客乃虚拟人物。借以完成客主对话。从“陆子曰”到“醉则散发扣舷,为吴歌,顾不乐哉”,为第二层,是“主”的回答,表明了称名“烟艇”的真实用心。作者交代自己从小就有隐居江湖之思,只是由于妻儿家庭拖累,才隐忍市廛,至于今日。这就有点像陶渊明“误入尘网”,陶渊明自道是因为“家贫,耕植不足以自给。幼稚盈室,瓶无储粟,生生所资,未见其术”(《归去来兮辞》)。陆游则因“饥寒妻子之累劫而留之”,生存压力是相同的。但陆游随之强调,待自己的家庭责任完成,便可以真正地与烟艇为伴,散发江湖,了此一生。这是陆游对未来生活的设想,也可以说是古今倦游仕子心灵的歌吟,在历代都能发现其同调,蔚成上下千古的精神共鸣。从《诗经·陈风》的“衡门栖迟”到魏末名士的“林下风流”,从兰亭名士的“曲水流觞”到陶渊明的“采菊东篱”,特别是北宋名士苏东坡的江上哲思,无不对陆游产生影响。从“虽然”到文章结束,为第三层，继续深化“烟艇”的精神内涵。作者认为“万钟之禄”与“一叶之舟”，虽穷达异势，但都是外物，终难把握，自己能把握的，就是精神世界中的烟艇。陆游虽值盛年，但人生道路颇为坎壈，“薄霄愧云浮，棲川怍渊沉”（谢灵运《登池上楼》），因进退失据而发为深沉酸楚之叹。南朝宗炳图绘天下奇观于壁上，以待老年之神驰目游；陆游命居室以“烟艇”，岂无借烟艇“澄怀味道”的意思在？

这是一篇结构精巧而妙趣横生的小品文。通过主客问答、抑客伸主的方式传达作者的情怀，由居室之命名为烟艇，引出作者在烟波洲岛中寄托人生的烟艇；又由江湖烟艇的不可骤得，转到精神世界的烟艇，语意转折推进，完成了一个循环，有一唱三叹之妙。

代乞分兵取山东札子[1]

臣等恭睹陛下特发英断，[2]进讨京东，[3]以为恢复故疆，[4]牵制川陕之谋。[5]臣等获侍清光，[6]亲奉睿旨，[7]不胜欣忭，[8]然亦有惓惓之愚，[9]不敢隐默者。窃见传闻之言，多谓虏兵困于西北，不复能保京东，加之苛虐相承，[10]民不堪命，王师若至，可不劳而取。若审如此说，[11]则吊伐之兵，[12]本不在众，偏师出境[13]，百城自下，[14]不世之功，[15]何患不成。万一未至尽如所传，虏人尚敢旅拒，[16]遗民未能自拔，[17]则我师虽众，功亦难必。而宿师于外，[18]守备先虚，我犹知出兵京东以牵制川陕，彼独不知侵犯两淮、荆、襄以牵制京东耶？[19]为今之计，莫若戒敕宣抚司以大兵及舟师十分之九固守江淮，[20]控扼要害，[21]为不可动之计；以十分之一，遴选骁勇有纪律之将，[22]使之更出迭入，[23]以奇制胜。俟徐、郓、宋、亳等处抚定之后，[24]两淮受敌处少，然后渐次那大兵前进。[25]如此，则进有辟国拓土之功，退无劳师失备之患，实天下至计也。盖京东去虏巢万里，彼虽不能守，未害其疆；两淮近在畿甸，[26]一城被寇，[27]尺地陷没，则朝廷之忧，复如去岁。[28]此臣所以夙夜忧惧，[29]寝不能瞑，[30]而为陛下力陈其愚也。且富家巨室，未尝不欲利也，然其徒欲贾于远者率不肯以多赀付之，[31]其意以为山行海宿，[32]要不可保，若倾囊而付一人，或一有得失，悔其可及哉！此言虽小，可以谕大，愿陛下留神察焉。臣等误蒙圣慈，待罪枢管，[33]攻守大计，实任其责。伏惟陛下照其愚忠。臣等不胜幸甚，取进止。[34]

【注释】

①代乞分兵取山东札子：本篇是陆游代当时的兼枢密使陈康伯和知枢密院事叶义问等所作的一篇公文。乞：求。札子：古代的一种公文，官员向上进言议事用，略同发言提纲。 ②英断：英明决断。 ③京东：宋代有京东路，其地包括今河南开封、商丘一带，江苏徐州以北，以及山东黄河以南全境。东京陷落后，均为金人占据，遂改称山东路。 ④故疆：原有的疆土。 ⑤川陕：指今四川及陕西南部，当时受到金军的威胁。 ⑥清光：清明的光辉，

对人的敬词。 ⑦睿旨:圣明的主意。古代颂扬皇帝的用语。⑧欣忭:喜悦。 ⑨惓惓:同“拳拳”。诚恳、深切的意思。 ⑩苛虐:残酷暴虐的刑政。 ⑪审:细究。 ⑫吊伐:吊民伐罪的略语,安慰受难的人民,讨伐罪孽深重的敌人。 ⑬偏师:部分军队。 ⑭下:攻克。 ⑮不世:不是每代都有的。 ⑯旅拒:聚众抗拒。 ⑰遗民:指沦陷区的人民。自拔:自己主动从恶劣的环境中脱身。 ⑱宿师于外:在外地驻扎军队。 ⑲两淮:宋有淮南东路、淮南西路。略当今江苏、安徽两省长江以北、淮水以南的地区,略称两淮。荆、襄:今湖北荆州、襄阳一带。 ⑳戒敕:指令。宣抚司:宋代在准备对外作战的时期,临时驻宣抚使,其机构称宣抚司。舟师:水军。江淮:长江、淮河流域。 ㉑控扼:控制把守。 ㉒遴选:挑选。骁勇:勇猛矫健。 ㉓更出迭入:轮流交替着出入。㉔徐:徐州,治所在今江苏徐州。郓:郓州,宋代为东平府,治所在今山东郓城。宋:宋州,宋代为南京应天府,治所在今河南商丘。亳:亳州,治所在今安徽亳州。 ㉕渐次:逐步。那:同“挪”,移动。 ㉖畿甸:京城千里以内称王畿,其外方五百里为侯服,又其外方五百里为甸服。南宋以临安为都城,因此淮南东西两路,都在畿甸之内。 ㉗寇:侵犯。 ㉘朝廷之忧,复如去岁:指绍兴三十一年(1161)金主完颜亮发动大军南侵,直至瓜洲及采石矶准备渡江事。 ㉙夙夜:朝夕。 ㉚瞑:合眼。 ㉛贾:做生意。赀:财物。 ㉜山行海宿:比喻路途艰难遥远。 ㉝枢管:陈康伯等领导枢密院,相当于今之国防部,对于国家军事计划负责,因此自称待罪枢管。枢,门的转轴。管,钥匙。 ㉞取进止:听候决定。

【品评】

绍兴三十二年(1162)陆游三十八岁,任枢密院编修官时作此文。这虽然是一篇代枢密院长官所拟的官方文件,却以缜密劲健的笔力,展示了深思熟虑的政治家形象。本年六月,宋孝宗赵昚即位,计议以大军进讨京东,恢复故土。对此,枢密院提出了建议。文中提出:不能轻举妄动,必须以重兵扼守江淮,然后以十分之一的兵力,对敌后方进行奇袭,牵制敌兵,俟奇袭得手,后方巩固,然后才能推动大军前进。

从开头到“不世之功,何患不成”,为第一层,对皇帝北伐大计大加赞赏。宋代皇帝,除开国之初的两位马上皇帝兼有文治武功外,其余率多尚柔守文,他们艺术造诣虽日渐精进,雄图霸略则每况愈下,孝宗赵昚似乎是一个异数。计议北伐,对于天下慷慨之士而言,是一个欢欣鼓舞的消息。可以想见,天下被压抑了太久的主战派士人,必将如久蛰的虬龙逢春而起,又如久枯的老树遇雨抽芽!但这是基于传言而发出的动议,怎可尽信?当然,从社会学的角度看,传言甚至是谣言,也可能反映了某种社会真实,俗话说“无风不起浪”。但是,“国之大事,在祀与戎”,北伐大业并非儿戏,传言可听但不可从。传言的结局无非两种,一是真,一是假。如果是真的,“则偏师出境,百城自下,不世之功,何患不成”。当然,传言也可能是捕风捉影,与现实不符,那就有倾舟覆车之危。应该说,陆游的思考是深刻的、全面的,呈现出了不同于豪情纵放诗人的沉稳政治家的一面。耐人寻味的是,陆游晚年乡居山阴,经常听到一些外面的传闻,不外乎金兵内部怎么发生内讧了,战争如何打胜了,等等。有些甚至还是子虚乌有的谣传,他凭着诗人的热情和想像，把它们融入诗料，写出了一些看似激动人心而并非真实的浪漫诗篇。这是因为“身为野老已无责”，个人抒情不影响国事大体，所以借谣传抒泄内心需求，谣传就谣传吧，权当自娱自乐。但作为位居庙堂的政治家，出言则必须慎之又慎。为文与为诗的区别、政治家和诗人的职司分野，尽在是矣。

从“为今之计”到文章结束，为第二层，提出正面观点，就是以大军固守江淮，再以十分之一的奇兵轮番进出敌区骚扰，牵制敌人，然后再图恢复。作者以做生意作比：“若倾囊而付一人，或一有得失，悔其可及哉！”这有点像今天风险经济学讲的，不要把鸡蛋放在同一个篮子里，这是用来说明，南宋把全部兵力用来出击京东，就好像把所有的家财都拿去做生意，一旦不能化解风险，则大厦倾覆为时不远。

陆游是一个诗情兼具将略的士人，他“位卑未敢忘忧国”，无论是身处草泽，还是僵卧孤村，都不能泯灭其对国家、对民族的炽热情怀。并且，这份情意并不是书生式的故作大言，而有对国运的深入思考作基础，几十年来北窗青灯下坚持不懈地夜读兵书，政治家的理性思考得以不断彰显，进而奠定了其中华民族精神人格层面“塞上长城”的牢固地位！

铜壶阁记

天下郡国，[1]自谯门而入，[2]必有通逵达于侯牧治所，[3]惟成都独否。自剑南、西川门以北，皆民庐、[4]市区、军垒。

折而西，道北为府，[5]府又无台门，[6]与他郡国异。考其始，盖自孟氏国除，[7]矫霸国之僭侈而然。[8]至蒋公堂来为牧，[9]乃南直剑南、[10]西川门西北，距府五十步，筑大阁曰铜壶，事书于史。崇宁初，[11]以火废。政和中，[12]吴公拭因其矩，[13]复侈大之，雄杰闳深，始与府称。淳熙二年夏六月，今敷文阁直学士范公以制置使治此府。[14]始至，或以阁坏告，公曰："失今不营，后费益大。"于是躬自经画，趣令而缓期，[15]广储而节用，[16]急吏而宽役。[17]一旦崇成，[18]人徒骇其山立翚飞，[19]業然摩天，[20]不知此阁已先成于公之胸中矣。夫岂独阁哉？天下之事，非先定素备，[21]欲试为之，事已纷然，始狼狈四顾，经营劳弊，其不为天下笑者鲜矣。方阁之成也，公大合乐，[22]与宾佐落之。[23]客或举觞寿公曰[24]："天子神圣英武，荡清中原，公且以廊庙之重，[25]出抚成师，北举燕、赵，[26]西略司、并，[27]挽天河之水以洗五六十年腥膻之污，[28]登高大会，燕劳将士，[29]勒铭奏凯，[30]传示无极，[31]则今日之事盖未足道。"识者以此知公举大事不难矣，其可阙书！[32]四年四月己卯朝奉郎主管台州崇道观陆某记。

【注释】

①郡国：指州府诸城。 ②谯门：又称谯楼，古时建筑在城门上，可以瞭望敌情。 ③通逵：大道。侯牧治所：地方长官的公署。 ④民庐：民间小屋。 ⑤府：官署。 ⑥台门：官署有高台的大门。 ⑦孟氏：五代蜀国主。后唐应顺元年(934)，孟知祥据

成都称帝，传至子孟昶，于宋乾德三年(965)亡国。 ⑧“矫霸国”句：这句是说，是为了纠正孟氏越位的不正当行为而建成的。矫：纠正。僭侈：越位的邪行。 ⑨蒋堂：宜兴人，宋真宗时知益州。⑩直：通“值”，当。 ⑪崇宁：宋徽宗年号(1102—1106)。 ⑫政和：宋徽宗年号(1111—1118)。 ⑬吴拭：拭，当作栻。瓯宁人，徽宗时帅成都。 ⑭淳熙：宋孝宗年号(1174—1189)。范公：范成大，吴郡人，孝宗时任四川制置使。 ⑮趣令而缓期：急速下令而限期从容。 ⑯广储而节用：准备充足而用度节省。 ⑰急吏而宽役：对官吏要求严格而役使人民宽容。 ⑱崇成：意谓高高地出现于地面。 ⑲山立：形容阁的高耸。翚飞：指富有动态感的斗拱飞檐犹如五彩的野鸡飞动。 ⑳業(yè)然：高耸的样子。㉑先定素备：事先早有准备。 ㉒大合乐：举行盛大的宴会。㉓落之：举行落成典礼。 ㉔举觞寿公：举杯向范公敬酒。寿，名词作动词用，庆祝的意思。 ㉕廊庙之重：朝廷的重任。廊庙，庙堂，指朝廷。古代国家大事，例在太庙里决定。 ㉖燕、赵：指今河北及山西部分地区。 ㉗司：司州，故治在今河南洛阳。并：古代并州大致相当于今山西省。 ㉘五六十年腥膻之污：指被金人统治的五六十年。自靖康元年(1126)至今淳熙四年(1177)，已是五十二年，故说五六十年。 ㉙燕劳：设宴犒劳。燕，通“宴”。㉚勒铭奏凯：把记录战功的铭文，刻在石碑上。 ㉛传示无极：永远传给后代看。 ㉜其可阙书：难道可以缺少记载吗！

【品评】

淳熙四年(1177)陆游五十三岁，罢官居成都时作此文。范成大与陆游是知交。淳熙二年(1175),范成大任四川制置使,招陆游担任参议官,他们之间有着深厚的友谊。范成大是诗人,有爱国思想,但他对收复失地缺乏热情。陆游是个积极的抗战派,不时地提出北伐主张,时刻表现出收复失地的愿望。淳熙四年,范成大在成都所修建的铜壶阁落成。阁的建成,类似于地方上装点门面的“形象工程”。陆游撰写这篇文章,一方面颂扬了范成大在修“阁”中的魄力和才能,认为做任何事和修阁一样必须“先定素备”,成竹在胸。另一方面,陆游通过客之口委婉地指出,范成大作为廊庙之重,应该推及建阁的能力于北伐大业之中。这样,文章的格调就比一般的应景之作高出一筹。

文章可分三层。从开头至“雄杰闳深,始与府称”为第一层,追溯铜壶阁的历史。从“淳熙二年夏六月”到“其不为天下笑者鲜矣”为第二层,重点介绍范成大建铜壶阁的经历,并引申出天下之事须“先定素备”的道理。范成大治成都,有人告以阁坏,范曰:“失今不营,后费益大。”这看似漫不经心,其实笔底春秋,是陆游一腔心曲的真实流露。其次,又介绍范成大在建阁上表现出的行政驾驭能力,具体说来,就是“于是躬自经画,趣令而缓期,广储而节用,急吏而宽役”。但作者的重点并不是赞美范成大的德政,而是为了水到渠成地点出“夫岂独阁哉?天下之事,非先定素备,欲试为之,事已纷然,始狼狈四顾,经营劳弊,其不为天下笑者鲜矣”的古今至理。这样,建阁的意义远远超越了阁之本身。从“方阁之成也”到文章结束为第三层,正式点出激励好友范成大北伐收复,立功勒石的用意,指出范成大修铜壶阁不过为“天下之事”中之区区小者,只有荡清中原、洗尽腥膻,才是国之大事。范成大修阁过程中表现出了行政指挥能力，应该在北伐大业中建树更大的功业。这样，既称赞了范成大，暗中又施加了一定的心理压力，颇似激将法，企盼老友奋起！

文章名为“铜壶阁记”，可对铜壶阁的外形，只是一句“一旦崇成，人徒骇其山立翚飞，业然摩天”轻轻带过，而把重点放在议论说理。记为老友而作，但其中却自有褒贬，议论贴切，分寸得当，而字里行间又热情洋溢。

书巢记

陆子既老且病，犹不置读书，名其室曰书巢。客有问曰：“鹊巢于木，巢之远人者；燕巢于梁，巢之袭人者。凤之巢，人瑞之；枭之巢，[1]人覆之。雀不能巢，或夺燕巢，巢之暴者也。鸠不能巢，伺鹊育雏而去，则居其巢，巢之拙者也。上古有有巢氏，[2]是为未有宫室之巢。尧民之病水者，[3]上而为巢，是为避害之巢。前世大山穷谷，中有学道之士，栖木若巢，是为隐居之巢。近时饮家者流，[4]或登木杪，[5]酣醉叫呼，则又为狂士之巢。今子幸有屋以居，牖户墙垣，犹之比屋也，[6]而谓之巢，何耶？”陆子曰：“子之辞辩矣，顾未入吾室。吾室之内，或栖于椟，或陈于前，或枕藉于床，[7]俯仰四顾，无非书者。吾饮食起居，疾痛呻吟，悲忧愤叹，未尝不与书俱。宾客不至，妻子不觌，[8]而风雨雷雹之变有不知也。间有意欲起而乱书围之，如积槁枝，或至不得行，则辄自笑曰：'此非吾所谓巢者耶？'"乃引客就观之。客始不能入，既入又不能出，乃亦大笑曰："信乎其似巢也。"客去，陆子叹曰："天下之事，闻者不如见者知之为详，见者不如居者知之为尽。吾侪未造夫道之堂奥，自藩篱之外而妄议之，[9]可乎？"因书以自警。淳熙九年九月三日甫里陆某务观记。[10]

【注释】

①枭之巢：枭：猛禽。古人以为不祥之鸟，故覆其巢。 ②有巢氏：传说中的古代君主，教民为巢。 ③尧民之病水者：相传古代帝尧之时，洪水滔天。病水：把水看成灾祸。 ④饮家者流：《汉书·艺文志》对古代作家分别流派，故有"儒家者流"、"道家者流"之称。此处用其意。饮家指好饮酒者。 ⑤杪：树颠枝头。⑥比屋：邻舍。 ⑦枕藉：相枕而卧。 ⑧觌（dí）：见。 ⑨藩篱：以竹木编织的屏障。 ⑩甫里：地名，在今江苏苏州吴中区。陆游祖籍所在地。

【品评】

淳熙九年（1182）陆游五十八岁，家居山阴时作此文。东晋末年大诗人陶渊明有《桃花源记》，隋王绩有《醉乡记》，目的都是虚构一片精神净土，摆脱尘世的纷扰，如今陆游又写了一篇《书巢记》，颇有"躲进小楼成一统，管他冬夏与春秋"之意。但理想的桃花源，很不容易达到，那个武陵渔人，也只进入过一次，第二次就迷了路，无从问津了。醉乡大概只有阮籍、刘伶、陶渊明等高性分的名士游历过，其他人即便富贵优游如白乐天者，恐怕也只是擦肩而过，稍隔了一层。而荒于酒池肉林之夏桀、殷纣者，更是南辕北辙，终生难望其门墙。放翁的书巢，就安置在家中，随时可以出入，和“烟艇”一样，成为安放其身心的精神圣地。

文章大体可分为三个层次。从开篇“陆子既老且病”到“而谓之巢，何耶”为第一层，写客对作者以“书巢”名室的质疑。这一段的行文，十组短句排比对仗，一气呵成，气势自出。写出了鹊之巢、燕之巢、凤之巢、枭之巢、雀之夺巢、鸠之占巢、有巢氏之居巢、尧民病水为巢、有道之士隐居之巢、饮家狂士之巢等，与陆子之以室名巢加以对比。客举出的十种为巢情况，或是禽鸟之自然本能，或是生产力低下时不得已而为，或是隐士狂士的特立独行，均非常情。

这就引出第二层陆子的作答，也就是为“书巢”正名。从“陆子曰”到“信乎其似巢也”为第二层。作者状书房之景：“吾室之内，或栖于椟，或陈于前，或枕藉于床，俯仰四顾，无非书者。”这正是古今读书人念兹在兹、坐拥书城的人生境界。现代思想家、学者胡适曾憧憬着“理想的牢狱”：“我梦想一个理想的牢狱，我在那里面受十年或十五年的监禁。在那里面，我不许见客，不许见亲属，只有星期日可以会见他们。可是我可以读书，可以向外面各图书馆借书进来看，可以把我自己的藏书搬一部分进来用。我可以有纸墨笔砚，每天可以做八小时的读书著述工作……”（胡适为《东方杂志·新年的梦想》栏所写的应征答案）这样的“理想牢狱”在他人看来与判了无期徒刑无异，但在读书人看来，却是可望而不可即的缥缈天堂。接下来陆游具体描述了“书巢”生活的至境。总之，到了超越现实世界一切悲喜的程度。

从“客去，陆子叹曰”到文章结束为第三层，点出为文的用心，即“天下之事，闻者不如见者知之为详，见者不如居者知之为尽”的道理，与陆游终生信奉的“躬行”思想互为表里。

以书室为巢，陆游苦心孤诣地营构了内在自足的精神世界。当然，若仅沉溺于个人的自足而忽略了天下苍生，那么，我们今天所看到的陆游，不过是一个博学广闻的“两脚书橱”而已，而不是“位卑未敢忘忧国”的大丈夫了。陆游的潜心读书，始终存有“纸上得来终觉浅，绝知此事要躬行”的实践目的，那就是要行抗金收复这个最大的仁和义。

丁未严州劝农文[①]

盖闻农为四民之本，[②]食居八政之先，[③]丰歉无常，当有储蓄。吾民生逢圣世，百谷顺成，仰事俯育，各遂其性。太守幸得以礼逊相与从事于此，故延见高年，[④]劳问劝课，致诚意以感众心，非特应法令，为文具而已。今兹土膏方动，东作维时，[⑤]汝其语子若孙，无事末作，无好终讼，深耕广耜，力耕疾耘，安丰年而忧歉岁。太守亦当宽期会，[⑥]简追胥，[⑦]戒兴作，[⑧]节燕游[⑨]，与吾民共享无事之乐，而为后日之备，岂不美哉！

【注释】

①丁未:即淳熙十四年(1187)。严州:地名,属浙西路,辖建德、淳安、桐庐、遂安、寿昌、分水六县。　②四民:古代社会结构分为士、农、工、商。　③八政:古代国家施政的八个方面。《尚书·洪范》以食、货、祀、司空、司徒、司寇、宾、师为八政。　④高年:老年。　⑤东作维时:正是春耕生产的时候。东作,春耕生产。　⑥期会:指定期限.泛指政令的施行。　⑦追胥:官吏催逼、追捕。　⑧兴作:兴建。　⑨燕游:即宴游。

【品评】

淳熙十三年(1186),六十二岁的陆游被任为朝请大夫知严州,掌管劝课农桑、旌别孝悌、赋役钱谷、狱讼、赈恤诸事。这是一个比较贫困的地区,陆游到职以后,认真履责,请求朝廷减免了百姓的租税。这篇《丁未严州劝农文》作于到任后的第二年,文中号召农家发展生产,改善生活。陆游一生,多次出仕,不管职位高低,他始终视百姓为手足,注意关心民间疾苦。他深知农业生产为国之根本,只有本固才能枝繁叶茂,因此一开篇就说,农业为四民之本。古代社会的顺序是士、农、工、商,士人为四民之首。陆游把农业放在"本"的地位,应该说是有积极现实意义的。同时,这篇文章还强调"安丰年而忧歉岁",提出官民始终要有居安思危的忧患意识,是有着深远的政治眼光的。在这一任期内,陆游"宽期会,简追胥,戒兴作,节燕游",不扰民,不浪费,勤勤恳恳.忘我地为老百姓办事,受到了老百姓的爱戴和拥护。此文虽是布告公文一类的官方文字,但字字平实落笔,出自诚挚内心,而无哗众取宠之意。因其为情造文，所以动人。

青词二篇

严州祈雨青词

岁律肇新，农功伊始。居者虑阴淫阳伏之寇，耕者怀旱干水溢之虞。仰惟上穹，① 职是元化，② 俯遂群黎之育，③ 式均六气之平。④ 敢即熙坛，恭陈薄荐。所冀岁丰民乐，宽九重宵旰之忧；⑤ 赋足刑清，逭众吏简书之责。⑥ 敢忘惕励，仰对生成。

【注释】

①上穹：上天。 ②元化：大自然的发展变化。 ③群黎：百姓。 ④式均：协调，调和。六气：天地四时之气。 ⑤九重：皇帝。宵旰：宵衣旰食的简称，即勤于政务的意思。 ⑥逭：逃，避。简书：文书、信札。

谢雨青词

旱大甚以是虞，不遑启处；① 天盖高而可扣，思罄精诚。方祇祓于斋场，② 已亟沾于膏泽。③ 尚惧丰凶之未决，敢忘祈报之交修。④ 仰企丛霄，少回冲驭。伏愿哀黎民之匮食，宥众吏之瘝官，⑤ 申敕有神，更终大惠。一谷不升谓嗛，⑥

岂胜夙夜之忧；三日以往为霖，实赖乾坤之造。

【注释】

①不遑：来不及。 ②祇祓：古代迷信的习俗，用斋戒沐浴等方法除灾求福。祇，恭敬。 ③膏泽：雨露。 ④交修：指敬报天帝的供品。 ⑤瘝：痛苦。 ⑥嗛：同“歉”。

【品评】

青词，又称绿章，是道士举行斋醮仪式时献给天神的奏章表文，一般用朱砂写在青藤纸上，用骈体写成。旧时神多，凡间要告诉天神的事也多，于是文人客串，青词绿章竟渐成一种文体，道士也渐失“专利”了。

《渭南文集》存陆游青词六篇，这里选二篇。当作于陆游知严州期间，即淳熙十三年七月到淳熙十五年七月之间。陆游尊奉孔子“不语怪力乱神”之教诲，没有宗教信仰，但既然为民之父母，在遭遇自然灾害时，自然有代他们写青词的义务。这里选的两篇，一篇为祈雨青词，一篇为谢雨青词，内容上恰好完整地展现了请神、谢神的过程。第一篇的内容是，祈求上天眷顾苍生，风调雨顺，使老百姓安居乐业，帝王减轻忧愁，官吏免去文书案牍之累。第二篇的内容大体是说，天气干旱，祈雨之后，下了三天霖雨，特此感谢。祈雨、谢雨，事关农业生产，作者虽然并不信神，但入乡随俗，取“祭如在”的态度，其悠悠苍生情怀，又是一个明证！

跋李庄简公家书[①]

李丈参政罢政归乡里时,[②]某年二十矣。时时来访先君,剧谈终日。每言秦氏,[③]必曰“咸阳”[④],愤切慷慨,形于色辞。一日平旦来共饭,谓先君曰:“闻赵相过岭,[⑤]悲忧出涕。仆不然,谪命下,青鞋布袜,行矣,岂能作女儿态耶!”方言此时,目如炬,声如钟,其英伟刚毅之气,使人兴起。后四十年,偶读公家书,虽徙海表,[⑥]气不少衰,丁宁训诫之语,皆足垂范百世,尤想见其道青鞋布袜时也。[⑦]淳熙戊申五月己未笠泽陆某题。[⑧]

【注释】

①李庄简公:李光,陆游亲族。绍兴八年(1138)除参知政事,九年罢。因秦桧陷害,十一年责授建宁军节度副使,藤州安置。四年后移琼州。居琼州八年,始北还。孝宗时赐谥庄简。 ②李丈:李光为陆游父辈,故称为丈。 ③秦氏:秦桧。 ④咸阳:古代秦国故都,借指秦桧。 ⑤赵相:赵鼎,为秦桧所陷,责授清远军节度副使,潮州安置。在潮不食而死。 ⑥海表:海外,指琼州。 ⑦青鞋布袜:用杜甫《奉先刘少府新画山水障歌》句:“吾独胡为在泥滓,青鞋布袜从此始。” ⑧淳熙戊申:淳熙五年(1178)。笠泽:太湖。陆游祖籍。

【品评】

淳熙十五年(1188),陆游六十四岁,严州任上作此文。

陆游爱国思想的形成,既有家庭熏陶之功,又有父执辈言传身教的濡染之力。陆游《傅给事外制集序》、《跋李庄简公家书》、《跋傅给事贴》、《跋周侍郎奏稿》等文,记述了其父与傅崧卿、周聿、李光等爱国志士的交游情况,在陆游人格形成的易塑期,接触到这些爱国之士,如同入芝兰之室,出则身心俱馨,在"随风潜入夜,润物细无声"的精神滋润中,完成了人格的"脱蛹"过程,奠定了其一生坚不可摧的志向。这样的家庭教养,远比继承物质上的万贯家财,更令人受用不尽。同样的,在陆游八十五岁易箦之际,又以《示儿》诗的形式把这份宝贵的财富传递给了下一代,使之薪尽火传。

本篇是应李光后人之请,为李光家书写的一篇跋文。跋即题跋,是古代的一种文体,常是"随文以赞语于后"的随笔短文。不过,陆游此跋并不拘泥于家书的介绍,而是描写父执辈李光的事迹,通过对李光语言、神态、行迹的摹写,传达其威武不屈的大丈夫精神。写这篇跋文时,陆游已经六十四岁,四十多年前的往事记忆犹新,娓娓道来,足见刻骨铭心。在秦桧卖国求和,被全国人民反对的时候,秦桧不敢在和议上单独签字,就把李光提拔为参知政事,要他一同副署签字。李光糊里糊涂签字之后,发觉这不仅是议和的事,而是要称臣纳贡、撤销国防,是一纸卖国协约,后悔不已。秦桧已达到利用李光的目的,立即过河拆桥,将李光罢知绍兴府,旋降贬藤州安置。这就是当时的历史背景。李光并非死心塌地追随秦桧的死党,只是一时不慎误入贼船。当其与奸贼决裂时，自能得到正直人士的宽容。文章介绍了李光罢相归里时，经常造访陆家，与游父陆宰相往还。“每言秦氏，必曰‘咸阳’，愤切慷慨，形于色辞”，这几句描写栩栩如生，李光之声口、性情跃然纸上，随后，作者又追忆了李光对即将到来的贬谪，已经预先做好了思想准备。“青鞋布袜”语，足见其脱略荣辱穷达，无牵无挂，一往无前！陆游特意追记李光说话时的神态是“目如炬，声如钟，其英伟刚毅之气，使人兴起”，其刚毅、决绝的神态活灵活现。陆游又补叙李光渡海赴琼时的“气不少衰”，正说明李光知行统一，并非故作大言高论。海南万里，为蛮荒之地，自古视为畏途，然而也是成就人生的磨砺所，前有苏东坡，后有海罡峰，均是“气不少衰”的士夫君子！

同时，陆宰敢于伴送罪臣出境，比之后人动辄与“罪人”划清界限，甚至落井下石，实在是有天渊之别。陆宰敢作敢为，正是与爱国人士站在一道，与秦桧的卖国丑行公开对抗。他的行为，无疑给他那年轻儿子陆游以深刻的影响。

书包明事

包明者，不知其乡里，少为兵，[①]事汤岐公，[②]自枢密至左相，明常在府。绍兴末，岐公以御史论罢。故例，一府之人皆罢，遇拜执政，则往事焉。久之，御史中丞汪公澈拜参知政事，[③]一府皆往。汪公，盖前日劾岐公者也。于是明独不肯往，曰：“是尝论击吾公者，持何面目事之。”虽妻子饥寒，不之顾。未几，以病死。方岐公贵时，所荐达士大夫多矣，至失其势，不反噬以媚权门者几人？且岐公平日待明，非有异于众人也。汪公之拜，一府俱往，非独明也。玥而往事汪公，非有负也。泥涂贱吏，[4]又非清议所及。[5]而其自信毅然不移如此，盖有古烈士之风矣。书其始末，使读者有感焉。

【注释】

①少为兵：年轻时当兵。 ②汤岐公：汤思退，字进之，处州人。曾力主和议而党附秦桧，因而官升参知政事。桧死，以劾罢官，忧死。 ③汪澈：字明远，官至御史中丞，与侍御史陈俊卿弹劾汤思退，后拜参知政事。 ④泥涂贱吏：跑腿的下级官吏。⑤清议：汉末魏晋时对士林人物品评的时尚风气。后指舆论对士人的操行评价。

【品评】

本篇未详作于何年。文章里的汤思退，虽然贵为宰执，但只是一个一笔带过的配角，其主角反而是一个名不见经传的普通人而已。在这里，作者又一次为小人物立传，并在他身上寄寓了极大的同情甚至是敬意。包明正史无载，是汤思退公府里的小吏。汤被汪澈弹劾罢官，一府人都转而趋附新主子汪澈，只有包明不去。他的理由是，汪澈是弹劾汤思退的人，道义决不容许自己背叛旧主趋附新贵。用陆游的话说，包明只是一个跑腿的下级差役，是士林清议根本不会关涉的人物，但他为人所表现出的骨气，却是“有古烈士之风”，超出当代的士大夫远甚。与包明的坚持操守相比，汤思退昔日所推荐的士大夫，“不反噬以媚权门者几人”？这样，君子与小人不以地位区分，而是见之以节慨操守，二者相较，就形成了鲜明的对比。陆游写包明，寄寓了他对当时士林风气的总体评价，其感情的倾向不言自明！

南园记

庆元三年二月丙午，[1]慈福有旨，[2]以别园赐今少师平原郡王韩公。[3]其地实武林之东麓，[4]而西湖之水汇于其下，天造地设，极湖山之美。公既受命，乃以禄入之余，葺为南园，因其自然，辅以雅趣。方公之始至也，前瞻却视，[5]左顾右盼，而规模定；因高就下，通窒去蔽，[6]而物象列。奇葩美木，争效于前，清流秀石，若顾若揖。于是飞观杰阁，虚堂广厅，[7]上足以陈俎豆，[8]下足以奏金石者，[9]莫不毕备。高明显敞，如蜕尘垢而入窈窕，[10]邃深疑于无穷。既成，悉取先德魏忠献王之诗句而名之。[11]堂最大者曰“许闲”，上为亲御翰墨以榜其颜。[12]其射厅曰“和容”，[13]其台曰“寒碧”，其门曰“藏春”，其阁曰“凌风”。其积石为山曰“西湖洞天”。其潴水艺稻，[14]为囷为场，[15]为牧羊牛、畜雁鹜之地曰“归耕之庄”。[16]其它因其实而命之名，则曰“夹芳”，曰“豁望”，曰“鲜霞”，曰“矜春”，曰“岁寒”，曰“忘机”，曰“照香”，曰“堆锦”，曰“清芬”，曰“红香”。亭之名则曰“远尘”，曰“幽翠”，曰“多稼”。自绍兴以来，王公将相之园林相望，莫能及南园之仿佛者，公之志岂在于登临游观之美哉？始曰“许闲”，终曰“归耕”，是公之志也。公之为此名，皆取于忠献王之诗，则公之志，忠献之志也。与忠献同时，功名富贵略相埒者，⑰岂无其人？今百四五十年，其后往往寂寥无闻；韩氏子孙，功足以铭彝鼎、⑱被弦歌者，⑲独相踵也。⑳逮至于公，勤劳王家，勋在社稷，复如忠献之盛，而又谦恭抑畏，㉑拳拳志忠献之志，㉒不忘如此；公之子孙，又将嗣公之志而不敢忘，㉓则韩氏之昌，将与宋无极，虽周之齐、鲁，㉔尚何加哉！或曰：“上方倚公如济大川之舟，公虽欲遂其志，其可得哉？”是不然。知上之倚公而不知公之自处，知公之勋业而不知公之志，此南园之所以不可无述。游老病谢事，居山阴泽中，公以手书来曰㉕：“子为我作南园记。”游窃伏思，公之门才杰所萃也，㉖而顾以属游者，㉗岂谓其愚且老，又已挂衣冠而去，㉘则庶几其无谀辞，㉙无侈言，㉚而足以道公之志欤？此游所以承公之命而不获辞也。中大夫、直华文阁、致仕、㉛赐紫金鱼袋陆游谨记。

【注释】

①庆元三年：庆元：宋宁宗赵扩年号（1195—1200）。庆元三年即1197年，亦即丙午年。 ②慈福：指高宗吴皇后。宁宗即位后，对她屡加尊号，为寿圣隆慈备德光佑太皇太后，居慈福宫。

③韩公:指韩侂胄。 ④武林:山名,杭州灵隐、天竺诸山的总名。⑤前瞻却视:前进几步望望,退后几步看看。 ⑥窒:堵塞。蔽:遮挡。 ⑦虚堂广厅:大的厅堂。虚,空阔,宽敞。 ⑧这句意思说,园中有家庙可以祭祖。俎豆:古时祭祀盛物的两种礼器。⑨这句意思说,园中有厅堂可以宴会奏乐。奏金石:奏:奏乐。金石:乐器。 ⑩蜕尘垢:脱去尘埃污秽。蜕,脱皮。窈窕:幽深美好。 ⑪先德:有德行的前辈。魏忠献王:指韩侂胄的曾祖韩琦。他是宋仁宗、英宗、神宗三朝的名臣,官至司徒兼侍中,死后赠魏郡王,谥忠献。 ⑫亲御翰墨:(皇帝)亲笔题词。榜:匾额。颜:眉目之间,这里指堂的前面。 ⑬射厅:即射室,考试讲武的地方。 ⑭潴水:水停聚的地方。艺:种植。 ⑮囷:圆形的谷仓。⑯鹜:鸭。 ⑰相埒:相等。 ⑱铭:刻。彝:盛酒的器具。鼎:烹饪的器具。这些器物在商、周时都用青铜器制作。有时王朝对于立有大功之臣,赐以彝、鼎,并把他们的功绩刻在器上。 ⑲这句说,把功绩写在诗歌中流传下来。弦歌:指诗歌。古诗都能配合音乐,故称弦歌。 ⑳相踵:脚跟相接,指连续不断。 ㉑谦恭抑畏:谦虚谨慎,小心警惕。 ㉒拳拳:忠谨貌。 ㉓嗣:继承。㉔周之齐、鲁:周朝吕望封于齐,姬旦封于鲁,都有大功而传世数百年。 ㉕手书:亲自写的书信。 ㉖才杰所萃:人才英杰荟萃之地。 ㉗顾:眷顾。属:通“嘱”,托付。 ㉘挂衣冠:古代称致仕为挂冠。陆游当时已归故里,故说“挂衣冠”。 ㉙庶几:表示希望。谀辞:阿谀奉迎之辞。 ㉚侈言:浮夸之言。 ㉛致仕:高官退休。金鱼:金符,刻如鲤鱼形,官章服饰,佩在身上。

【品评】

庆元五年(1199),陆游七十五岁,退居山阴已经十年,这时他在乡下家中接受韩侂胄的请求,写了这篇《南园记》。韩侂胄是北宋名相韩琦的曾孙,母亲是高宗吴皇后的妹妹,他又是宁宗韩皇后的族祖父,因拥立宁宗有功,又是皇亲国戚,便青云直上,官至少师、平原郡王、平章军国事,位在丞相之上。韩侂胄掌国期间,贬赵汝愚和朱熹等,斥理学,兴"庆元党禁",是人生的败笔;他力排众议,主张恢复失地,兴兵抗金,却是值得肯定的壮举。但因所用非人,北伐失败,他也成了千古罪人,受到后世道学家的唾骂,不但丢了性命,首级被送往金国,而且元人修《宋史》时,把他和秦桧、贾似道一起列入《奸臣传》,成为冤案。韩侂胄提出北伐,陆游从民族大义出发,以名宿耆老的身份站出来,接受其委托,写了这篇《南园记》,是有一定现实意义的。也有人认为陆游趋炎附势,不能"全其晚节",是他的污点。那么,这篇备受世人争议的文章到底写了些什么呢?

文章可分三个层次。从开篇到"亭之名则曰'远尘',曰'幽翠',曰'多稼'"为第一层,以汉赋的笔法,渲染了南园的大气磅礴,极湖山之盛美。从"自绍兴以来"到"虽周之齐、鲁,尚何加哉"为第二层,写韩侂胄曾祖韩琦的业绩,并明示韩侂胄本人的志向。从"或曰"到文章结束为第三层,述韩侂胄另一方面的"志",即功成身退、归居南园的志向,并交代自己作此记的初衷。

韩侂胄北伐,出师未捷,其本人也成了宋金媾和的牺牲品。"墙倒众人推"之际,陆游还是直言不讳地表露了自己的悼念之情。《文稿后》诗曰:"上蔡牵黄犬,丹徒作布衣。苦言谁解听,临祸始知非。”与那些阿谀奉承、见风使舵的投机分子有天壤之别！甚至有人添油加醋地说，陆游为韩作记乃是为子孙日后营造“三窟”。陆游天真得近乎澄明，决料不到后人会拿他的儿子说事，并且说得有眉有眼。可惜，陆游已经作古，已是欲辩不能复起了。但好在他一生坚信“书生事业期千载，得丧从来未易评”，对于谣言，最好的办法，就是无辩，一笑置之而已！

祭朱元晦侍讲文①

某有捐百身起九原之心，②有倾长河注东海之泪，③路修齿髦，④神往形留，公殁不亡，⑤尚其来飨。

【注释】

①朱元晦侍讲：朱熹，官至侍讲，故称。 ②捐百身：《诗·秦风·黄鸟》：“苟可赎兮，人百其身。”起九原：《礼记·檀弓下》：“赵文子与叔誉观乎九原，曰：‘死者如可作也，吾谁与归？’”九原是古代晋国大夫的墓地。 ③倾长河注东海：《世说新语》记顾恺之拜桓温墓：“声如震雷破山，泪如倾河注海。” ④路修齿髦：路远年老。 ⑤公殁不亡：言朱熹身虽殁而精神不朽。

【品评】

庆元六年(1200)陆游七十六岁，家居山阴时作此文。

朱熹(1130—1200)，字元晦，是我国历史上继孔子之后的又一位伟大的思想家、哲学家、教育家,是理学的集大成者。他继承和总结了北宋以来道学家的思想,融合了儒、释、道三家,构建了融自然、社会、伦理于一体的思想体系。他倾注毕生心血,撰成《四书集注》,被元、明、清三朝定为开科取士的必读之书。他大力倡导教育,创办书院,据专家考证,朱门弟子多达数百人。总之,他几乎在当时所有学科门类中都作了突出的贡献。他的理论是整个后期封建社会最精致、最完备的理论体系,代表了当时理论思维的最高水平。"青山遮不住,毕竟东流去",朱熹的思想影响了我国长达七百多年时间。在西方文化自身出现危机的时候,西方人转而将目光投向了东方文明,抖落掉朱熹身上的封尘,其思想的光芒得以绽放,为二十一世纪的人们提供了一条可资参考的道路。

朱熹一生广交朋友,与之交往最深的,除了肝胆相照的辛弃疾外,陆游算是一个。朱熹与陆游的深厚友谊应追溯到南宋孝宗淳熙初年。当时,朱熹被闲置在武夷山任冲祐观主管。淳熙五年(1178),陆游被贬官到建安任福建茶盐公事,时常前去拜访朱熹,两人相见恨晚,无所不谈。淳熙七年,浙东发生灾荒,朱熹通过各种渠道赈灾,得罪了一些士大夫。陆游闻悉后,特地赠诗一首《寄朱元晦提举》,声援朱熹,支持赈灾。庆元三年(1197)十二月,韩侂胄等宣布道学为"伪学",将朱熹列为"伪学逆党"之魁,限制他的活动,但陆游始终如一地与朱熹保持密切的关系,诗书往还不断。这一年冬天,朱熹寄纸被给陆游御寒,陆游作《谢朱元晦寄纸被》二首答谢。庆元六年三月初九,朱熹在家里忧郁逝世,终年七十一岁。可以说,朱、陆的友谊是在共同对敌中结成的道义。

陆游、朱熹、辛弃疾，是南宋学术、文艺界最有成就的三位杰出人才，如今竟被党争折磨死了一个。当时"庆元党禁"尚未解除，朱熹还是待罪之身，陆游写此文是要有一些胆量的。据叶绍翁《四朝闻见录》载："庆元六年，公（朱熹）终于正寝。郡守傅伯寿以党禁，不以闻于朝，犹遣人以赙至，其家辞焉。时故旧莫敢致哀，陆公游仅以文祭云：'某有捐百身起九原之心……'仅此六句，词有所避，而意亦至矣。"无独有偶，辛弃疾也在这当口，为亡友送来了道义上的慰问，《宋史·辛弃疾传》载："熹殁，伪学禁方严，门生故旧，至无送葬者，弃疾为文往哭之曰：'所不朽者，垂万世名；孰谓公死，凛凛犹生！'"陆游、辛弃疾在万马齐喑的党禁时代，当滔滔天下皆与死者划清界限的时候，他们却公开宣称与死者站在同一立场上，一个说不惜百身以赎其死，一个说死者会万古流芳，这种敢于坚持道义的壮举，足堪为古今士人之表率！可以说，陆游与辛弃疾都是经过千锤百炼的真金。

澹斋居士集序

《诗》首《国风》，无非变者，[①]虽周公之《豳》亦变也。[②]盖人之情，悲愤积于中而无言，始发为诗，不然，无诗矣。苏武、[③]李陵、[④]陶潜、[⑤]谢灵运、[⑥]杜甫、李白，激于不能自已，故其诗为百代法。国朝林逋、[⑦]魏野以布衣死，[⑧]梅尧臣、[⑨]石延年弃不用，[⑩]苏舜钦、[⑪]黄庭坚以废绌死。[⑫]近时江西名家者，[⑬]例以党籍禁锢，[⑭]乃有才名。盖诗之兴本如是。绍兴间，秦丞相桧用事，动以语言罪士大夫，士气抑而不伸，大抵窃寓于诗，亦多不免。若澹斋居士陈公德召者，故与秦公有学校旧，[15]自揣必不合，因不复与相闻，退以文章自娱，诗尤中律吕，[16]不怨不怒，而愤世疾邪之气，凛然不少回挠。[17]其不坐此得祸，亦仅脱尔。及秦氏废，始稍起为吏部郎，为国子司业、秘书少监，遽没于官。后四十余年，有子知津为高安守，最其诗得三卷，[18]属某为序。某少识公于山阴，方公召还，尝以诗赠别，及公为郎时，故相汤岐公一日语公曰[19]："陆务观别君诗方传世，非公之贤，何以发其语如此？"时绍兴己卯岁也。[20]因高安之请，重以感欷，某于是年八十有一矣。开禧元年九月太中大夫、[21]宝谟阁待制、致仕、山阴县开国子、食邑五百户、赐紫金鱼袋陆某序。

【注释】

①"《诗》首《国风》"二句：在现存《诗经》三百零五篇中，《国风》一百六十篇，相传《周南》、《召南》二十五篇为正风，其他一百三十五篇为变风。陆游则有自己的独特见解，以为全部《国风》都是变风。 ②周公之《豳》：《豳风》为《国风》的一部分，共七篇，相传其中三篇为周公所作，四篇则为时人美周公而作。 ③苏武：西汉人，出使匈奴，回国后官至典属国，相传有与李陵赠答诗。④李陵：西汉人，北伐匈奴力尽被俘，相传有与苏武赠答诗。⑤陶潜：东晋诗人，有《陶渊明集》。 ⑥谢灵运：南朝宋诗人，有《谢灵运集》。 ⑦林逋：宋诗人，有《林和靖先生诗集》。 ⑧魏

野:宋诗人,有《东观集》。 ⑨梅尧臣:宋诗人,有《宛陵集》。⑩石延年:宋诗人,有《石曼卿诗集》。 ⑪苏舜钦:宋诗人,有《苏舜钦集》。 ⑫黄庭坚:宋诗人,有《黄庭坚集》。 ⑬江西名家者:指以黄庭坚、陈师道为首的江西派诗人。 ⑭党籍禁锢:宋哲宗元祐八年(1093)亲政后,罢斥旧派,党争复起。徽宗崇宁三年(1104),蔡京当政,尽斥旧党,并立元祐党人碑,共三百零九人被贬斥,不得在京差遣。 ⑮故与秦公有学校旧:陈德召与秦桧曾同在太学,有旧日交谊。 ⑯中律吕:符合诗的声律。 ⑰回挠:违心屈就。 ⑱最其诗:收集他的诗篇。最,同"撮"。 ⑲故相汤岐公:汤思退,处州人,官至左仆射,同平章事,封岐国公。 ⑳绍兴己卯岁:绍兴二十九年(1159)。 ㉑开禧元年:公元1205年。

【品评】

开禧元年(1205)陆游八十一岁,家居山阴时作此文。这是陆游的论诗名篇,表现了他重要的文学思想。

文章是应陈知津之请,为其父澹斋居士陈德召文集所作的一篇序言。文章大略可分为两个层次。第一层,从开篇到"亦多不免",作者追溯诗史,发挥前贤发愤抒情的优良传统,提出了文章的核心理论,即"盖人之情,悲愤积于中而无言,始发为诗"的诗学观点。作者认为,从《诗经》"国风"开始,就奠定了"为情而造文"的优良传统,历史上的著名诗人都是"悲愤积于中"、"激于不能自已",才发而为诗的。揆诸文学史的实际情况,确知此言不虚。从"绍兴间"到文章结束为第二层,具体联系到澹斋居士本人的身世遭际,阐释悲愤积于中而为诗的道理。钟嵘《诗品》大量的创作实例表明，楚臣去境、汉妾辞宫、骨横朔野、魂逐飞蓬、负戈外戍、杀气雄边、塞客衣单、孀闺泪尽等令人悲痛欲绝的社会生活，更能激发诗人强烈的创作动机，产生沉郁感人的诗艺效果；而歌唱升平的生活，则诗情文思上扬，易流于轻浮，难以感人。

“情愁自是诗中料，向使无愁可得诗”（陆游《读唐人愁诗戏作》），作为一个直面现实的勇士，陆游一生经历的仕途挫折和人生困境超过常人，但蚌病成珠，他将现实生活中的悲愤，转化结晶成诗国璀璨的明珠。文章虽是为澹斋居士文集作序，但实寄寓了诗人自己的一生心曲。我们不能把这篇文章简单地视为赠答托请之类的应景、应酬笔墨，而是应将其看做陆游严肃的文学宣言。

放翁自赞四篇（选一）

进无以显于时，①退不能隐于酒，②事刀笔不如小吏，把锄犁不如健妇。或问陈子何取而肖其像？③曰：“是翁也，腹容王导辈数百，④胸吞云梦者八九也。”⑤

陈伯予命画工为放翁记颜，且属作赞。时开禧丁卯，翁年八十三。

【注释】

①显：显达。　②隐于酒：指安心隐居品酒而忘却世情。③陈子：对陈伯予的尊称。　④腹容王导辈数百：《世说新语·排

调》:“王丞相枕周伯仁膝,指其腹曰:‘卿此中何所有?’答曰:‘此中空洞无物,然容卿辈数百人。’” ⑤胸吞云梦者八九:汉司马相如《子虚赋》:“吞若云梦者八九于其胸中,曾不蒂芥。”云梦,古楚国大泽名,在今湖北省长江两岸,泛称楚王的游猎区。

【品评】

开禧三年(1207)陆游八十三岁,家居山阴时作此文。

在古代,赞是一种介于诗文之间的文体。近于诗体的如《汉书》的史赞,近于散文的如《史记》的史赞。陆游此赞,则属散文体,逸出赞文雍容顿挫的传统格式,在诙谐风趣的解嘲中进行自我评价。文章具有强烈的个性气质,异代的读者可以借此看到作者特立独行的鲜明形象。陆游文学是其心声的坦诚倾吐,是其人生的细致记录。梁启超概括陆游为“亘古男儿”,但清代还有人说陆游是“苏州老清客”,是耶非耶?何择何从?那就最好看看陆游本人的自画像吧。《放翁自赞》共四则,这里选的是第四则。陆游生不逢时,报国无门,一个个爱国将领惨遭屠戮,一批批正直文臣贬窜去国,陆游的政治命运不言自明。“进无以显于时”,可谓准确。“退不能隐于酒”,则又道出了不能忘情国事的内心矛盾。想要像阮嗣宗那样醉酒佯狂,那不是他的性格。对朝廷、对国运,总抱着未忍决绝之情,那就只能自我折磨。正是在进退失据、左右两难的处境中,看出他那一颗“天才的寂寞心”(叶嘉莹语)。“事刀笔不如小吏,把锄犁不如健妇”,描画了书生的“百无一用”。但是,书生之用,乃是“无用之大用”,不必对屑屑俗人言。细味语气,似乎也可以感受到豪放和博大背后的悲凉,反映了现实社会中肤浅、功利的评价标准。陆游这里用反讽的手法，表达对现实的不满。

后三句则夸张生动地道出了一个胸怀宽广的爱国者的精神。“腹容王导辈数百，胸吞云梦者八九”，画工以线条为陆游记颜，陆游却巧于刻画无形，用文字作了一幅更为耐看的灵魂自画像。前者着眼于勾描外部形貌，后者着力刻画内在精神。吴讷《文章辨体序》说：“赞者，赞美之辞。”这篇小文章，运用前后对比的方法，欲扬先抑，形象地昭示了自己的个性风采：看似一无是处，其实却是善养浩然之气的大丈夫。陆游是一个对自己的千秋事业非常自信的人，他曾在纪梦诗中乐观预想“吴中近事君知否，团扇家家画放翁”（《六月二十四日夜分梦范至能李知几以尤延之同集江亭……》）。当然，不同视角下的陆游形象会有差异，自己眼中的影像和世人眼中的形象并不见得完全吻合，历代的不同读者也会不断丰富历史人物的性格内涵。

入蜀记（节录）

五日，大风，将晓，覆袂衾，① 晨起凄然如暮秋。过龙湾，浪涌如山，望石头山不甚高，然峭立江中，缭绕如垣墙。凡舟皆由此下至建康，故江左有变，② 必先固守石头，真控扼要地也。自新河入龙光门。城上旧有赏心亭、白鹭亭，在门右，近又创二水亭在门左，诚为壮观。然赏心为二亭所蔽，颇失往日登望之胜。泊秦淮亭。说者以为钟阜艮山，[3]得庚水为宗庙水。秦凿淮，本欲破金陵王气，然庚水反为吉。天下事，信非人力所能胜也。见留守右朝请大夫秘阁修撰唐瑑、通判右朝散郎潘恕。建康行宫，[4]在天津桥北，桥琢青石为之，颇精致，意其南唐之旧也。晚，小雨。右文林郎监大军仓王烜来。[5]王言京口人用七月六日为七夕，[6]盖南唐重七夕，而常以帝子镇京口，六日辄先乞巧，[7]翌旦，[8]驰入建康赴内燕，故至今为俗云。然太宗皇帝时，尝下诏禁以六日为七夕，则是北俗亦如此。此说恐不然。（第二卷）

【注释】

①覆袂衾：盖薄被子。 ②江左：长江下游以东地区。 ③钟：钟山，即江苏南京市东之紫金山。艮山：艮，八卦之一，山之象。《易·艮卦》："兼山，艮。" ④行宫：京城以外供帝王出行时居住的宫殿。 ⑤文林郎：文散官名。唐制从九品上曰文林郎。宋因之。 ⑥七夕：农历七月初七夜，民间传说牛郎织女在此夜相会。后来演变为妇女穿针乞巧，祈祷福寿。 ⑦乞巧：旧时风俗，七夕夜妇女当晚穿针，称为乞巧。 ⑧翌旦：第二天早上。

二十日，宁国太平县主簿左迪功郎陈炳来见，[1]泛小舟往谢之。则寓宁渊观下院，以提刑司檄来督大礼钱帛。[2]宁渊在枭矶，隔大江，故置下院于近邑。道流十余，[3]坛宇像设甚盛，有观主何守诚者，今选居太一宫矣。炳字德先，鸷州义乌人，自言其从姑得道徽宗朝，赐号妙静练师，结庐葛仙峰下，平生不火食，惟饮酒，啖生果，为人言祸福死生，无毫厘差。每风日清和时，辄掩关独处，或于户外窃听之，但闻若二婴儿声，或歌或笑，往往至中夜方止，莫有能测者。年九十，正旦，自言四月八日当远行，果以是日坐逝。每为德先言汝有仙骨，当遇异人。后因得疾委顿，[4]有皖山徐先生来饵以药，[5]即日疾平。徐因留，教以绝粒诀，德先父母方望其成名，固不许。然自是绝滋味，日食淡汤饼及饭而已。如此者六年，益觉身轻，能日行二百里。会中第娶妻，复近荤血，徐遂告别。临行，语德先曰："汝二纪后当复从我究此事。"[6]德先送至溪上，方呼舟欲渡，徐褰裳疾行水上而去，[7]呼之不复应。德先至今怅恨，有弃官入灊皖之意。予遂游东寺，登王敦城以归。城并大江，气象宏敞。邑出绿毛龟，就船卖者，不可胜数。将午，解舟，过三山矶。矶上新作龙祠。有道人半醉立巉崖峭绝处，下观行舟，望之使人寒心，亦奇士也。江中江豚十数，出没，色或黑或黄，俄又有物长数尺，色正赤，类大蜈蚣，奋首逆水而上，激水高三二尺，殊可畏也。宿过道口。（第三卷）

【注释】

①主簿：官名。汉以后中央各机构及地方郡、县官府都设有主簿，负责文书簿籍，掌管印鉴，为掾吏之首。 ②提刑：官名。宋淳化二年置，全称提点刑狱官，省称提刑，掌管所辖狱讼及举刺

官吏。 ③道流：道教人物。 ④委顿：疲乏狼狈。 ⑤饵：吃。⑥纪：古代纪年以十二年为一纪。 ⑦褰裳：用手撩起衣裳。

二十二日，过大江，入丁家洲夹，复行大江。自离当涂，风日清美，波平如席，白云青嶂，相远映带，终日如行图画，殊忘道途之劳也。过铜陵县不入。晚泊水洪口。江湖间谓分流处为洪，王文公[①]诗云“东江木落水分洪”是也。（第三卷）

【注释】

①王文公：王安石卒谥文公，故称。

十三日，舟上新滩，由南岸上，及十七八，船底为石所损，急遣人往拯之，仅不至沉。然锐石穿船底，牢不可动。盖舟人载陶器多所致。新滩两岸，南曰官漕，北曰龙门。龙门水尤湍急，多暗石；官漕差可行，[①]然亦多锐石，故为峡中最险处，非轻舟无一物，不可上下。舟人冒利，以至此，可为戒云。游江渎北庙，庙正临龙门，其下石罅，中有温泉，浅而不涸，一村赖之。妇人汲水，皆背负一全木盎，长二尺，下有三足。至泉旁，以杓挹水，[②]及八分，即倒坐旁石，束盎背上而去。大抵峡中负物，率着背，[③]又多妇人，不独水也。有妇人负酒卖，亦如负水状。呼买之，长跪以献。未嫁者，率为同心髻，[④]高二尺，插银钗，至六只，后插大象

牙梳，如手大。（第六卷）

【注释】

①差可行：勉强可行。 ②杓：挹水器。 ③率着背：一般都放在背上。 ④同心髻：连鬟髻。

十四日，留驿中。晚，以小舟渡江南，登山，至江渎南庙，新修未毕。有一碑，前进士曾华旦撰，言因山崩石壅，成此滩，害舟不可计，于是著令，自十月至二月禁行舟。知归州尚书都官员外郎赵诚闻于朝，疏凿之，用工八十日而滩害始去，皇祐三年也。[①] 盖江绝于天圣中，[②] 至是而复通。然滩害至今未能悉去。若乘十二月正月，水落石尽出时，亦可并力尽镵去锐石。然滩上居民皆利于败舟，贱卖板木，及滞留买卖，必摇沮此役，[③] 不则赂石工，以为石不可去。须断以必行，乃可成。又舟之所以败，皆失于重载，当以大字刻石置驿前，则过者必自惩创。二者皆不可不讲，当以告当路者。（第六卷）

【注释】

①皇祐三年：即 1051 年。 ②天圣：宋仁宗年号（1023—1032）。 ③摇沮：动摇信心，百般阻挠。

二十三日，过巫山凝真观，[①] 谒妙用真人祠。真人即世所谓巫山神女也。祠正对巫山，峰峦上入霄汉，山脚直插江中，议者谓太华、衡、庐，皆无此奇。然十二峰者，不可悉见，所见八九峰，惟神女峰最为纤丽奇峭，宜为仙真所托。祝史云[②]："每八月十五夜月明时，有丝竹之音，往来峰顶，山猿皆鸣，达旦方渐止。"庙后山半，有石坛，平旷。传云："夏禹见神女，授符书于此。"坛上观十二峰，宛如屏障。是日，天宇晴霁，四顾无纤翳，惟神女峰上有白云数片，如鸾鹤翔舞徘徊，久之不散，亦可异也。祠旧有乌数百，送迎客舟。自唐夔州刺史李贻诗已云[③]"群乌幸胙余"[④]矣。近乾道元年，[⑤]忽不至。今绝无一乌，不知其故。泊清水洞，洞极深，后门自山后出，但黮暗，[⑥]水流其中，鲜能入者。岁旱祈雨，颇应。[⑦]权知巫山县左文林郎冉徽之，尉右迪功郎文庶几来。（第六卷）

【注释】

①巫山：地名，在今四川省。 ②祝史：祠中主持祭祀者。③夔州：地名，故治在今重庆奉节。 ④群乌幸胙余：群乌以啄食祭祀食品为幸。胙，祭祀的肉品。 ⑤乾道元年：公元 1165 年。⑥黮暗：昏暗不明。 ⑦颇应：颇有灵应。

【品评】

乾道六年(1170)，陆游四十六岁，记作于官夔州通判的入蜀途中。

中国游记固多，但多为短篇。《入蜀记》由入蜀途中日记组成，历时160天，经今之浙、苏、皖、赣、鄂、渝六省市。虽不足四万字，但在古代已是长篇。陆游的《入蜀记》是中国第一部长篇游记，共六卷，记乾道五年十二月得报差夔州通判，次年闰五月十八日，由家乡山阴启程，十月二十七日抵夔州（今重庆奉节）途中所见山川风物与心得。《入蜀记》性质颇为复杂，其所谓“记”，既是日记，又是游记，更是有感辄发而叙事、议论、抒情俱佳的随笔杂记。作品记每日经历、山川景物、政事兴废、人情风俗，无不周悉，往往兴之所至，如行云流水，涉笔成趣，尤其是所写景物和观感，简练优美，多富诗意，因此被看做宋代笔记上乘文字，为读者所喜爱。

《入蜀记》写风景，不仅写自然地理的山川形胜，同时融入了深厚的历史地理文化内涵，给人以心灵的震撼，让山程水驿如人的生命一样，魅力鲜活。如第三卷二十二日日记，写江上风光“风日清美，波平如席，白云青嶂，相远映带，终日如行图画，殊忘道途之劳也”，语言简洁而能传神，可谓文中有画也。再如第六卷二十三日记神女峰一段。巫山神女与楚襄王的故事，被古今文人说得烂熟，但世人口中之“神女”形象，无论被说成是瑰丽的圣女或者是淫邪的荡妇，都与“人”的面目相去远甚。陆游出之以清新、纯净之笔，点染以民间传说，引人无限联想，使读者得到洁净、美妙的审美享受。如：“峰峦上入霄汉，山脚直插江中，议者谓太华、衡、庐，皆无此奇。然十二峰者，不可悉见，所见八九峰，惟神女峰最为纤丽奇峭，宜为仙真所托。祝史云：‘每八月十五夜月明时，有丝竹之音，往来峰顶，山猿皆鸣，达旦方渐止。’”

记中又有人物速写，如第六卷十三日日记："妇人汲水，皆背负一全木盎……大抵峡中负物，率着背，又多妇人，不独水也。有妇人负酒卖，亦如负水状。呼买之，长跪以献。"三峡负水、负酒的妇女，被陆游这般简练而深刻地勾勒出来，八百年历久弥新，今日读之，能不有美丽辛酸之叹！写市井风习，如第六卷十四日记："然滩上居民皆利于败舟，贱卖板木，及滞留买卖，必摇沮此役，不则赂石工，以为石不可去。"穷山恶水，民生艰难，见利忘义之举随之而生，相信今天的读者自会有似曾相识之感。面对历史教训，能无思乎？

《入蜀记》还有一个特点，就是在自然风光的描画中，借助于历史古迹和人文景观，抒发作者的历史感悟和政治思考，这就不是一般的游记写作所能媲美的了。如第二卷五日，写秦淮河，"秦凿淮，本欲破金陵王气，然庚水反为吉"。作者随之发出感叹"天下事，信非人力所能胜也"，既自然地表达了入蜀的心境，又展示了对历史的看法。

老学庵笔记（节录）

【题解】

《老学庵笔记》共十卷，大概是淳熙末年及绍熙年间陆游退居山阴时作。陆游在故乡山阴镜湖边的竹林间，建小茅屋两间，命名为"老学庵"。茅屋背绕青山，面临碧水，对诗人来说似乎可以骋"烟波洲岛"之想，也是个读书写作的好地方。陆游又自叙其老学庵命名的含意说:“取师旷‘老而学如秉烛夜行’之语。”《老学庵笔记》便是在这里写成的。其内容大多是晚年的追忆杂记,有感而发。陆游幼子陆子遹说:“《老学庵笔记》,先太史淳熙、绍熙间所著也。”这话应该是可靠的。

陆游不仅是一位声名卓著的诗人,同时也是一位闻见广博、治学严谨的学者。《会稽续志》说他“学问该贯,文辞超迈,酷喜为诗;其他志铭记叙之文,皆深造三昧;尤熟识先朝典故沿革、人物出处,以故声名振耀当世”。在陆游众多的著作中,《老学庵笔记》的比重虽然不大,但书中所记,多系亲历、亲见、亲闻之事,因而具有较高的史料价值,与一般林下闲谈不同,属宋人笔记中的上乘之作。作者另有《老学庵》诗:“老学衡茅底,秋毫敢自欺?开编常默识,闭户有余师。大节艰危见,真心梦寐知。唐虞元在眼,生世未为迟。”“老而学”的儒者形象跃然纸上。

笔记中记载了不少当时的名物制度和轶闻趣事,对于研究宋代文化史,有一定价值。尤其是作者记载了当时抗金活动,揭露投降派秦桧专权蛮横和迫害抗金名将的罪行,反映了人民群众的爱国热情、抗金情绪,并在一定程度上流露了对南宋统治集团的不满。《老学庵笔记》每条记载少则二三十字,多至三四百字,写作栩栩如生,富于生活气息,文笔简洁、流畅,语言幽默、生动、隽永,耐人寻味。虽千载以后读之,仍是宛在目前。

毛德昭

毛德昭名文，江山人。苦学，至忘寝食，经史多成诵。喜大骂剧谈，绍兴初，招徕，[1]直谏无所忌讳。德昭对客议时事，率不逊语，人莫敢与酬对，而德昭愈自若。晚来临安赴省试，[2]时秦会之当国，[3]数以言罪人，势焰可畏。有唐锡永夫者，遇德昭于朝天门茶肆中，素恶其狂，乃与坐，附耳语曰："君素号敢言，不知秦太师如何？"德昭大骇，亟起掩耳，曰："放气！放气！"遂疾走而去，追之不及。（卷一）

【注释】

①招徕：把人招来。 ②省试：唐宋时由尚书省举行的考试，又称会试。元以后分省举行的考试也称省试，即乡试。 ③秦会之：秦桧字会之。

【品评】

《老学庵笔记》记秦桧事尤多，各卷总计有十七条。陆游生活的年代，比秦桧稍晚，但仍属耳目相接。笔记之撰述在秦桧死后三四十年，离赵构死去也近十年，秦氏气焰早熄，于无所顾忌时，犹能不囿恩怨、不加詈辞，比较公正而客观，于"所论时事人物，亦多平允"（李慈铭《桃花圣解庵日记》），其史料价值就值得重视。这与其历任史官（枢密院编修官等）、应诏修孝宗光宗两朝实录、修《南唐书》等养成的史家素养密切相关。

这篇故事无形中揭露了秦桧的专权残酷，但更重要的是，写活了一个假名士毛德昭的虚伪、沽名钓誉的特点，使之成为反面人物的典型。

这是一幅外自托大而内心缺少操守的假名士的肖像画，读罢令人忍俊不禁，感叹陆游传神写照的文字功夫。毛德昭这样的名士，内心中并无坚实的人格操守，只是耍小聪明，以貌似强悍无畏的形象，为自己捞取政治资本，为将来的考试高中打下舆论基础。这样的人，在现实生活各阶层、各地域人群中都不乏其类：平日里夸夸其谈、指点江山，但真的到了困难和考验的时候，却做缩头乌龟，猥琐不堪！这篇短文尤其精彩的是，将他与当朝太师秦桧联系起来，传达出更深的含蕴。秦桧前后专权十九年，大兴文字、口舌之狱，迫害正义力量，使天下士人三缄其口。但所有的独裁者内心都是极度脆弱的，不敢接受群众的舆论监督，而是大兴弭谤术，古今中外如出一辙。秦桧就效仿起了周厉王弭谤的办法，据《宋史·秦桧传》载，当时“察事之卒，布满京城，小涉讥议，即捕治，中以深文”。秦桧的名字，在当时就是专制与淫威的代名词，是检验士夫人格操守的试金石。果然，毛德昭顿时精神委顿，飞跑而去，麒麟皮下露出马脚！可以想见，这样的“名士”即便踏上仕途，于国于民何益？

赵广断指拒画

赵广，合淝人，本李伯时家小史。[①]伯时作画，每使侍左右，久之遂善画，尤工作马，几能乱真。建炎中陷贼。[②]贼闻其善画，使图所掠妇人，广毅然辞以实不能画，胁以白刃，[③]不从，遂断右手拇指遣去。而广平生实用左手，乱定惟画

观音大士而已，[4]又数年乃死。今士大夫所藏伯时观音，多广笔也。（卷二）

【注释】

①李伯时：李公麟，字伯时，北宋画家，善画山水佛像，尤精鞍马，推北宋第一。小史：书童，旧时未成年而侍候富家子弟读书和做杂事的人。 ②建炎：宋高宗赵构年号（1127—1130）。 ③胁以白刃：用刀威胁。 ④大士：菩萨的通称。

【品评】

李公麟是我国北宋时期的杰出画家。其最富盛名的《五马图》以简洁的线条勾勒马匹，无论形体、神态都极为准确，表现了不同马种各自的特点，显示出极高的艺术造诣，成为他晚年的杰作。李公麟对绘画艺术终生保持勤勉不倦的追求，晚年身患疾病，右手也有风湿病，但他躺在床上，仍然用左手不停地在被子上比画落笔的姿势，可见其用功之勤。

赵广是李公麟家里的书童，为主人磨墨展纸，侍候左右。他聪明好学，耳濡目染，所画之马，几乎能够乱真。靖康之乱时，赵广陷于金人，金人听说他善画，就叫他画被活捉蹂躏的宋朝妇女，但赵广坚持民族气节，即使敌人以刀威胁，还是拒绝作画，被敌人砍断右手拇指。但幸运的是，赵广平时作画乃用左手，至于是否是受了主人李公麟善用左手的影响，就不得而知了。赵广不过是画家家里的一个下人，但天长日久，不仅学到了作画的本领，还潜移默化地受到了主人人格精神的熏陶，这就非仅“聪明”二字所能概括了。陆游通过对这样一个普通人的精神气节的刻画，寄寓了他的爱国主义理想。“礼失而求诸野”，统治阶层虽然认贼作父、寡廉鲜耻，可民众中间还是孕育着“威武不能屈”的浩然正气！

吕元直作相

吕元直作相，治堂吏绝严，一日有忤意者，遂批其颊。[①]吏官品已高，惭于同列，乃叩头曰：“故事，堂吏有罪，当送大理寺准法行遣，[②]今乃如苍头受辱。[③]某不足言，望相公存朝廷事体。”[④]吕大怒曰：“今天子巡幸海道，[⑤]大臣皆著草履行泥泞中，[⑥]此何等时，汝乃要存事体？待朝廷归东京了，还汝事体未迟。”众吏相顾称善而退。（卷二）

【注释】

①颊：脸的两侧。　②大理寺：掌管刑狱的官衙，近于今日之最高法院。　③苍头：汉代对奴仆的称呼。　④事体：事之体统。⑤巡幸：旧谓帝王到外地巡视，此指高宗赵构在海上逃难。⑥草履：古代的一种草鞋。

【品评】

故事描述了吕元直作相过程中的一件小事，见微知著，表现出了富于责任感的政治家对于国事的忧心和日常行政工作中的严厉态度。

吕元直对下属要求严格，堂吏犯了错误就打人家耳光。俗话说，“树要皮，人要脸”，脸面关系到人的尊严问题，吕相动辄做粗，确实令人反感、不能接受。堂吏向他申诉，说如果有罪，应交有关部门依法处置，你今天对待我像对待奴仆一样，朝廷的体面何在？没想到不提朝廷体面还好，一提朝廷体面，吕相勃然大怒，说现在是皇帝逃亡、亡国灭种的特殊时期，你还要什么规矩和尊严？等将来国家复兴了，再还你面子不迟！

"宋人论未定，金兵已渡河"，这两句诗正是对宋人坐而论道、空谈心性的病根而发。吕元直的批颊之举，今日视之，似为粗暴；但在当时，却有特殊的精神内涵。"皮之不存，毛将焉附？"国家的尊严不复存在了，个人的面子将从何处寻？故吕相的一番训斥，倒使得"众吏相顾称善而退"，如醍醐灌顶，顿时清醒。陆游塑造吕元直这个形象，正是为了反衬当日士大夫"平时袖手谈心性"的腐儒心态，也是为了表现他本人对国事的"肝肠日忧煎"，有特定的现实意义。但这也是一个两难悖论，特别时期采取特别措施固然有理，容易得到民众的理解，但标准如何把握？是否能保障权力不越界泛滥？纵观中外历史，有多少野心家，借口特别时期、特别任务，冠冕堂皇地倒行逆施，以满足其个人私欲！

贾公望

贾表之名公望，文元公之孙也。[①] 资禀甚豪，常谓仕宦当作御史，排击奸邪，否则为将帅攻讨羌戎，余不足为也。故平居惟好猎，常自饲犬。有妾焦氏者，为之饲鹰鹞。寝食之外，但治猎事，曰："此所以寓吾意也。"晚守泗州。[②] 翁彦国勤王不进，[③] 久留泗上。表之面叱责之，且曰不复饷其军。彦国愧而去。及张邦昌伪赦至，[④] 率郡官哭于天庆观

圣祖殿，而焚其赦书伪命，卒不能越泗而南。所试才一郡，而所立如此。许、颍之间犹徒谓之贾大夫云。⑤（卷二）

【注释】

①文元公：贾昌朝，字子明，仁宗朝，拜同平章事兼枢密使，封魏国公，卒谥文元。 ②泗州：唐置泗州，属河南道，在今安徽省。 ③翁彦国：宋绍圣进士，累官御史中丞，靖康之变时任江淮荆浙制置转运使，领兵入援，并贻书切责张邦昌。 ④张邦昌（1081—1127）：钦宗时拜少宰，任河北路割地使，靖康初京师为金所陷，张邦昌被金人册立为帝，僭号“大楚”。高宗朝被赐死。 ⑤许、颍：许：北周始置许州，宋升为颍昌府，州治在今河南许昌。颍：北魏始置颍州，宋升为顺昌府，州治在今安徽阜阳。

【品评】

短文塑造了一位具有尚武精神的士大夫贾表之的形象。他的名言就是，要么做御史弹劾奸邪败类，要么就万里从戎杀敌立功，二者必居其一，余不足为。这非此即彼的强势思维，正见出其务实嫉虚的精神面貌，因为御史和将帅，虽有朝堂和关塞之别，但直面现实的精神则一：一是与朝廷内部的丑恶现象斗争，一是与国家民族的敌人刃锋相见，都是毫不留情的流血斗争，所谓“文死谏，武死战”是也。

这个贾表之平日里有个特别的喜好，不是金银珠玉，也非琴棋书画，而是喜欢打猎、养犬、养鹰。这就反映了其内心世界强烈的杀敌立功倾向。“此所以寓吾意也”，也就是士大夫的以物比德的做法，但他的比德对象是鹰犬，养其万里之气。事实证明，他和那个沽名钓誉的毛德昭不同，并非做做样子给人看。张邦昌在金人扶植下建立傀儡政权时，他率郡官哭告大宋皇帝，焚烧伪任命书，表现了临危不屈的士大夫气节。

短文对这位颇有传奇色彩的贾表之寄寓了敬意，贾表之的人生理想，正是陆游心向往之的。

田登作郡

田登作郡，[①]自讳其名，触者必怒，吏卒多被榜笞。于是举州皆谓灯为火。上元放灯，[②]许人入州治游观。吏人遂书榜揭于市曰："本州依例放火三日。"（卷五）

【注释】

①作郡：担任郡守职务。 ②上元：阴历正月十五。

【品评】

避讳为中国特有之风俗，其俗起于周，成于秦，盛于唐宋，其历史垂两千年。宋时避讳之风最盛，洪迈《容斋随笔》、王楙《野客丛书》、周密《齐东野语》，皆有关于历朝避讳之记载。今天看来，避讳之举已毫无实际意义，但在封建社会，却是统治者出于维护等级制度及民众出于趋吉避凶的心理，而制造出的带有强制性的行为规范。像忌名讳，规定皇帝和孔子的名字在公文书籍试卷中不能出现，否则就犯了"不敬罪"。父祖等长辈的名字也要避讳，如"唐冯宿父名子华，及出为华州刺史，乃以避讳不拜"。因父名与任职地方都有一个“华”字就不敢升任新职，可见其对当时人们的心理影响有多么大！但如此篇所摹写之特例，却是荒唐滑稽无比！这位田登大人，可算是在人治社会“典型环境里的典型人物”了。御史们也觉得田登闹得太过火了，终于将其罢官了事。不过，笑过之后，人们似乎看到，封建统治者玩弄百姓花样不断翻新，从来就不乏创意！

地方父母官，应该得到民众的尊敬。但是，尊敬应该发自内心，出于自愿，应该是“真亲未笑而和”，这才是和谐社会的题中应有之意。但现实的情况往往是相反，很多的地方官做了很多强奸民意、蹂躏百姓的事情，却要邀功请赏，为其树碑立传，以期“不朽”。正如胡适所说的，“不朽”，有两种不朽，有善的不朽，也有恶的不朽。像田登这样，乃至像秦桧这样千古遗臭的“不朽”，将永远钉在历史的耻辱柱上！

流传甚广的俗语“只许州官放火，不准百姓点灯”，即典出于此。后来明朱宗藩《小青娘风流院》传奇中《拘理》一出中据此“放火”发挥云：“依你说，只许州官放火，不许百姓点灯。”讽刺统治者擅作威福，而不许百姓行动自由。

秦熺焚黄

王黼作相，请朝假归咸平焚黄，[①]画舫数十，沿路作乐，故已骇物论。[②]绍兴中，秦熺亦归金陵焚黄，[③]临安及转运司舟舫尽选以行，[④]不足，择取于浙西一路，[⑤]凡数百艘，皆穷极丹雘之饰。郡县监司迎饯，数百里不绝。平江当运河，结彩楼数丈，大合乐官妓舞于其上，缥缈若在云间，熺

处之自若。（卷五）

【注释】

①焚黄：古时品官新受恩典，祭告家庙祖墓，告文用黄纸书写，祭毕即焚去。后亦称祭告祝文为焚黄。　②已骇物论：使舆论大哗。　③秦熺：秦桧养子。金陵：南京。　④转运司：宋置诸道转运使，统一路或数路军需粮饷，后并兼军事、刑名、巡视地方之职，为州府以上行政长官，权任甚重。　⑤浙西一路：即浙江西路，辖临安、平江、镇江三府，常、严、湖、秀四州。

【品评】

《宋史·秦桧传》载"（桧）子熺举进士，馆客何溥赴南省，皆为第一"；更有甚者，"桧孙塤文阁待制秦埙试进士举，省殿试皆为第一，桧从子焞、焴，姻党周夤、沈兴杰皆登上第，士论为之不平。……帝读埙策，皆桧、熺语，于是擢孝祥为第一，降埙第三。未几，埙修撰实录院，宰相子孙同领史职，前所无也"。秦氏祖孙瓜分朝廷资源，已到了寡廉鲜耻、肆无忌惮的程度，就连皇帝也实在看不过眼，把秦埙的名次稍稍移后。这样乌烟瘴气的政治环境，正直守矩的士人还有出头之日吗？

秦熺政治资本的得来本不光彩，还要暴殄天物，将地方上搅得鸡飞狗跳，不得安宁。当初王黼作相归乡焚黄，画舫数十，沿路作乐，已是舆论沸腾；秦熺归乡焚黄，则是画舫数百，迎饯道路数百里不绝。两相比较，王黼的做法不过是小巫见大巫，不值一提。"熺处之自若"，陆游运平实之笔而见其精神，一针见血，直刺要害。

这篇短文，作者以寥寥百字，穷形尽相地写出秦氏家族“一人得道，鸡犬升天”的黑暗现实。当然，历代的封建统治者不会错过每一个榨取人民血汗、满足自我贪欲的机会，这里所展示的不过是冰山的一角而已，大量惊心动魄的事实已随着当事人的死亡而雨打风吹去了。相信作者行文之际，内心的感受决不会平静如水，但落笔时那份从容、那份冷静令人称奇，可见作者化解内心情绪的功夫。

王子溶骄横

秦太师娶王禹玉孙女，故诸王皆用事。有王子溶者，为浙东仓司官属，① 郡宴必与提举者同席，② 陵忽玩戏，无不至。提举者事之反若官属。已而又知吴县，③ 尤放肆。郡守宴客，初就席，子溶遣县吏呼伎乐伶人，即皆驰往，无敢留者。上元吴县放灯，召太守为客，郡治乃寂无一人。又尝夜半遣厅吏叩府门，言知县传语，必面见。守醉中狼狈，揽衣秉烛出问之，乃曰：“知县酒渴，闻有咸齑，④ 欲觅一瓯。”⑤ 其陵侮如此。守亟取，遣人遗之，不敢较也。（卷五）

【注释】

①仓司：官名。宋熙宁间始置提举常平仓官，称为提举常平司，也叫仓司。主管常平仓的谷物收藏和分发，并掌免役法，每年考察所属官吏，加以保举或罢免。　②提举：官名，常平仓的最高

领导称提举，即前文所说的仓司。 ③吴县：今属江苏。 ④咸齑：咸酱。 ⑤瓯：小盆。

【品评】

有一个成语叫做“狗仗人势”。如果对这个成语还缺乏感性认识的话，相信读过本篇短文必会了然。故事还和秦桧有关，说的是秦桧妻子王氏家族有个叫王子溶的人，虽然官职不大，却可以戏弄上司、挟制郡守。文章以典型细节见精神，写了他几件小事，却足见其权势影响的无处不在。郡守宴客，他反客为主，叫县吏喊来乐队；他请太守吃饭，郡衙倾府而出，无人敢滞留；他半夜派人敲开郡守的大门，竟然是酒醉欲觅咸齑，郡守不敢有一句怨言。这个王子溶，其实他自己也知道，离开了秦桧的关系网，他一钱不值，没有任何人会买他的账；但他是秦桧的内亲，只要秦桧一口气在，他就可以“大树底下好乘凉”，抓紧一切机会作威作福、仗势欺人。秦桧为相十九年，其党羽势力盘根错节、遍布全国，到一定程度就可以指鹿为马、自行废立。这就可见，权力必须有限制，这个限制，包括他方权力的制衡及任期上的限制。如果说，中国古代的文官制度，在权力制衡上，至少从表面上看还有一些措施，而对权力任期上的限制则缺少关注。任何领域，缺少自由的舆论监督，绝对“权威”就可以长期甚或至死方休地为所欲为。秦桧内家亲戚小人声势尚且如此猖狂，遑论小人之主子！作者的揭露，入木三分而意在言外。

秦丞相晚岁权尤重

秦丞相晚岁权尤重，常有数卒，皂衣持挺立府门外，行路过者稍顾视謦欬，[①]皆可止之。尝病告一二日，执政独对，[②]既不敢他语，惟盛推秦公勋业而已。明日入堂，忽问曰："闻昨日奏事甚久。"执政惶恐，曰："某惟诵太师先生勋德，旷世所无。语终即退，实无他言。"秦公嘻笑曰："甚荷。"[③]盖已嗾言事官上章。[④]执政甫归，阁子弹章副本已至矣。其忮刻如此。[⑤]（卷八）

【注释】

①謦欬：笑谈。　②执政：参知政事，相当于副宰相。　③甚荷：甚为感荷，即拜谢之意。　④嗾：指使狗的象声词。言事官：言官，即谏议之官。　⑤忮：嫉妒。

【品评】

故事以一个简短的片断，生动地刻画了独裁者秦桧阴险、嫉妒、狡诈的性格特点，读后令人不寒而栗。可以说，秦桧的权力欲已达到无以复加的地步。文中写道，有一次秦桧生病告假一两天，执政大臣被皇帝单独召见，但怯于秦氏的无形淫威，见到皇帝只是推赞秦桧的功绩。即便这样，还是触犯了秦氏的忌讳，认为对自己的权力构成了侵犯。"闻昨日奏事甚久"一句，看似漫不经心的问话，其实暗藏杀机。执政小心做答，秦桧嘴上说"甚荷"，其实早已暗示自己的走狗上书弹劾了，必欲罢免而后快。这里用了一个"嗾"字，尤见精彩。"嗾"，为召唤狗的象声词。主人指使狗，只需"嗾"一声，狗便摇尾听命。这就比喻秦桧对待心腹，正是以自己豢养的走狗视之。

据《宋史》本传记载，秦桧把持朝政十九年间，执政更换二十八人，都是柔佞驯服之辈，只有这样朝政才可一人独揽。秦桧为人之阴险，表现在他善于给人上纲上线、罗织罪名。本传又载："桧阴险如崖阱，深阻竟叵测。同列论事上前，未尝力辨，但以一二语倾挤之。李光尝与桧争论，言颇侵桧，桧不答。及光言毕，桧徐曰：'李光无人臣礼。'帝始怒之。凡陷忠良，率用此术。晚年残忍尤甚，数兴大狱，而又喜谀佞，不避形迹。"秦桧还暗中收买内侍及太医，窥伺皇帝的动静，郡国之事皆出之于桧手。这一段独裁历史确实引人深思，对于研究政治史之学者来说，这些史料值得仔细研究。

东坡先生省试刑赏忠厚之至论

东坡先生省试《刑赏忠厚之至论》有云："皋陶为士，[①]将杀人，皋陶曰'杀之'三，尧曰'宥之'三。"[②]梅圣俞为小试官，[③]得之以示欧阳公。[④]公曰："此出何书？"圣俞曰："何须出处！"公以为皆偶忘之，然亦大称叹。初欲以为魁，终以此不果。及揭榜，见东坡姓名，始谓圣俞曰："此郎必有所据，更恨吾辈不能记耳。"及谒谢，首问之，东坡亦对曰："何须出处！"乃与圣俞语合。公赏其豪迈，太息不已。（卷八）

【注释】

①皋陶:也称咎繇,传说为舜帝之臣,掌管刑狱。 ②宥:宽大。 ③梅圣俞:梅尧臣。 ④欧阳公:欧阳修。

【品评】

陆游文中所引苏轼的《刑赏忠厚之至论》,是嘉祐二年(1057)苏轼应礼部试的试卷。文章以忠厚立论,援引古代仁者施行刑赏以忠厚为本的范例,阐发了儒家的仁政思想。文中苏轼杜撰了"皋陶为士,将杀人,皋陶曰'杀之'三,尧曰'宥之'三"这样一个情节,弄得连博学的主考官欧阳修都不知其所本,只得在放苏轼金榜题名后才向他讨教。可万没想到,苏轼竟坦然直陈:"何须出处!"苏轼的意思是,文章不一定中规中矩地引经据典,有时候想当然的行文也未尝不可。而欧阳修非但没有暗呼上当,反倒"赏其豪迈",并称:"此人可谓善读书,善用书,他日文章必独步天下。"果然,苏轼不负厚望,成为继欧阳修之后主盟文坛的人物。

科举考试,是中国封建社会王朝选拔人才的重要制度,它具有自身无法解决的弊端,不知折杀了天下多少真正的人才。但如果考官确有眼力,有独到的认识,像九方皋相马那样"略其玄黄,而取其俊逸",也能够筛选出苏东坡这样的大文豪来。欧阳修的时代,"载道"、"言必有出处"乃是社会主流风气,苏东坡公然杜撰了一个典故,来为他的论点辩护,这是那些"言必称某某说"的战战兢兢的士大夫根本无法相比的。主考官欧阳修以为他脱尽五代宋初以来的浮靡、艰涩之风,十分赏识,曾说:"读轼书不觉汗出，快哉！老夫当避此人，放出一头地。”可见欧阳修也是一个不拘一格选拔人才的伯乐。

陆游学诗本宗江西名家，江西诗派主张“无一字无来处”、“夺胎换骨”、“点铁成金”，但他中年经历南郑前线火热斗争生活的洗礼，诗风大变；并且其性格通脱旷达、纵放不羁，也决定了他一定要超越江西诗派的藩篱而纵横驰骋，因而在笔记中表达了对苏轼文章那脱略形骸而求其神骏的歆羡与景仰之情。

名家精注精评本已出书目

书　名	主要编选者
李白集	郁贤皓（中国李白研究会原会长）
杜甫集	张忠纲（中国杜甫研究会原会长）
韩愈集	卞孝萱（中国韩愈研究会原会长）
白居易集	严　杰（南京大学教授）
王维集	董乃斌（上海大学教授、中国唐代文学学会副会长）
李商隐集	周建国（中国李商隐研究会理事）
柳宗元集	尚永亮（武汉大学教授、博导）
刘禹锡集	吴在庆（厦门大学教授、中国唐代文学学会理事）
杜牧集	罗时进（中国唐代文学学会副会长）
柳永集	王星琦（南京师范大学教授）
欧阳修集	刘扬忠（中国宋代文学学会副会长）
苏轼集	陶文鹏（中国社科院文学所研究员、博导）
三曹集	张可礼（山东大学中文系教授、博导）
陶渊明集	陈庆元（福建师大教授、博导）
二李集	蒋　方（湖北大学教授）
辛弃疾集	刘乃昌（中国李清照辛弃疾学会原会长）
王安石集	王兆鹏（武汉大学教授、博导）
陆游集	蒋　凡（复旦大学教授、博导）
李清照集	王英志（苏州大学教授、博导）
黄庭坚集	蒋　方（湖北大学教授）
李贺集	吴企明（苏州大学教授）
纳兰性德集	施议对（澳门大学教授）